KB029911

레이버
데이

LABOR DAY
by Joyce Maynard

Copyright © Joyce Maynard, 2009
Korean Translation Copyright © MUNHAKDONGNE Publishing Corp., 2017

This Korean edition is published by arrangement with HarperCollins Publishers, through EYA(Eric Yang Agency)
All Rights Reserved.

이 책의 한국어판 저작권은 EYA(Eric Yang Agency)를 통해
HarperCollins Publishers 사와 독점 계약한 (주)문학동네에 있습니다.
저작권법에 의해 한국 내에서 보호를 받는 저작물이므로
무단 전재 및 무단 복제를 금합니다.

이 도서의 국립중앙도서관 출판예정도서목록(CIP)은
서지정보유통지원시스템 홈페이지(http://seoji.nl.go.kr)와
국가자료공동목록시스템(http://www.nl.go.kr/kolisnet)에서 이용하실 수 있습니다.
(CIP제어번호: CIP2016031617)

레이버 데이

조이스 메이너드 장편소설

송은주 옮김

문학동네

일러두기

1. 주석은 모두 옮긴이주이다.
2. 본문 중 고딕체는 원서에서 이탤릭체나 대문자로 강조한 부분이다.

애정 넘치고 끝없이 사랑스러운 모범을 보여줌으로써
열세 살짜리 사내아이들의 마음에 대해 가르쳐준
내 아들 찰리와 윌슨 베델에게

차례

1장

아빠가 떠난 후, 엄마와 나, 둘뿐이었다. 아빠는 자신의 새 아내 마저리의 아들인 리처드를 비롯해 아빠와 마저리 사이에서 태어난 아기도 내 가족의 일부로 쳐야 한다고 내게 말했다. 리처드는 나보다 육 개월이 어렸지만, 내가 스포츠라면 다 젬병인 데 반해 그애는 모든 스포츠를 다 잘했다. 하지만 우리 가족은 우리 엄마 아델과 나였다, 끝. 그 아기 클로이를 넣느니 차라리 햄스터 조를 가족으로 쳐주겠다.

토요일 밤 아빠가 우리 모두를 데리고 레스토랑 프렌들리스로 저녁을 먹으러 갈 때면, 아빠는 항상 내가 차 뒷좌석 클로이 옆에 앉기를 바랐다. 레스토랑에 가서는 칸막이 자리에 앉아 주머니에서 야구 카드 한 벌을 꺼내 테이블 위에 놓고 리처드와 내게 나눠주었다. 나는 항상 내 것을 리처드에게 주었다. 그러지 않을 이유가 뭐가 있겠는가? 야구는 내 약점이었다. 체육 선생님이, 좋아, 헨리, 너는 파랑 팀에서 뛰어라, 하면 파랑 팀 녀석들이 일제히 신음을 하곤 했다.

대개 엄마는 아빠나 지금 아빠와 같이 사는 여자, 그녀의 아들과 아기 이야기를 입에 올리지 않았지만, 딱 한 번 내가 실수로 테이블 위에 아빠한테 받은 나까지 다섯이 찍은 사진—그 전해에 그들과 함께 디즈니월드에 갔을 때—을 놔두었을 때, 적어도 일 분 정도 그것을 찬찬히 들여다보았다. 부엌에 서서 작고 핏기 없는 손에 그 사진을 들고, 실제로는 찻잔 모양의 놀이기구 속에 함께 구겨져 있는 다섯 사람의 모습일 뿐인 그 이미지에 마치 뭔가 엄청나고 골치 아픈 수수께끼라도 담긴 듯 길고 우아한 목을 살짝 옆으로 기울이고 있었다.

네 아빠가 저 아기의 눈이 짝짝이라서 걱정할 것 같구나, 엄마가 말했다. 발달지체까지는 아니고 그저 좀 늦된 것뿐일 수도 있지만, 검사를 받아볼 생각을 하고 있을지도 모르겠는걸. 네가 보기에도 아기가 좀 늦된 것 같니, 헨리?

조금 그런 것도 같아요.

그럴 줄 알았어. 그 아기는 너하고는 전혀 닮은 데가 없어. 엄마가 말했다.

나 역시 알았다, 그렇다. 나의 진짜 가족이 누구인지 나는 잘 알고 있었다. 엄마.

*

그날처럼 엄마와 내가 외출하는 일은 드물었다. 엄마는 보통 잘 돌아다니지 않았다. 하지만 나는 학교에 입고 갈 바지가 필요했다.

엄마가 말했다. 좋아, 그럼 프라이스마트에 가자. 내가 그해 여름에 키가 1.5센티미터 자란 것이 엄마한테 시련을 안겨주려고 한 짓이라는 투였다. 안 그래도 힘들어 죽겠는데.

엄마가 열쇠를 꽂고 시동을 걸자 단번에 엔진이 돌아가기 시작했다. 우리가 마지막으로 그 차를 타고 어딘가 간 지 한 달은 되었으리라는 것을 감안하면 놀라운 일이었다. 엄마는 짙은 안개나 얼음이 길을 덮기라도 한 듯 평소처럼 천천히 차를 몰았다. 하지만 때는 여름이었고—개학이 며칠 남지 않은 레이버 데이* 연휴 전 목요일이었다—해가 눈부시게 빛나고 있었다.

---

* Labor day. 미국과 캐나다의 노동절로 9월 첫번째 월요일.

긴 여름이었다. 막 학교를 벗어났을 때는 길고 긴 방학이 기다리고 있으니 바다라도 갔으면 좋겠다고 생각했는데—단 하루만이라도—엄마는 고속도로가 심하게 막히고 내 피부색이 그 사람, 곧 아빠와 같아서 햇볕에 화상을 입을 수도 있다고 했다.

학기가 끝난 후 6월과 7월 내내 그리고 8월이 이제 막 끝나가는 지금까지, 나는 줄곧 무언가 다른 일이 일어나기를 바랐지만 아무 일도 일어나지 않았다. 아빠가 와서 나를 데리고 프렌들리스에 가거나 가끔 리처드와 마저리, 아기와 볼링을 치던 일, 아빠가 화이트 산맥으로 데려갔던 여행중에 바구니 공장을 둘러보고 마저리가 들르고 싶어했던 곳에서 크랜베리나 레몬이나 생강쿠키 향이 나는 양초를 만드는 모습을 구경했던 일 외에는.

그것 말고는 그 여름엔 텔레비전을 엄청 많이 보았다. 엄마가 예전에 가르쳐준 솔리테어*도 지겨워지자 나는 오랫동안 아무도 청소한 적이 없는 우리집 여기저기를 들쑤셨다. 곧 새 퍼즐북 값으로 주머니에서 나가게 되겠지만, 그런 식으로 1달러 50센트를 벌었다. 요즘은 나처럼 이상한 아이도 게임보이나 플레이스테이션을 갖고 놀지만, 그 당시만 해도 닌텐도가 있는 집은 별로 없었다. 우리집 역시 마찬가지였다.

* 혼자서 하는 카드놀이.

그때 내 머릿속은 늘 여자아이들 생각으로 가득했지만, 생각 말고는 그쪽으로 딱히 내 생활에서 뭔가 일어나는 일은 없었다.

나는 막 열세 살이 된 참이었다. 여자, 여자의 몸, 남녀가 함께 있을 때 하는 짓, 내가 마흔 줄에 들어서기 전에 언젠가 여자친구를 사귀기 위해 해야 할 일에 대해서라면 뭐든지 다 알고 싶었다. 섹스에 대해 궁금한 건 많았지만 당연히 엄마는 의논 상대가 되지 못했다. 엄마 자신이 종종 그 이야기를 끄집어내기는 했지만. 이를테면 상점으로 가던 차 안에서처럼. 내 생각에는 네 몸에 변화가 일어나고 있는 것 같구나. 엄마가 운전대를 잡은 채 말했다.

묵묵부답.

엄마는 엑스윙 제트기를 모는 루크 스카이워커*처럼 앞만 똑바로 바라보았다. 어느 다른 은하를 향해 가듯이. 쇼핑몰로.

*

상점에 도착하자 엄마는 나를 데리고 남자아이 옷이 있는 쪽

* 영화 〈스타워즈〉 초기 3부작의 주인공 캐릭터.

으로 갔고 우리는 바지를 골랐다. 속옷도 골랐다.

신발도 있어야겠지, 엄마는 지금 우리가 와 있는 곳에서 늘 쓰는 어조로 말했다. 이 모든 것이 형편없는 영화지만 이미 표를 샀으니 끝까지 앉아 있는 수밖에 없지 않겠느냐는 투였다.

신던 것도 아직 멀쩡해요, 내가 대답했다. 이번에 신발까지 산다면, 한동안은 여기 다시 오지 못하리라는 계산에서였다. 신발을 다음 기회로 미룬다면 다시 와야 할 것이었다. 일단 개학을 하면 공책이랑 연필, 각도기, 계산기도 필요할 것이다. 나중에 신발 얘기를 꺼내자 엄마는 이렇게 말했다. 지난번에 사러 갔을 때 왜 말하지 않았니? 나는 목록에 올려둔 나머지 물건들 핑계를 댔고, 엄마는 마지못해 수긍했다.

엄마와 옷 쇼핑을 끝낸 뒤, 나는 고른 것들을 카트에 넣고 잡지와 페이퍼백 책을 파는 쪽으로 향했다. 진짜로 보고 싶은 것은 〈플레이보이〉였지만, 대신 〈매드〉를 훌훌 넘기며 보기 시작했다. 〈플레이보이〉는 비닐에 싸여 있었다.

그때 엄마가 줄지어 늘어선 상품 진열대를 가로질러 카트를 밀면서 통로를 지나가는 모습이 보였다. 천천히 흘러가는 시냇물 위에 뜬 나뭇잎처럼 느릿느릿 움직이고 있었다. 엄마가 카트에 무엇을 담을지는 알 수 없는 일이었다. 나중에 알게 된 바로는, 밤에 기대앉아 책을 읽을 수 있도록 침대에 놓는 베개, 건전지로 돌아가는 손바닥만한 선풍기—건전지는 빼고, 도자기로 된 동물—고슴도치나 뭐 그 비슷한 것—옆구리에 홈이 파여서 그 안에 씨를 뿌리고 물을 촉촉하게 주면 얼마 후에 씨가 싹을 틔우고 동물이 잎으로 덮이는 장식품 따위였다. 애완동물 같아, 우리 청소도 걱정없고. 엄마가 말했다.

햄스터 먹이요, 내가 엄마에게 상기시켜주었다. 그것도 사야 해요.

*

내 눈길을 끈 〈코즈모폴리턴〉에 푹 빠져 있는데—'여자들이 남자가 알아주기를 바라는 자신이 원치 않는 것'이라는 제목의 기사였다—한 남자가 내 쪽으로 몸을 기울이고 말을 붙였다. 그는 퍼즐 코너 바로 옆 코너에 서 있었는데, 뜨개질과 정원 가꾸기에 관한 잡지들이 있는 곳이었다. 아무도 그와 같은 외양의 남자가 그런 것들을 읽고 싶어하리라고는 생각지 않을 것이다. 그는 나와 얘기를 하고 싶어했다.

나 좀 도와줄 수 있니, 그가 물었다.

이렇게 해서 그를 보게 되었다. 키가 컸다. 목과 셔츠에 가려지지 않은 팔의 일부에 근육이 드러나 보였다. 그의 얼굴은 사람이 아직 살아는 있지만 피부가 다 사라져버렸을 때의 해골 같은 몰골이라고 해도 좋을 정도였다. 그는 프라이스마트 직원들이 입는 셔츠—빨간색에, 주머니에 이름표가 붙어 있는—를 입고 있었다. 비니.* 좀더 자세히 들여다보니 다리에서 피가 흘러내리고 있었다. 피가 그의 바지통을 적시고 신발에까지 흘러내렸는데, 신발이라기보다는 슬리퍼에 가까웠다.

피가 흘러요, 내가 말했다.

창문에서 떨어졌어. 그는 자기에게 일어난 일이 모기에 물린 정도에 불과하다는 투로 말했다. 어쩌면 그래서 그때 그 말이 그다지 이상하게 들리지 않았는지도 모르겠다. 아니면 그 순간엔 모든 것이 다 너무 이상해서 그 말이 딱히 두드러지지 않았는지도.

도움을 청해야겠어요, 내가 그에게 말했다. 나는 엄마가 도움을 청하기에 그다지 적합한 상대는 아니라고 생각했지만, 주변엔 다른 쇼핑객들도 많았다. 그가 그 모든 이들 가운데 나를 골라서 기분이 좋았다. 이런 일은 흔치 않았다.

아무도 놀라게 하고 싶지는 않아, 그가 말했다. 피를 보면 사

* 빈센트의 애칭.

람들이 겁먹을 거야. 바이러스 같은 게 옮을지도 모른다고 생각할 거야.

봄에 조회에서 들은 바가 있어서 그의 말이 무슨 뜻인지 알아들었다. 다른 누구의 피도 만지면 안 되며, 그랬다가는 죽을 수도 있다고 생각하던 시절이었다.

너, 저기 저 여자랑 함께 왔지? 그가 물었다. 그는 정원 코너에서 호스를 살피는 엄마 쪽을 보고 있었다. 우리집엔 호스가 없었지만, 이렇다 할 정원도 없었다.

미인이시구나, 그가 말했다.

우리 엄마예요.

네 생각은 어떠니, 내가 엄마 차를 좀 얻어 탈 수 있을까? 의자에 피가 묻지 않도록 조심할게. 나를 어디로 좀 데려다줄 수 있겠니? 엄마 인상을 보아하니 나를 도와주실 분 같은데. 그가 말했다.

좋은 건지 나쁜 건지 몰라도 사실이기는 했다.

어디로 가시는데요? 내가 물었다. 이렇게 다쳤는데 손님들에게 도와달라고 부탁해야 한다니, 이 마트는 일하는 사람들에게 배려가 없다는 생각을 했다.

너희 집?

처음에는 그 말을 질문처럼 했지만, 곧 그는 〈실버 서퍼〉*에 나오는 초능력자처럼 나를 쳐다보았다. 그러고는 내 어깨를 꽉 잡았다.

솔직히 말하자면 애야, 그렇게 좀 해야겠다.

그때 그를 더 자세히 들여다보았다. 그는 보여주지 않으려 했지만 턱을 보면 그가 고통스러워하고 있다는 걸 알 수 있었다—못을 씹고 있는 것처럼 턱을 앙다물었다. 바지가 짙은 남색이어서 피가 그리 뚜렷이 보이지는 않았다. 상점에 에어컨이 가동되고 있었지만 그는 땀을 비 오듯 흘렸다. 이제 그의 옆머리에서도 가느다란 핏줄기가 흘러내려 머리카락에 엉긴 것이 보였다.

야구 모자를 마감 세일하고 있었다. 그가 모자를 하나 집어서 머리에 쓰자 피는 별로 보이지 않았다. 다리를 약간 절뚝였지만 그런 사람들은 흔했다. 그는 옷걸이에서 양털 조끼를 하나 벗겨내어 빨간색 프라이스마트 셔츠 위에 걸쳤다. 가격표를 뜯어내는 걸 보니 조끼값을 낼 생각이 없는 모양이었다. 어쩌면 직원들에게는 따로 어떤 방침이 있는지도 모르겠다.

잠깐만, 그가 말했다. 가져가고 싶은 게 하나 더 있어. 여기서 기다려.

* 마블 코믹스의 만화. 동명의 슈퍼히어로가 주인공이다.

*

우리 엄마가 어떻게 반응할지 도통 알 수가 없었다. 종교 관련 소책자를 들고 집집마다 방문하는 사람이 있다 치자. 엄마는 그 사람에게 꺼지라고 소리를 지르곤 하는데, 어느 날은 학교에서 돌아오면 그 사람이 우리집 소파에 앉아 엄마와 커피를 마시고 있기도 한다.

이분은 젠킨스 씨란다, 엄마가 소개했다. 우간다에 있는 고아원에 돈을 보내주고 계시는데, 그 얘기를 좀 해주시겠대. 거기에서는 아이들이 하루에 한 끼밖에 못 먹고 연필 살 돈도 없다는구나. 한 달에 12달러면 이 꼬마 아이 아라크를 후원할 수 있대. 네가 이 아이랑 펜팔을 할 수도 있고. 형제처럼.

아빠 말에 따르면 내게는 이미 형제가 있었지만, 우리 둘 다 마저리의 아들은 형제로 치지 않는다는 것을 알고 있었다.

멋지네요, 아라크라. 내가 말했다. 엄마는 수표를 써주었다. 그는 우리에게 사진 한 장을 주었다—복사한 것이라 흐릿했다. 엄마는 그 사진을 냉장고에 붙여놓았다.

한번은 한 여자가 잠옷 바람으로 우리집 마당을 돌아다녔다. 아주 나이가 많은 할머니였는데, 자기가 어디 사는지도 몰랐다. 아들을 찾고 있다는 말만 되풀이했다.

엄마는 그 할머니를 집안으로 모시고 들어와서 커피를 드렸다. 가끔은 모든 게 얼마나 혼란스러운지 저도 알아요. 우리가 도와드릴게요. 엄마가 그 할머니에게 이렇게 말했다.

이런 때에는 엄마가 책임을 떠맡았고, 아주 말짱해 보였기 때문에 좋았다. 커피와 토스트를 들고 나서 할머니를 우리 차 앞좌석에 태우고—사실 엄마는 그때 이후로 지금껏 한 번도 운전을 안 했을 것이다—한참 동안이나 동네를 돌아다녔다.

뭐든 눈에 익은 게 보이면 말씀해주세요, 베티 할머니. 엄마가 말했다.

이번만큼은 엄마가 천천히 운전하는 게 도움이 되었다. 한 남자가 우리를, 앞좌석의 할머니를 알아보고 손을 흔든 것이다.

엄마가 유리창을 내리자 남자가 말했다. 얼마나 애타게 찾아다녔는지 몰라요. 돌봐주셔서 정말 감사합니다.

어머님은 괜찮으세요. 저희 집에서 함께 즐거운 시간 보냈고요. 또 모시고 와주시면 좋겠어요. 엄마가 말했다.

나 이 사람 마음에 드는구나, 아들이 반대편으로 돌아와서 안전띠를 풀어주는 동안 할머니가 말했다. 네가 이런 여자랑 결혼했더라면 딱 좋았을 걸 그랬어, 에디. 그 망할 년 말고.

그때 남자의 얼굴을 살펴보았다. 그저 확인해보고 싶었다. 확실히 미남은 아니었지만 제법 괜찮은 얼굴이었다. 그에게 우리 엄마는 누구하고도 더는 결혼하지 않는다고 말해줄 방법이 없을까 잠깐 생각했다. 우리 둘뿐이다. 그가 가끔 베티 할머니와 함께 놀러오는 정도는 괜찮을 것이다.

에디라는 사람 괜찮던걸요. 나는 차를 타고 오면서 말했다. 그 사람도 이혼했을지 모른다. 누가 알겠는가.

*

엄마를 찾았을 때 엄마는 철물 코너에 있었다. 전구를 좀 사야겠어, 엄마가 말했다.

좋은 소식이었다. 우리집에서는 전구가 다 닳으면 그냥 그대로 놔두는 때가 많았다. 최근에 우리집은 서서히 어두워지고 있었다. 이제 부엌에는 불이 들어오는 전구가 딱 한 개뿐이었고, 그나마 밝지도 않았다. 가끔은 밤에 뭔가를 보려면 냉장고를 열어야 했다.

소켓에 전구를 어떻게 끼워야 할지 모르겠네. 천장에 달린 소켓에 손이 닿지 않는데. 엄마가 말했다.

바로 그때 내가 피 흘리는 남자를 소개했다. 비니예요. 그가 키가 커서 플러스가 되리라 여겼던 것 같다.

우리 엄마, 아델이에요. 내가 이어서 소개했다.

저는 프랭크입니다. 그가 바로잡았다.

뭐, 살다보면 누군가를 다른 사람으로 착각하는 게 드문 일도 아니지. 셔츠를 잘못 입은 거다, 틀림없이.

착한 아드님을 두셨군요, 아델. 그가 말했다. 친절하게도 저를 태워다주겠다네요. 호의에 보답하는 뜻에서 제가 전구 가는 일을 도와드릴 수 있을 것 같은데요.

그가 전구를 가리켰다.

집에 또 도움이 필요한 일이 있으면 뭐든 말씀해주세요. 웬만한 일은 다 해결할 수 있답니다. 그가 말했다.

그러자 엄마가 그의 얼굴을 들여다보았다. 모자를 썼어도 뺨에 말라붙은 피가 보였지만, 엄마는 그 점을 알아차리지 못한 것 같았다. 어쩌면 알아차렸어도 중요하게 여기지 않았거나.

우리는 함께 계산대를 통과했다. 그는 가진 돈이 빠듯해서, 원래는 내게 차용증을 주어야겠지만 그 대신 내 퍼즐북 값을 내겠다고 엄마에게 말했다. 분명히 야구 모자와 양털 조끼 얘기는 계산원에게 하지 않았다.

내 새 옷과 정원용 호스, 베개와 도자기 고슴도치, 전구와 선풍기 외에도 엄마는 힘 닿는 만큼 연달아 칠 수 있도록 고무줄로 공을 매달아놓은, 합판으로 된 라켓 한 개도 골랐다.

네 선물이야, 헨리. 엄마가 그 장난감을 컨베이어 벨트 위에 놓으며 말했다.

여섯 살 이후로 그런 것을 갖고 논 적이 없다고 굳이 설명하지 않았지만 프랭크가 대신 입을 열었다. 이맘때 소년들은 진짜 야구를 해야 돼요. 그리고 놀랄 만한 일. 그의 주머니에 그것이 있었다. 가격표가 그대로 보였다.

저 야구 엄청 못해요. 내가 그에게 말했다.

예전에는 그랬을 수도 있지. 그가 말했다. 그는 야구공의 실밥을 손가락으로 매만지며 손안에 든 것이 마치 온 세상이라도 되는 듯 뚫어져라 공을 쳐다보았다.

나오는 길에 프랭크가 그 주의 특별 판매 상품이 실린 전단지 한 장을 집었다. 차에 타자 그는 뒷좌석에 그 전단지를 펼쳤다. 좌석에 피를 묻히지 않으려고요, 아델. 그렇게 불러도 될까요. 그가 말했다.

다른 애들 엄마 같으면 그에게 물어볼 게 한두 가지가 아니었을 것이다. 아니면 아예 처음부터 그를 태워주지 않았을 공산이 더 크다. 엄마는 차를 몰았다. 나는 그가 아무한테도 말하지 않고 그런 식으로 일터를 나와버려서 곤란해지지 않을까 궁금했지만, 만약 그렇다 해도 프랭크는 전혀 걱정하는 기색이 아니었다.

우리 셋 중에서 실제로 걱정하는 사람은 나 하나뿐인 듯했다. 그 상황에 대해서 내가 뭔가를 해야 할 것 같은 기분이 들었지만, 늘 그렇듯이 뭘 해야 할지 몰랐다. 게다가 프랭크가 너무나 침착하고 다 잘 아는 것처럼 보여서 그냥 그를 따라가고 싶어졌다. 물론 실제로는 그가 우리를 따라오고 있었지만.

저는 육감이 있답니다. 그가 엄마에게 말했다. 그 마트는 아주 크지만, 한 번 둘러보고 당신이 바로 그 사람이라는 것을 알았어요.

거짓말은 하지 않을게요. 난처한 상황이에요. 이런 때에 어떤 식으로든 저와 엮이기를 꺼리는 사람들이 많을 거예요. 당신은 아주 이해심이 많은 사람이라는 것을 본능적으로 알겠어요.

그가 계속 말을 이었다. 세상은 그리 만만한 곳이 아니에요. 가끔은 모든 것을 완전히 멈춰야 할 때가 있어요. 생각을 모으는 거죠. 잠시 동안 남들 눈을 피해 납작 엎드려서요.

나는 엄마를 보았다. 이제 우리는 메인 스트리트를 따라 달리면서 우체국과 약국, 은행, 도서관을 지나고 있었다. 전에도 항상 이 길로 다녔지만, 오랫동안 눈에 익은 이 모든 곳을 프랭크 같은 사람과 함께 지나기는 처음이었다. 그는 엄마에게 브레이크에서 회전자가 약간 닳은 듯한 소리가 난다고 일러주고 있었다. 몇 가지 연장만 구할 수 있으면 한번 봐주겠다고 했다.

나는 엄마 옆자리에 앉아서 엄마의 얼굴을 살피며, 프랭크가 이런 얘기를 할 때 엄마의 표정이 변하는지 확인했다. 심장이 쿵쿵 뛰고 가슴이 죄어왔다—두려워서라기보다는 이상하리만치 즐거우면서도 뭔가 낯익은 느낌 때문이었다. 아빠가 리처드와 아기와 나와 마저리를 디즈니월드에 데려갔을 때 스페이스 마운틴 놀이기구 좌석에 앉아서 느낀 것과 같은 느낌이었다—마저리와 아기는 빼고. 놀이기구가 출발하기 전에 내리고 싶은 마음도 좀 들었지만 이내 불이 꺼지고 음악이 시작되었고, 리처드가 나를 쿡쿡 찌르면서 토하고 싶으면 반대쪽으로 해, 라고 말했다.

오늘은 운이 좋은 날이군요. 아마 당신도 그럴걸요. 프랭크가 말했다.

나는 바로 그때 상황이 곧 바뀌리라는 것을 알아차렸다. 우리는 이제 스페이스 마운틴으로, 땅이 무너지는 어두운 곳으로 향하고 있었다. 이 차가 우리를 어디로 데려갈지 더는 말할 수조차 없게 될 것이다. 돌아올 수도 있다. 그러지 않을 수도 있다.

엄마에게도 그런 생각이 떠올랐는지는 모르지만 엄마는 아무 말도 하지 않았다. 엄마는 그저 운전대를 잡고 집까지 가는 내내 전과 다름없이 똑바로 앞만 응시했다.

2장

그때 우리가 살던 곳—뉴햄프셔의 홀턴밀스—은 동네 사람들이 서로 다 알고 지내는 그런 곳이었다. 사람들은 잔디를 깎지 않고 오래 내버려두는 걸 알아챘고, 흰색이 아닌 다른 색으로 집에 페인트칠을 하면 면전에 대고 말하지는 않았지만 뒤에서 수군거렸다. 우리 엄마는 간섭받지 않고 혼자 있기를 좋아하는 부류의 사람이었다. 무대 위에 올라 모두가 엄마의 공연을 봐주는 것을 좋아하던 시절도 있었지만, 엄마의 그 당시 목표는 남의 눈에 띄지 않는 것, 가능한 한 그렇게 되는 것이었다.

엄마가 우리집에 대해 마음에 든다고 했던 것 중 하나는 거리 맨 끝에 자리잡은 위치였다. 우리집 너머에 다른 집은 없었고, 뒤쪽으로는 넓은 들판이 오직 숲을 향해 활짝 펼쳐져 있었다. 가려던 곳을 지나치는 바람에 차를 돌려야 하는 경우가 아니고서는 차들도 거의 지나가지 않았다. 고아원을 위해 돈을 모금하는 사람들이나 전도하러 다니는 교인들, 탄원서를 갖고 오는 이들 말고는 우리를 찾아오는 사람도 거의 없었다. 엄마에게는 좋은 일이었다.

예전에는 달랐다. 가끔은 사람들 집에 가고 우리집에 사람들을 초대하기도 했다. 하지만 그 무렵에 엄마의 친구는 한 명으로 줄었고, 그 친구마저 거의 들르지 않게 되었다. 바로 에벌린이었다.

*

우리 엄마와 에벌린 아주머니는 아빠가 떠날 즈음 만났다. 엄마는 우리집에서 아이들을 위한 창의적 운동 수업을 시작하려고 했다—나중에 돌이켜보면 엄마와는 그림이 잘 그려지지 않는 활동이었다. 엄마는 실제로 전단지를 동네에 뿌리고 지역신문에 광고를 내는 등의 준비를 했다. 엄마들이 아이들을 데리고 오면 우리 엄마가 음악을 틀고 스카프와 리본 같은 것들을 바닥에 늘어놓은 뒤, 그 주위에서 다 같이 춤을 추는 수업이었다. 춤이 끝나면 모두 함께 간식을 먹는다. 수강생을 충분히 모은다면 더는 세상에 뛰어들어 더 평범한 종류의 일자리를 구할 걱정을 하지 않아도 될 것이었다. 그런 일은 엄마한테는 맞지 않았다.

엄마는 그 일을 준비하는 데 공을 많이 들였다. 수강생들이 각자 쓸 작은 매트를 바느질하고, 거실 가구를 깨끗이 청소했다. 그 정도는 새로운 사업을 시작하는 데 그리 큰일은 아니었다. 엄마는 바닥에 깔 깔개도 샀는데, 남의 집 같으면 온 바닥을 덮는 카펫으로 써도 될 정도였지만 누구도 그런 것을 사지는 않는다.

그때 나는 아주 어렸지만 첫 수업이 열린 아침은 기억한다. 엄마는 방 여기저기 놓은 초에 불을 붙이고 쿠키를 구웠다—통밀가루와, 설탕 대신 꿀을 넣은 건강식이었다. 나는 수업에 참여하기 싫어했기 때문에 엄마는 내게 전축을 틀고, 엄마가 좀더 큰 아이들이랑 놀아줄 동안 어린아이들을 지켜보고, 나중에 과자를 내오라고 했다. 첫 수업이 있던 날 오전에 우리는 총연습을 했다. 엄마는 내게 해야 할 일을 보여주고, 어린아이 중에서 누군가 화장실에 가면 나중에 바지 단추 잠그는 일 같은 것을 도와주라고 다시 한번 일렀다.

그러다 수강생들이 올 시간이 되었다. 그러나 시간이 지나도 여전히 아무도 오지 않았다.

수업을 시작하기로 한 시간에서 삼십 분쯤 지났을까, 한 여자가 휠체어에 탄 남자아이를 데리고 도착했다. 에벌린 아주머니와 아들 배리였다. 체격으로 보아 그애는 아마 내 또래일 것 같았지만, 마치 다른 사람은 볼 수 없는 영화를 혼자 보다가 갑자기 재미있는 부분이라도 나온 것처럼 가끔씩 이상한 소리를 내는 것이 고작이었고 말도 하지 못했다. 한번은 그 영화에서 배리가 정말로 좋아하는 등장인물이 죽은 것 같았다. 그애가 양손에 얼굴을 파묻었던 것이다—손이 심하게 이리저리 움직였기 때문에 쉽지 않은 일이었다. 그래서 그애의 머리도 손이 흔들리는 방향과 꼭 똑같이는 아니지만 그런 식으로 움직였다—그애는 그저 의자에 앉아서 흐느끼는 듯한 소리만 냈다.

에벌린 아주머니는 창의적 운동이 배리에게 좋을지도 모른다고 생각했음이 틀림없다. 누가 나에게 물었다면 배리가 시작부터 꽤 창의적으로 움직이기는 했다고 대답했겠지만. 그래도 엄마는 무척 노력했다. 엄마와 에벌린 아주머니가 배리를 특수 매트 위에 놓았고, 엄마는 좋아하는 레코드를 틀었다—〈아가씨와 건달들〉의 사운드트랙이었다. 그리고 배리와 에벌린 아주머니에게 〈Luck Be a Lady Tonight〉에 맞춘 동작을 보여주었다. 에벌린 아주머니는 꽤 소질이 있다고 엄마가 말했다. 하지만 정확히 박자에 맞추어 움직이는 것은 배리의 스타일이 아니었다.

그 한 번으로 수업은 접었지만, 에벌린 아주머니와 우리 엄마는 친구가 되었다. 아주머니는 배리를 큰 유모차에 태워 오곤 했고, 엄마는 커피포트 한가득 커피를 준비해놓았다. 아주머니는 배리가 탄 유모차를 뒷마당에 세워놓았고, 엄마는 내게 거기서 배리와 놀아주라고 하고는 그동안 에벌린 아주머니가 담배를 피우며 늘어놓는 이야기를 들었다. 가끔가다 한 번씩 비행 청소년 지원이니 자기 책임을 마주해야 한다느니 내가 져야 할 십자가라느니 사회의 낙오자라느니 하는 말이 귀에 들어왔다—우리 엄마가 아니라 에벌린 아주머니가 하는 말이었다—하지만 대개는 듣지 않고 흘려 넘기는 법을 터득했다.

나는 배리가 할 수 있는 것들, 그애의 관심을 끌 만한 게임 따위를 생각해내려 노력했지만 쉽지 않은 일이었다. 한번은 진짜로 너무 지겨워서, 꾸며낸 언어로 배리에게 말을 걸어볼까 하는 생각이 떠올랐다—그애가 가끔씩 혼자 내는 소리에 맞춰서 아무렇게나 만들어낸 소리와 소음만으로 이루어진 언어였다. 나는 유모차 앞에 앉아서 손짓을 써가며 그런 식으로 그애에게 말을 걸어보았다. 정교한 이야기를 들려주는 것처럼.

그러자 배리가 흥분한 듯했다. 적어도 전보다 더 많이 소리를 내는 것으로 반응했다. 배리가 웃음을 터뜨리고 고함을 치고 팔을 평소보다 더 거칠게 흔들어대는 바람에 엄마와 아주머니가 무슨 일인가 보려고 현관으로 나왔다.

무슨 일이니? 에벌린 아주머니가 물었다. 말하는 얼굴 표정에서 아주머니의 기분이 좋지 않다는 것을 알 수 있었다. 아주머니는 배리의 휠체어가 세워진 곳으로 달려와 아이의 머리카락을 쓰다듬었다.

당신 아들이 배리를 이런 식으로 놀리다니 믿을 수가 없군요. 에벌린 아주머니가 엄마에게 말했다. 아주머니는 배리의 물건을 챙기고 자기 담배를 집어들었다. 당신은 이해해줄 줄 알았는데요, 아주머니가 말했다.

얘들은 그냥 같이 놀고 있었던 거예요. 나쁜 짓은 하지 않았어요. 헨리는 친절한 아이라고요. 엄마가 말했다.

하지만 에벌린 아주머니와 배리는 이미 문을 나서고 있었다.

그후로 우리는 그 두 사람을 거의 보지 못했다. 내 생각으로는 엄마가 친구가 없어 얼마나 외로운지 알게 되었다는 점을 제외하고는 그다지 손해라고 할 것은 아니었다. 에벌린 아주머니 이후로는 아무도 없었다.

한번은 우리 반의 라이언이라는 아이가 나를 밤샘 파티에 초대했다. 그애는 이사 온 지 얼마 안 되어서 내가 사람들이 자기 집에 초대하는 그런 아이가 아니라는 것을 미처 몰랐던 것이다. 나는 좋다고 했다. 라이언의 아빠가 나를 데리러 왔을 때, 나는 장바구니에 칫솔과 다음날 입을 속옷까지 챙기고 바로 떠날 준비를 마친 상태였다.

우선 너희 부모님께 인사드려야 할 것 같구나. 내가 차에 오르려 하자 라이언의 아빠가 말했다. 그래야 부모님이 걱정을 안 하시지.

부모님은 엄마뿐이에요. 벌써 괜찮다고 하셨어요. 내가 말했다.

잠깐 얼굴 비추고 인사만 하마.

엄마가 뭐라고 했는지는 알 수 없지만, 차로 돌아온 그는 나를 가여워하는 얼굴이었다.

언제든 우리집에 와도 된단다, 얘야. 그가 나에게 말했다. 하지만 내가 그 집에 간 건 그 한 번뿐이었다.

*

그러니까 이런 식으로 프랭크를 차에 함께 태워서 집으로 데려온 것은 보통 일이 아니었다. 아마도 그는 우리가 지난 일 년 동안 집에 맞아들인 첫번째 손님이었을 것이다. 어쩌면 이 년 동안.

집안이 엉망인데 이해해주세요. 요즘 저희가 바빠서요. 진입로로 들어서면서 엄마가 말했다.

나는 엄마를 쳐다보았다. 바쁘기는 뭐가 바쁘다고?

엄마가 현관문을 활짝 열었다. 햄스터 조가 쳇바퀴를 돌리고 있었다. 부엌 식탁 위에는 몇 주 전 신문이 놓여 있었다. 가구에는 매직으로 스페인어 단어들을 적은 포스트잇이 붙어 있었다. 메사. 시야. 아구아. 바수라.* 덜시머**를 독학하면서 스페인어를 배우는 것이 여름 내내 하려고 했던 엄마의 프로젝트 중 하나였다. 6월에 엄마는 도서관에서 빌려온 테이프를 틀어놓기 시작했다. 돈데 에스타 엘 바뇨? 쿠안토 쿠에스타 엘 오텔?***

테이프들은 여행자를 위한 것이었다. 이걸 뭐하러 배워요? 나는 테이프 대신 라디오를 켜고 음악을 듣고 싶은 마음에 엄마에게 물었다. 스페인어를 쓰는 나라에 갈 일도 없었다. 고작 육 주에 한 번씩 슈퍼마켓이나 가는 게 전부고 그것만 해도 대단한 건데.

앞으로 어떤 기회가 다가올지 모르는 일이잖니. 엄마가 말했다.

새로운 일이 일어날 수 있는 또다른 길이 있다는 것이 이제 밝혀졌다. 모험을 위해 어딘가 갈 필요가 없었다. 모험이 우리에게로 다가왔다.

그때 우리 부엌에는 희망찬 노란색 벽과 불이 들어오는 전구 하나가 있었고, 작년에 산, 씨가 자라는 동물 모양의 신기한 도

---

* 순서대로 탁자, 의자, 물, 쓰레기라는 뜻.

** 두 개의 나무 채로 철선을 두드려 소리를 내는 타현악기.

*** '화장실은 어디죠?' '그 호텔은 숙박비가 얼마죠?'라는 뜻의 스페인어.

자기가 있었다. 그 돼지 모양 도자기의 초록 싹은 누렇게 말라 죽은 지 이미 오래였다.

프랭크는 천천히 주위를 둘러보았다. 그는 한쪽 벽에 캠벨 토마토 수프 깡통 오륙십 개가 유령도시의 슈퍼마켓 진열대처럼 쌓여 있고, 마찬가지로 엘보 마카로니 상자와 땅콩버터 병, 건포도 봉지 들이 그 옆에 높이 쌓여 있는 모습을 보면서도 이상할 것 하나 없다는 듯이 부엌으로 들어섰다. 지난여름 내게 폭스트롯과 투스텝 추는 법을 가르쳐주겠다며 엄마가 마룻바닥에 그려 놓은 발자국들이 아직도 남아 있었다. 나에게는 그 프로젝트가 엄마가 내 파트너로서 박자를 세는 동안 바닥에 스텐실로 찍어 놓은 발자국 그림 위로 발을 딛는 일일 뿐이었지만.

남자가 춤추는 법을 안다는 건 대단한 일이야. 남자가 춤을 출 수 있게 되면, 세상에 못할 일이 하나도 없단다. 엄마의 말이었다.

좋은 집이네요. 편안해요. 메사에 좀 앉아도 될까요? 프랭크가 말했다.

커피에 뭐 넣으세요? 엄마가 물었다. 엄마는 블랙커피를 마셨다. 가끔은 그 커피가 엄마가 먹고 사는 전부인 것 같다. 수프와 국수는 나를 위해 샀다.

프랭크는 몇 주 지난 것이지만 식탁에 놓인 신문의 기사 제목을 들여다보았다. 아무도 뭔가 먼저 말을 꺼낼 것 같지 않아서 내가 분위기를 좀 바꿔야겠다고 생각했다.

다리는 어떻게 다치셨어요? 내가 그에게 물었다. 그의 머리 상처도 궁금했지만, 한 번에 하나씩 물어보자고 생각했다.

이제 너한테는 솔직하게 말할게, 헨리. 그가 말했다. 그가 내 이름을 기억하고 있어서 놀랐다. 그는 엄마에게 말했다. 크림이랑 설탕 넣어주세요, 감사합니다, 아델.

엄마는 우리 둘에게 등을 돌리고 한 스푼 두 스푼 세고 있었다. 그는 내게 무슨 말을 할 듯하다가 엄마를 쳐다보았다. 처음으로 엄마의 아들이 아닌 다른 사람이 엄마를 어떻게 보는지 상상할 수 있었다.

너희 엄마 꼭 니컬로디언 채널에서 하는 〈길리건의 섬〉에 나오는 진저같이 생겼어. 레이철이라는 여자아이가 나한테 그런 말을 한 적이 있었다. 5학년 때 내가 립으로 출연한 〈립 밴 윙클〉 공연을 보려고 엄마가 아주 오래간만에 학교에 왔을 때였다. 레이철은 우리 엄마가 진짜로 진저 역을 맡은 여배우이고, 팬들과 할리우드의 스트레스를 피하기 위해 이 동네에 살고 있다는 가설을 내놓았다.

그때 그 가설에 반박하고 싶었는지는 잘 모르겠다. 우리 엄마가 거의 외출을 하지 않는 진짜 이유보다는 그편이 더 나아 보였다. 진짜 이유가 뭐가 되었든 간에.

그녀가 엄마—그냥 엄마가 아니라 우리 엄마—이고 엄마가 입은 것이 낡은 치마와 백만 년은 입은 타이츠라 해도, 사람들 눈에 엄마가 미인으로 보인다는 것을 알 수 있었다. 아니 그 이상이었다. 아이들을 데려가려고 세시에 교문 바깥에 차를 대거나 아이들이 잊고 간 숙제를 갖다주려고 달려오는, 학교에서 보는 엄마들은 대부분 어딘가 몸매가 무너진 곳이 있었다. 아마 아이를 낳느라 그렇게 되었을 것이다. 우리 아빠의 아내 마저리도, 우리 엄마가 항상 지적하듯 나이는 더 어렸지만 마찬가지였다.

우리 엄마는 여전히 예전 몸매를 유지하고 있었다. 엄마가 나한테 보여주려고 옛날에 입었던 무용복을 입어봤을 때 알았다. 이제 엄마가 춤추는 곳은 우리집 부엌뿐이었지만, 엄마의 다리는 여전히 무용수의 다리였다. 그리고 지금 프랭크가 그 다리를 보고 있었다.

너한테는 거짓말하지 않을게, 그가 다시 말했다. 엄마를 뚫어지게 쳐다보느라 말이 천천히 나왔다. 엄마는 이제 커피메이커에 물과 함께 커피를 넣고 있었다. 아마도 그가 쳐다보는 눈길을 엄마도 알아차렸을 것이다. 엄마는 서두르지 않고 천천히 했다.

잠시 동안 프랭크는 그곳이 아니라 어딘가 다른 먼 곳에 있는 것 같았다. 누가 그를 봤다면, 우리 냉장고 주변 어딘가에 설치해놓은 스크린에 영사되는 영화를 보고 있다고 생각했을지도 모른다. 냉장고에는 아직도 내 아프리카 펜팔 친구 아라크의 바랜 사진이 날짜 지난 달력과 함께 자석 두어 개로 붙어 있었다. 잠시 프랭크의 눈은 이 부엌이 아니라 바깥의 어떤 장소에 고정된 것 같았다. 부엌에는 식탁에 앉아 만화책을 펄럭거리며 넘기는 나와, 커피를 준비하는 엄마뿐이었다.

내가 다리를 다친 건—다리랑 머리—병원 이층 창문에서 뛰어내리다가 그런 거야. 사람들이 내 맹장을 떼어내려고 데려갔지.

감옥에서. 그가 말했다. 그렇게 도망친 거야.

어떤 사람들은 자신을 그리 잘 반영하지 못할 수도 있는 질문에 대답하기에 앞서 구구절절 설명을 늘어놓는다(어디에서 일하세요, 같은 질문에 맥도널드에서요, 라고 대답하기 전에 실은 저는 배우인데요 아니면 실은 곧 의대에 지원하려고 해요, 같은 말을 하는 것이다. 혹은 그들의 상황을 실제와 다르게 보이게 하려고 애쓰기도 한다. 누군가 판매직입니다, 라고 하면 사실은 사람들에게 전화를 걸어서 신문을 구독해보라고 설득하는 일을 한다는 뜻이다).

프랭크는 우리한테 그 얘기를 할 때 그러지 않았다. 스틴치필드의 주립 교도소에 있었다고 했다. 그는 셔츠를 들추고 붕대가 감겨 있지 않았다면 몰랐을 세번째 상처를 보여주었다. 맹장을 잘라낸 자리였다. 보아하니 최근에 생긴 자국이었다.

엄마가 몸을 돌려 그를 마주보았다. 엄마는 한 손에는 커피포트를, 다른 한 손에는 머그잔을 들고 있었다. 엄마가 컵에 커피를 따랐다. 식탁 위에 분유와 설탕을 놓았다.

크림이 없네요, 엄마가 말했다.

괜찮습니다.

탈옥한 거예요? 내가 그에게 물었다. 그럼 경찰이 지금 아저씨를 쫓고 있어요? 나는 겁이 났지만 흥분도 되었다. 결국은 우리 삶에 무슨 일이 일어날 줄 알았다. 나쁜 일일 수도 있고, 끔찍한 일일 수도 있다. 한 가지는 확실했다. 다르기는 할 것이다.

이 다리만 아니었으면 더 멀리 갔을 텐데. 뛸 수가 없었어. 누가 나를 알아보고 그들이 다가오기에 그 마트에 숨었다가 너를 본 거야. 그들은 주차장에서 내 흔적을 놓쳤고.

프랭크는 자기 커피에 설탕을 넣었다. 세 스푼이었다. 잠시만 여기 앉아 있게 해주시면 고맙겠습니다. 그가 말했다. 지금 당장 다시 밖으로 나가기는 힘들 테니까요. 땅으로 착지하면서 좀 다쳤어요.

두 사람 다 한 가지 점에서는 의견을 같이했다—우리 엄마와 프랭크 말이다—세상으로 나아가기란 쉽지 않은 일이다.

잠시 여기 계셔도 돼요. 헨리에게 무슨 짓을 하지만 않으신다면요. 엄마가 말했다.

저 아이한테는 절대 아무 짓도 하지 않을 겁니다. 프랭크가 말했다.

3장

엄마는 춤을 잘 췄다. 그냥 잘 추는 정도가 아니었다. 지금은 사라졌지만 그런 식의 춤을 추는 영화를 아직도 만들기만 한다면 영화에 출연해도 좋을 정도였다. 우리집에는 그런 비디오가 몇 개 있었고, 엄마는 전형적인 춤동작을 몇 가지 알고 있었다. 〈사랑은 비를 타고〉에서 남자가 사랑에 빠져 가로등 기둥 주위를 빙글빙글 돌고, 여자는 레인코트를 입고 있는 장면이었다. 엄마는 우리가 아직 가끔씩 밖을 돌아다니던 시절에 보스턴 한복판에서 그 춤을 춘 적이 있었다. 엄마가 나를 과학박물관에 데려갔을 때였다. 밖에 막 나왔을 때 비가 쏟아지기 시작했고, 마침 가로등이 있었다. 엄마는 춤을 추기 시작했다. 나중에 생각해보니 엄마가 그런 행동을 한 것이 창피했다. 그때 당시에는 그저 자랑스러웠다.

엄마는 춤을 추다가 아빠를 만났다. 아빠에 대해 다른 어떤 얘기를 하건, 엄마는 아빠가 댄스 플로어에서 여자를 움직이는 법을 아는 남자였다고 했는데, 엄마에게는 많은 것을 의미하는 말이었다. 부모님이 함께 살던 시절에 대해서는 기억나는 것이 많지 않지만, 두 분이 춤을 추던 것만은 기억난다. 어렸지만 최고라는 것만큼은 알 수 있었다.

어떤 남자들은 그저 손을 상대의 어깨에 올리거나 등허리에 대기만 하지. 잘 추는 사람들은 안단다. 거기를 강하게 눌러줘야 한다는 걸 말이야. 밀어줘야 해. 엄마가 말했다.

엄마가 뭔가에 대해 자기 의견을 강하게 내세운 것 중 하나는 사교댄스를 출 때 파트너를 잡아주는 법에 관한 거였다. 또한 엄마는 전자레인지를 쓰면 암에 걸리고 불임이 된다고 믿었다. 그래서 내게 아빠 집—우리집에도 전자레인지가 있었지만—부엌에 있을 때 마저리가 전자레인지로 뭔가를 데우면 요리책으로 사타구니를 덮겠다는 약속을 받아냈다.

한번은 엄마가 아주 희한한 쓰나미가 곧 플로리다 주를 덮칠 거라는 꿈을 꾸었는데, 그것은 내가 아빠와 마저리와 함께 디즈니월드로 여행을 가서는 안 되는 명백한 증거였다—올랜도가 내륙에 위치해 있다는 사실 따위에는 아랑곳하지 않았다. 엄마는 우리 이웃인 엘런 판즈워스가 아빠로부터 내 양육권 소유를 위한 법적 조치에 도움이 될 만한 증거를 수집해달라는 요청을 받았다고 믿었다. 아빠가 엄마한테 전화를 걸어서 나를 리틀리그 테스트에 데려가라고 요구한 바로 다음날, 판즈워스 부인이 들러 혹시 차 태워줄 일이 있는지 물어본 것을 달리 무슨 수로 설명하겠는가 말이다. 그 이유가 아니라면 어째서 초콜릿 칩 쿠키를 만들던 도중 달걀이 똑 떨어졌다는 이유로 우리에게 여분의 달걀이 있는지 물어보러 왔겠는가? 엄마는 그 부인이 단지 우리를 확인해보고 싶었던 거라고 했다. 우리한테 불리한 정보를 모으려고.

그 여자가 우리집을 도청하는 것도 충분히 있을 법한 일이야, 엄마가 말했다. 요즘은 마이크를 아주 작게 만들어서 이런 소금병 속에도 숨겨놓을 수 있다잖니.

안녕하세요, 엘런, 엄마가 소금병을 든 채 거의 노래하는 듯한 목소리로 외쳤다. 엄마는 어쩌면 그렇게 돌아가는 사정을 다 알고 있을까, 일단 알아내면 대처할 방법을 어쩌면 그렇게 바로 떠올리는 걸까 감탄하던 시절도 있었다. 이제 더는 그렇게 생각하지 않는다.

리틀리그 테스트로 말하자면, 온갖 규칙들을 따르게 강요해서 아이들의 창의성을 짓밟으려는 조직들 중 하나일 뿐이라는 게 우리 엄마의 지론이었다.

왜 꼭 스트라이크를 세 번 얻어야 하는지 같은 거요? 왜 제일 많이 득점한 팀이 이기는지 같은 거요? 내가 엄마한테 물었다.

물론 나는 똑똑한 아이였다. 야구를 싫어했지만, 가끔은 엄마가 우리와 맞지 않는다는 이유로 매사를 남들과는 다른 식으로 바라보는 것도 싫었다. 그리고 왜 그들이 우리와 맞지 않는 사람들이라고 하는지도.

그런데 도대체 저 여자는 왜 저래? 엄마는 판즈워스 부인이 넷째 아이를 가진 직후 이렇게 말했다. 볼 때마다 애가 하나씩 늘어난다니까.

저녁을 먹을 때 우리가 하는 대화는 그런 식이었다. 엄마가 사람들에 대해 이야기했다. 나는 들었다. 엄마는 사람들이 저녁을 먹을 때 텔레비전을 켜놓는다는 것을 믿지 않았다. 대화가 있어야 했다. 부엌의 하나 남은 전구 불빛 아래에서 냉동식품(전자레인지가 절대 아니고 오븐에 데운)으로 차린 저녁을 먹는 동안, 엄마는 판즈워스 부부의 피임 방법에 문제가 있을 가능성을 논했다—페서리를 썼나?—그리고 비록 옛 시절 이야기뿐이었지만 엄마의 삶에 대해 들려주었다. 나는 모든 것을 그런 이야기를 통해 배웠다. 엄마가 와인을 따르고 나서 쟁반을 내려놓을 때였다.

네 아빠는 정말 미남이었어, 엄마가 내게 말했다. 너도 똑같은 미남이 될 거야. 엄마는 결혼 초기에 아빠가 무비 스타가 될 수도 있겠다고 생각해서 할리우드에 있는 누군가에게 아빠의 사진을 보낸 적도 있었다.

답장은 오지 않았어, 엄마가 말했다. 엄마는 놀랐던 것 같다.

아빠는 이 동네 출신이었다. 엄마는 매사추세츠 노스쇼어에서 함께 학교를 다녔던 여자애의 결혼식에서 아빠를 만났다.

셰릴이 왜 나를 초대했는지 모르겠어, 엄마가 말했다. 우리는 그리 사이가 좋지도 않았는데. 하지만 춤이 있는 곳이라면 어디든 마다할 이유가 없었지.

아빠는 다른 사람과 함께 그 결혼식에 왔다. 엄마는 혼자 갔지만 그편을 더 좋아했다. 혼자 가면 춤도 출 줄 모르는 사람하고 밤새도록 붙어 있지 않아도 되거든. 엄마의 말이었다.

우리 아빠는 춤을 출 줄 알았다. 저녁이 다 저물어갈 무렵 사람들은 엄마와 아빠 둘만을 위해 댄스 플로어에 자리를 내주었다. 아빠는 엄마를 그때까지 한 번도 해본 적이 없는 춤동작으로 이끌었다. 빙빙 돌다가 치마가 홱 젖혀졌을 때 엄마는 빨간색 속옷을 입고 온 것이 기뻤다.

아빠는 키스도 기가 막히게 잘했다. 처음 만난 후로 둘은 그 주말과 다음주 첫 사흘 내내 침대에서 나오지 않았다. 엄마가 내게 해주는 이야기들을 꼭 전부 들을 필요는 없었지만, 그래도 엄마는 이야기를 멈추지 않았다. 와인 두 잔째부터는 더이상 내게 이야기를 들려주는 게 아니라 그저 말하고 있을 뿐이었다.

엄마는 말했다. 우리가 내내 춤을 출 수만 있었다면, 춤을 멈출 필요가 없기만 했다면, 다 괜찮았을 텐데.

엄마는 여행사 일을 그만두고 아빠와 함께 이사했다. 아빠는 아직 보험 영업을 하기 전이었다. 트럭을 끌고 장터를 돌아다니면서 핫도그와 팝콘을 팔았다. 엄마도 아빠와 함께 돌아다녀야 했고, 북쪽 어딘가나 바다로 차를 몰고 간 날에는 밤에도 아빠의 아파트로 아예 돌아가지 않을 때도 있었다. 두 사람은 좌석 아래에 침낭을 하나 두고 다녔다. 하나면 충분했다.

물론 그건 여름에만 하는 일이었지, 엄마가 말했다. 겨울이 오자 두 사람은 남쪽을 향해 플로리다로 갔다. 엄마는 한동안 포트로더데일의 바에서 마르가리타를 서빙했다. 아빠는 해변에서 핫도그를 팔았다. 밤이면 둘은 춤을 추러 갔다.

엄마가 이런 이야기를 할 때면 나는 되도록 천천히 먹으려 애썼다. 밥을 다 먹으면 엄마는 우리가 어디 있는지를 기억해내고 식탁에서 일어나리라는 것을 알고 있었다. 옛 시절, 그러니까 플로리다 시절과 핫도그 트럭 그리고 종종 아빠와 캘리포니아로 차를 몰고 가서 텔레비전 버라이어티쇼의 무용수를 뽑는 시험에 지원하려고 계획했던 때의 이야기를 할 때면 엄마의 얼굴이 달라졌다. 젊었을 때 연주하곤 하던 노래가 라디오에서 흘러나오거나, 어렸을 때 키웠던 개—아마도 보스턴테리어나 콜리—와 닮은 개가 거리를 달려가는 모습을 보았을 때 사람들의 얼굴에 떠오르는 그런 표정이었다. 잠시 동안 엄마는 우리 할머니처럼 보였다. 엄마가 레드 스켈턴을 듣던 시절은 사라져버렸다. 아빠가 팔에 내 여동생이라는 아기를 안고 우리집 앞에 왔던 날, 엄마 자신이 그랬던 것처럼. 아빠가 떠난 지 일 년도 더 지나서 있었던 일이었지만, 엄마가 그 아기를 보았던 그 순간—바로 그때가 최악이었다.

그이가 떠난 후로는 어린 아기들이 어땠는지 잊어버렸어, 엄마가 말했다. 그럴 때면 엄마의 얼굴에도 허물어진 표정이 떠올랐다. 어쩌면 구겨진이라는 표현이 더 적당할지도 모르겠다. 그러고는 곧 본래의 모습으로 돌아왔다. 네가 훨씬 더 귀여웠어, 엄마의 말이었다.

엄마가 나를 데리고 여기저기 다니던 시절에는 운전하는 동안에도 이야기를 들려주었지만, 일단 집에서만 틀어박혀 지내게 된 다음부터는 저녁식사 때가 엄마의 이야기를 들을 수 있는 유일한 시간이 되었다. 슬픈 이야기일 때조차 결코 끝나지 않기를 바랐다. 포크를 내려놓고 나면 이야기가 끝나거나, 이야기가 끝나지 않더라도—이런 이야기들에는 결말 따위는 없는 법이니까—엄마의 얼굴이 다시 원래대로 돌아온다는 것을 늘 알고 있었다.

이 접시들을 치워야겠다. 네가 숙제를 해야 하니까. 엄마가 말했다.

진짜 결말은 부모님이 다시 북쪽으로 옮겨서 핫도그 트럭을 팔았을 때 닥쳤다. 우리가 어릴 때 보던 그런 텔레비전 쇼가 더는 없었어, 엄마가 말했다. 무용수들이 나오는 쇼 말이야. 두 사람은 〈소니 앤드 셰어 쇼〉와 〈글렌 캠벨 아워〉가 취소된 줄도 모르고 차를 몰아 전국을 가로질렀다. 하지만 엄마가 가장 하고 싶었던 것은 결코 텔레비전 무용수가 되는 것이 아니었으므로 실은 잘된 일이었다. 엄마는 아기를 갖고 싶었다.

그때 네가 온 거야, 엄마가 말했다. 그렇게 내 꿈이 이루어졌지.

아빠는 보험 영업 일자리를 구했다. 아빠의 전문 분야는 상해와 장애였다. 한 팔이나 한 팔과 한 다리, 혹은 두 다리, 아니면 노다지로 사지를 모두 잃으면 돈을 얼마나 받게 되는지 아빠보다 더 빨리 계산할 수 있는 사람은 아무도 없었다. 즉 그전에 미리 아빠한테 보험을 들어둘 만큼 영리하다면 백만장자가 되어 팔자를 고칠 수도 있다는 뜻이었다.

그후 엄마는 나를 데리고 집에 들어앉았다. 그때는 시어머니와 함께 살았고, 시어머니가 돌아가시자 집을 물려받았다. 이혼하고 나서 우리가 살고 있는 집은 그 집이 아니지만. 그 옛집에는 지금 아빠가 마저리와 리처드, 클로이와 함께 살고 있다. 아빠는 그 집으로 두번째 담보대출을 얻은 돈으로 엄마를 내보냈고, 엄마는 지금 우리가 사는 집을 얻어 이사했다. 마당에 내 그네를 매달 나무도 없는 더 작은 집이었지만 우리 둘이 살기에는 충분한 크기였다.

엄마가 저녁 식탁에서 나에게 이런 이야기들을 들려주지는 않았다. 내가 스스로 꿰맞춘 것이다. 아빠와 함께 보내는 토요일 저녁이면 나를 데리고 외식을 하면서 아빠가 가끔 이런 얘기를 했다. 네 엄마한테 그 집을 살 돈을 전부 대줘야 하지만 않았더라면. 어떨 때는 마저리가 입을 앙다물고 엄마가 아직도 제대로 된 일자리를 찾아보지 않으시냐고 물어보았다.

집밖으로 나서는 것에 관한 엄마의 문제는 이제 너무 오래되어서 언제 시작되었는지 기억도 나지 않는다. 하지만 엄마가 무슨 생각을 하는지는 알고 있었다. 세상으로 나간다는 건 좋은 생각이 아니다.

그건 아기들 때문이야, 엄마가 말했다. 여기저기서 빽빽 울어대는 그 모든 아기들, 아기들 입에 고무젖꼭지를 물리는 엄마들.

엄마는 다른 이야기도 많이 했다—날씨와 교통, 핵발전소와 고압전선에서 나오는 전류의 위험에 대해서. 하지만 엄마를 가장 괴롭히는 것은 아기들과 엄마들이었다.

아예 관심을 보이질 않는다니까, 엄마가 말했다. 마치 아기를 낳은 것이 무슨 대단한 성취라도 된다는 식이라니까. 일단 아기를 낳고 나면, 탄산음료를 잔뜩 퍼주고 비디오 앞에 앉혀놓는 것으로(비디오가 막 인기를 끌기 시작하던 때였다) 자기 할 일을 완벽하게 끝낸 양 굴고. 누가 아이들이랑 대화를 하느냔 말이야? 엄마가 말했다.

음, 엄마는 했다, 좋다. 그런데 내 생각엔 너무 많이 했다. 엄마는 이제 늘 집에만 있었다. 이제 엄마가 보고 싶은 사람은 오직 나뿐이라고 했다.

*

아직도 가끔은 차를 타고 나가기는 했지만, 엄마는 혼자 가게에 들어가는 대신 내게 돈을 쥐여주고 차에 남았다. 아니면 시어스에서 주문하면 되는데 뭣하러 가게까지 차를 몰고 가느냐고 했다. 슈퍼마켓에 가면 엄마는 캠벨 수프와 캡틴 앤디 생선 요리, 땅콩버터와 냉동 와플 같은 것들을 잔뜩 사재기했고, 곧 우리는 방공호에 사는 듯한 꼴이 되었다. 그즈음에는 이미 시어스에서 주문한 급속냉동고가 집에 있었고 그 안은 냉동식품으로 꽉 채워져 있었다. 허리케인이 온다 해도 몇 주는 거뜬할 정도로 많은 식량을 비축해두었던 것이다. 어쨌든 분유가 나한테 더 좋아. 살이 덜 찌니까. 엄마가 말했다. 외할머니랑 외할아버지 두 분 다 고콜레스테롤로 고생하시다 일찍 돌아가셨어. 우리도 조심해야 돼.

그뒤로 엄마는 모든 것을 통신판매 카탈로그에서 구하기 시작했다—인터넷이 아직 없던 시절이었다—심지어 속옷이나 양말 따위도 그렇게 사면서, 지금 시내에 길이 얼마나 막히는지 모른다, 진짜로 거기서 더는 차를 몰고 다니면 안 된다, 더군다나 자동차가 일으키는 공해를 생각하면 더더욱 안 된다, 라는 소리를 했다. 나는 우리가 모터스쿠터를 사면 어떨까 생각했다. 텔레비전 프로그램에서 스쿠터를 타는 사람을 본 적이 있었는데, 우리 둘이 시내를 붕붕거리고 돌아다니며 볼일을 보면 참 재미있겠다 싶었다.

정말로 꼭 해야 할 일이 얼마나 될 것 같니? 생각해보면, 여기저기 쏘다녀봤자 집에서 보낼 수 있는 시간을 허비하게 될 뿐이야. 엄마의 말이었다.

그때 나는 더 어렸고, 항상 어떻게든 엄마를 집밖으로 끌어내 보려 했다. 볼링 치러 가요, 내가 졸랐다. 미니 골프도 좋아요. 과학박물관에 가요. 나는 엄마가 좋아할 만한 것들을 생각하느라 머리를 쥐어짰다—고등학교에서 하는 크리스마스 예술제, 라이온스클럽에서 주최하는 〈오클라호마!〉 공연 따위.

춤도 있을 거예요, 내가 말했다. 이 말을 끄집어내다니, 큰 실수였다.

그런 걸 춤이라고 부르다니, 엄마가 말했다.

*

가끔씩 엄마가 아빠를 얼마나 많이 사랑했는지 궁금했다. 누군가를 너무 많이 사랑해서 상대가 죽거나 떠나버렸을 때 절대 그 충격을 극복하지 못하는 경우가 있다는 얘기를 들었다. 실연에 대해 이야기할 때 그런 식으로들 말했다. 언젠가 냉동식품으로 저녁을 먹으면서 엄마가 와인을 세 잔째 따랐을 때 그 문제에 대해 엄마에게 물어봐야겠다는 생각이 떠올랐다. 엄마가 한때 아빠를 사랑했던 것과 똑같은 정도로 지금 아빠를 미워하듯이 누군가를 미워하면 그렇게 되는 것일까 궁금했다. 과학 시간에 배우는 것과 비슷한 것 같았다—물리학인가, 우린 아직 배운 적이 없지만. 한쪽에 앉은 사람이 얼마나 내려가느냐에 따라 반대쪽에 앉은 사람이 얼마나 올라갈지 결정되는 시소처럼.

내가 판단한 바로는, 보이는 대로라면, 엄마가 마음 아파하는 것은 아빠를 잃어서가 아니었다. 사랑 그 자체—팝콘과 핫도그로 미국을 횡단하고, 붉은 속옷에 반짝이는 드레스를 입고 춤을 추며 미국을 가로지르는 꿈—를 잃어버렸기 때문이었다. 자기를 아름답다고 느끼게 해주는 사람을 잃어버린 것이다. 엄마는 아빠가 매일같이 아름답다고 말해주곤 했다고, 내게 얘기했었다.

그런 말을 해줄 사람이 더는 아무도 없다면, 물 주는 것을 잊어버린 고슴도치 도자기 식물같이 되어버린다. 아무도 먹이를 챙기지 않는 햄스터같이 된다.

그게 우리 엄마였다. 나는 엄마가 그렇게 방치된 것을 조금이나마 메워주려고 애썼다. 엄마 침대에 '세계 최고의 엄마를 위하여'라고 적은 쪽지를 내가 찾아낸 돌멩이나 꽃, 농담 모음집에서 고른 농담과 함께 남겨놓거나, 엄마를 위해 재미있는 노래를 지어내거나, 은식기 장을 청소하고 선반마다 종이 받침을 깔아놓거나, 엄마의 생일이나 크리스마스가 다가오면 '쓰레기 버려주기 교환권'이니 '진공청소기 돌려주기'니 하는 약속을 종이에 적어 스테이플러로 찍은 쿠폰북을 선물하는 식이었다. 더 어렸을 때는

'하루 동안 남편 노릇 해주기'라고 쓴 쿠폰을 만든 적도 있었다. 엄마가 그 쿠폰을 사용하면 집안에 다시 남편이 생긴 것처럼, 엄마가 원하는 것이라면 뭐든지 내가 다 해주겠다는 뜻이었다.

그때 나는 너무 어려서 하루 동안 남편이 되어준다는 것의 일부를 이해하지 못했고 그런 일을 해낼 준비도 되어 있지 않았지만, 다른 식으로 내가 그 역할에 전혀 맞지 않는다는 것을 감지했던 것 같다. 엄마 방 옆 내 작은 방의 좁은 침대에, 벽이 너무 얇아서 마치 엄마가 내 곁에 있는 듯한 기분으로 누워 있을 때면 그 사실이 나를 짓눌러왔다. 나는 그것을 뭐라고 부르는지 알기도 전에 엄마의 고독과 열망을 느낄 수 있었다. 어쩌면 그것은 실제로는 아빠와도 전혀 관련이 없었는지 모른다. 지금 아빠를 보면, 아빠가 한때나마 엄마에게 걸맞은 상대였다고는 상상하기조차 어려웠다. 엄마가 사랑했던 것은 사랑이었다.

이혼하고 일 년인가 이 년 후, 어느 토요일 밤에 아빠가 내게 엄마의 정신이 이상해져가고 있는 것 같지는 않으냐고 물었다. 그때 나는 일고여덟 살쯤이었는데, 더 나이가 많았더라도 그런 질문을 다루기는 쉽지 않았을 것이다. 그래도 보통의 다른 엄마들이라면 차에 앉아서 아들더러 식료품점에 다녀오라며 돈을 쥐여주거나 500달러 수표를 들려서 은행 직원한테 보내지는—아직 ATM이 없을 때였다—않는다는 정도는 알 나이였다. 돈을 충분히 찾아놓으면 한동안은 또 나올 필요가 없을 거야, 엄마의 말이었다.

나도 다른 사람들 집에 가본 적이 있어서 다른 엄마들이 어떤지 알았다—엄마들은 일하러 가고, 아이들을 차에 태워 다니고, 벤치에 앉아 야구 경기를 보고, 미용실과 쇼핑몰에 가고, 개학 오리엔테이션에 참석했다. 그들에게는 커다란 유모차에 정신지체아를 태우고 다니는 슬픈 여자 말고도 다른 친구들이 있었다.

엄마는 좀 수줍어하는 것뿐이에요. 음악 수업 때문에 바쁘세요. 아빠에게 그렇게 말했다. 엄마가 첼로를 배우기 시작한 해였다. 엄마는 유명한 첼로 연주자, 아마도 세계에서 가장 훌륭한 그 연주자에 관한 다큐멘터리를 보았다. 그 연주자는 병에 걸려서 음표를 놓치고 활을 떨어뜨리기 시작하더니 얼마 못 가서 아예 연주를 할 수 없게 되었고, 역시 유명한 음악가인 남편은 바람이 나서 그녀를 버리고 떠났다.

엄마는 어느 날 밤 캡틴 앤디의 냉동 생선 요리로 저녁을 먹으면서 나에게 그 이야기를 들려주었다. 유명한 그 첼로 연주자의 남편이 그녀의 여동생이랑 자기 시작했다지 뭐니, 엄마가 말했다. 얼마 후 그 첼로 연주자는 더이상 걸을 수도 없게 되었대. 남편이 자기 여동생이랑 한 침대에 있는 바로 그 집 침대에 누워 있어야 했다는 거야.

옆방에서 사랑을 나누다니. 어떻게 생각하니, 헨리? 엄마가 물었다.

심했어요, 내가 대답했다. 사실 엄마는 내 대답을 기다리고 있지 않았다.

엄마는 재클린 듀프레에 대한 경의의 표시로 첼로 연주를 배우는 거라고 나에게 말했다. 선생님은 없었지만 두세 마을 너머에 있는 악기점에서 첼로를 하나 빌렸다. 어린이용이라서 크기는 작았지만 시작하기에는 별 무리가 없었다. 일단 켜는 요령을 익히고 나자 더 나은 것으로 바꿀 수 있었다.

엄마는 잘 지내세요. 누가 죽으면 가끔씩 슬퍼하는 것뿐이에요. 재클린 듀프레 같은 사람요. 아빠에게 이렇게 말했다.

네가 원한다면 마저리랑 아빠랑 같이 살아도 돼, 아빠가 말했다. 리처드랑 클로이도 같이. 그게 네가 원하는 거라면, 엄마를 고소할 거다. 엄마는 정신감정을 받게 될 거야.

엄마는 아주 잘 지내세요. 내일은 엄마 친구인 에벌린 아주머니가 놀러오실 거예요. 저는 그 집 아들 배리하고 놀 거고요.

(어쩌구저쩌구, 나는 생각했다. 부비 두비 조 조. 배리가 말한다.)

나는 이런 이야기를 하면서 아빠의 얼굴을 살폈다. 아빠가 계속 캐묻는다면 더 이야기할 수도 있었다—배리가 어떤 아이인지, 에벌린 아주머니가 놀러오면 엄마랑 어떻게 시간을 보내는지 말할 것이다. 그들은 시골에 함께 농장을 꾸려서 거기에서 나와 배리를 가르치고 채소도 직접 가꿀 계획이다. 자연식 식단을 따르면 제대로 움직이지 않는 배리의 뇌세포가 다시 활성화될 것이다. 태양열로 전등을 켠다. 아니면 풍력이나, 배리의 엄마가 〈이브닝 매거진〉에서 본 기계로. 아침마다 자전거 모양의 기계에서 한 시간씩 페달을 밟아 냉장고를 돌릴 전기를 저장한다고 했다. 전기 요금도 아끼고 살도 빼고 일석이조다. 엄마는 그럴 필요가 없지만 에벌린 아주머니는 운동을 해야 한다.

하지만 아빠는 엄마가 바쁘고 이런저런 일로 스케줄이 빽빽하다는 내 말에 안심한 눈치였다. 그럴 거라 짐작했다. 아빠가 내가 아빠랑 마저리랑 같이 살기를 정말로 바라는 게 아니라는 것을 알고 있었다. 나 역시 그 집에서 아빠와, 자기 두 아이(내가 함께 있을 때는 나도)를 귀염둥이라고 부르는 여자와 같이 살고 싶지는 않았다.

나는 아빠의 진짜 아들이고 리처드는 아니었지만, 리처드가 더 아빠를 닮았다. 리처드는 리틀리그에서 타석에 서면 항상 출루했다. 내가 줄곧 벤치만 지키자 결국엔 아빠도 야구는 나에게 맞지 않는가보다고 동의했다. 한 가지는 확실하다. 내가 그만두었어도 홀턴밀스 타이거스 팀에서는 아무도 나를 그리워하지 않았다.

엄마가 우울해 보여서 물어봤단다. 아빠가 말했다. 만약 그렇다면, 그 때문에 네가 거기서 고통스러운 경험을 하는 건 원치 않는다. 너를 제대로 보살펴줄 수 있는 사람이 네 곁에 있었으면 좋겠어.

엄마는 저를 아주 잘 보살펴주세요. 우리는 항상 재미있는 것들을 하는걸요. 사람들이 놀러와요. 취미 활동도 하고요.

우리 스페인어 배우고 있어요, 아빠에게 그렇게 말했다.

4장

물론 그들은 그를 찾아 온 마을을 뒤지고 있었다. 프랭크. 우리 텔레비전에는 채널이 한 개밖에 안 나왔는데, 여섯시 정규 뉴스가 시작되기도 전에 방송중이던 프로그램이 중단되고 그 소식이 방송되었다. 그가 부상을 입었다는 것과, 경찰이 그가 탈출하고 한 시간이 안 되어 도로에 전부 바리케이드를 쳤다는 사실을 고려하면—원래 우리 마을에는 드나드는 길이 딱 하나밖에 없다—멀리 가지는 못했으리라는 것이었다.

화면에 그의 얼굴이 나왔다. 우리집 거실에 앉아 있는 사람을 텔레비전으로 보고 있자니 이상했다. 절대 그럴 일은 없겠지만 그 레이철이라는 여자애가 우리집에 들른다면, 역시 그런 일은 절대 일어나지 않겠지만 엄마가 우리를 위해 쿠키 접시를 들고 들어오는 바로 그 순간 〈길리건의 섬〉 재방송이 나온다면, 또 그 애가 실은 우리 엄마가 그 여배우라고 여전히 믿고 있다면 아마 이런 기분일 것이다.

"우리 중에 유명 인사가 있네." 마저리는 내가 〈립 밴 윙클〉 공연을 마치고 나서 아빠와 함께 아이스크림선디를 먹으러 가던 날 밤 이렇게 말했다. 이때만큼은 진짜였을 것이다.

이제 고속도로 순찰대장의 인터뷰가 나오고 있었다. 그는 도망친 남자가 쇼핑센터에서 목격되었다고 말했다. 우리는 그렇지 않다는 것을 알고 있었지만, 그들은 프랭크가 위험인물이며 무장했을 수도 있다고 했다. 나는 그에게 총을 갖고 있느냐고 진작 물어보았다. 그가 없다고 해서 실망했다.

이 사람을 보신다면 즉시 관계 당국에 연락 바랍니다, 앵커우먼이 말했다. 그리고 화면에 전화번호가 떴다. 엄마는 그것을 적어두지 않았다.

그가 전날 맹장수술을 받은 것은 분명했다. 텔레비전에서는 그가 자신을 감시하기로 되어 있던 간호사를 어떻게 묶어놓고 창문으로 도주했는지 설명하고 있었지만, 그 부분은 벌써 우리도 아는 얘기였다. 또 우리는 그가 창문으로 나오기 전 간호사를 풀어주었다는 것도 알고 있었다. 이제 그 간호사가 화면에 나와서 그 사람은 줄곧 자신에게 신중하고 사려 깊게 행동했다고 말하고 있었다. 좋은 환자였기에 자신을 그런 식으로 묶었을 때 충격을 받았다고 했다. 그 말로 프랭크가 우리한테 자기 이야기를 꾸며 말하지 않았다는 사실을 알게 되었으므로, 엄마의 눈에는 아마도 그가 더 믿을 만한 사람으로 보였을 것이다.

뉴스에서는 그가 저지른 죄목도 나왔다. 살인이었다.

그때까지 프랭크는 입을 꾹 다물고 있었다. 우리는 그저 다 함께 〈이브닝 매거진〉이나 그 시간대에 나오는 다른 프로그램을 보듯 텔레비전만 보고 있었다. 하지만 프랭크가 사람을 어떻게 죽였는지에 대한 이야기가 나오자 그의 턱이 파르르 떨리는 게 보였다.

텔레비전에서는 자세한 얘기는 절대 해주지 않아. 실제 일어난 일은 텔레비전에서 떠들어대는 것과는 달라. 그가 말했다.

텔레비전은 이제 다시 정규 방송으로 돌아갔다. 〈해피 데이스〉의 재방송이었다.

아델, 한동안 두 사람과 좀 같이 지내도 괜찮을까요, 프랭크가 물었다. 고속도로와 버스와 기차를 모조리 다 수색할 거예요. 여기 머물러 있는 줄은 아무도 예상 못할 거예요.

그다음 부분을 지적한 사람은 우리 엄마가 아니었다. 나였다. 나는 그가 마음에 들었기 때문에 그 말을 하고 싶지 않았고 그를 열받게 하고 싶지도 않았지만, 그 문제를 꺼내야만 할 것 같았다.

범인을 숨겨주면 법에 걸리지 않아요? 내가 그에게 물었다. 텔레비전을 보면서 알게 된 사실이었다. 말하고 나니 잘못된 표현을 썼다는 느낌이 들었다. 비록 프랭크에 대해 거의 아는 바가 없었지만, 내게 퍼즐북을 사주고 우리집 전구를 죄다 갈아끼워준 사람을 범인이라고 부르는 건 옳지 않은 것 같았다. 그는 우리 엄마가 부엌에 칠한 페인트 색을 칭찬하기도 했다—그런 노란색을 보니 어릴 때 할머니 농장에 있던 미나리아재비가 생각난다고 했다. 우리에게 어디서도 맛본 적 없는 근사한 맛의 칠리 요리를 만들어주겠다고도 했다.

똑똑한 아들을 두셨군요, 아델. 프랭크가 엄마에게 말했다. 아이가 당신을 지켜주고 있어서 참 다행이에요. 소년이라면 엄마를 위해서 꼭 그렇게 해야지요.

누군가 프랭크가 여기 있는 것을 알게 된다면 문제가 되는 거야. 아저씨가 온 줄 아무도 모르는 한, 해될 게 없지. 엄마가 말했다.

내가 또 아는 것이 있었다. 엄마는 법 따위는 걱정하지 않았다. 엄마는 교회에 다니지 않았지만 신이 우리를 돌봐주신다고 했다.

그건 사실이에요. 하지만 그렇다 해도 당신과 당신 가족을 위험에 처하게 할 수는 없어요. 프랭크가 말했다.

우리 가족. 그가 우리를 가족이라고 말했다.

그러니까 이제 당신을 묶을 거예요. 당신만요, 아델. 여기 헨리는 엄마에게 무슨 일이 생기는 건 원치 않아요. 그래서 경찰에게 가거나 누군가한테 전화를 걸지도 않을 거고요. 내 말이 맞지, 헨리?

엄마는 그 말을 듣고도 소파에 그대로 앉은 채 움직이지 않았다. 잠시 다들 아무 말이 없었다. 조가 자기 우리에서 쳇바퀴를 발로 긁으며 도는 소리, 작은 발톱이 딸깍대며 금속에 부딪는 소리, 레인지에서 우리가 먹을 즉석요리를 데우는 물이 끓으며 쉭쉭대는 소리만 들렸다.

저를 침실로 좀 데려가주시겠어요, 아델. 그가 말했다. 당신 같은 여성분이라면 스카프 몇 장쯤은 갖고 계시겠지요. 실크가 좋겠군요. 밧줄이나 노끈은 피부에 상처를 낼 수도 있으니까요.

문은 내가 있는 곳에서 1미터쯤 떨어져 있었고, 장 본 봉지들을 들고 들어올 때 그대로 아직도 살짝 열려 있었다. 거리 건너편에는 저비스 씨네 집이 있었다. 저비스 부인은 내가 자전거를 타고 지나갈 때면 가끔 날씨 얘기를 한두 마디씩 던지기도 했다. 그 옆으로는 판즈워스 씨네 집과 에드워즈 씨네 집이 있었는데, 에드워즈 씨는 언젠가 한번 우리집에 와서 낙엽이 이웃 마당으로 자꾸 날려가는데 조만간 낙엽을 치울 생각인지 물은 적이 있다. 매년 12월이면 에드워즈 씨는 전구를 아주 많이 달아서 다른 동네 사람들까지도 구경하러 차를 몰고 왔다. 그러니까 일 년 중 그때는 사람들이 우리집 옆을 지나다니는 일이 잦아졌다는 얘기다.

전구 다는 데 그렇게 돈을 쓰다니. 별을 볼 생각은 못해봤을까? 엄마가 말했다.

지금 문을 박차고 나가 그들의 집으로 달려갈 수도 있었다. 수화기를 쥐고 번호를 누를 수도 있었다. 경찰서에. 아빠에게. 아니 아빠는 아니다. 아빠는 늘 말하는 식으로 이 일을 엄마가 미쳤다는 증거로 이용할 것이다.

하지만 그러고 싶지는 않았다. 프랭크에게 무기가 있을 수도 있고 없을 수도 있다. 분명히 그는 사람을 죽인 적이 있다. 하지만 엄마나 나를 다치게 할 사람으로 보이지는 않았다.

나는 엄마의 얼굴을 자세히 살폈다. 이번만큼은 진짜로 좋아 보였다. 뺨에는 전에 본 적 없던 화색이 돌았고, 프랭크의 눈을 똑바로 바라보며 눈을 떼지 않고 있었다. 그의 눈은 푸른색이었다.

실크 스카프를 모아둔 것이 있기는 해요. 우리 엄마가 쓰시던 거죠. 엄마가 말했다.

어디까지나 시늉만 하는 거예요. 무슨 말인지 아실 거라고 생각해요. 프랭크가 조용한 목소리로 말했다.

나는 일어나서 문 쪽으로 갔다. 아무도 이 안을 들여다볼 수 없도록 문을 닫았다. 나는 거실에 책상다리를 하고 앉아 두 사람이 엄마 방을 향해 계단을 올라가는 것을 보았다. 엄마가 앞장서고 프랭크가 뒤를 따라갔다. 평소보다 천천히 걷는 것 같았다. 계단 하나 오를 때마다 생각이 필요한 듯했다. 마치 꼭대기에 낡은 스카프 뭉치보다 더한 뭔가가 있다는 듯이. 거기에 뭐가 있을지 감조차 잡을 수가 없어서 지금 곰곰이 생각해보며 시간을 끌고 있다는 듯이.

잠시 후 그들이 돌아왔다. 프랭크는 엄마에게 제일 편한 의자가 어느 것이냐고 물었다. 창문 옆에 있는 변변찮은 것이 전부였다.

그가 가끔씩 움찔거리는 것으로 보아 맹장수술은 말할 것도 없고 부상으로 여전히 통증이 있다는 것을 알 수 있었다. 하지만 필요한 일을 할 수 있을 정도는 되었다.

프랭크는 먼저 의자 위를 털었다. 부스러기가 없는지 확인하는 듯 손으로 나무 위를 쓸었다. 거칠지는 않지만 힘주어 엄마의 어깨를 잡고 의자에 앉혔다. 그는 생각에 잠긴 듯 잠시 엄마 앞에 서 있었다. 엄마 역시 생각에 잠긴 듯 그를 올려다보았다. 엄마가 두려워하고 있다 해도 겉으로는 알 수가 없었다.

엄마의 발을 묶기 위해 그가 바닥에 앉았다. 엄마는 엄마가 좋아하는 발레슈즈처럼 생긴 신발을 신고 있었다. 그가 신발을 엄마의 발에서 벗겨냈다—한 짝, 또 한 짝. 그의 손이 발바닥의 오목하게 들어간 부분을 부드럽게 잡았다. 그의 손은 놀랄 만큼 컸다. 아니면 엄마의 발이 너무 작았거나.

제가 이런 말을 해도 언짢아하지 않았으면 좋겠어요, 아델. 당신은 정말 아름다운 발가락을 갖고 있군요. 그가 말했다.

무용수들은 발이 흉하게 망가지는 일이 많아요. 저는 운이 좋았을 뿐이에요. 엄마가 말했다.

그가 식탁에서 스카프를 가지고 왔다—장미가 그려진 분홍색 스카프와 기하학적 무늬 같은 것이 있는 스카프였다. 그가 스카프를 자기 뺨에 대고 있는 것처럼 보였지만 그 부분은 내 상상일 수도 있다. 시간이 정지한 듯했든가, 아니면 적어도 너무 천천히 흘러가서, 그가 첫번째 스카프를 엄마의 발목에 두르고 묶기 시작했을 때 시간이 얼마나 흘렀는지 전혀 알 수가 없었다. 그는 의자를 식탁 아래쪽에 연결된 금속판에 붙였다. 손님이 와서 자리가 더 필요할 때 식탁 길이를 늘일 수 있도록 된 것이었다. 우리는 그렇게 해야 했던 적이 한 번도 없었다.

프랭크는 스카프를 묶으면서 내가 거기 있다는 사실을 잊어버린 모양이었다—하나는 발목을 감아 의자 다리에 묶고, 하나는 엄마의 손목을 묶어서 무릎 위에 놓았다. 엄마는 그 자리에 앉아서 기도를 드리는 것 같았다. 게다가 교회에 앉은 것처럼 보였다. 우리는 교회 같은 데는 간 적이 없지만.

그러더니 프랭크는 비로소 나를 다시 기억해낸 듯했다. 네 마음을 상하게 하려고 이런 짓을 하는 건 아니야, 애야. 이런 상황에서라면 으레 해야 할 일인 거지.

한 가지만 더요, 그가 엄마에게 말했다. 이런 말로 어떻게든 당신을 곤란하게 하고 싶지는 않아요. 하지만 화장실에 가고 싶어질 수도 있으니까요. 아니면 뭔가 은밀히 혼자 처리해야 할 일이 있을 수도 있고요. 그럴 땐 말만 하세요.

당신이 아무것도 하지 않고 가만히 있기만 하면 저도 당신 옆에 앉아만 있을 거예요. 상황을 살펴보기만 하고요. 프랭크가 말했다.

잠시 그 표정이 다시 그의 얼굴을 스치고 지나갔다. 아플 때의 표정이었다.

엄마는 그에게 다리는 어떠냐고 물었다. 엄마는 약을 그다지 믿지 않았지만 싱크대 밑에 소독용 알코올을 두었다. 엄마는 그에게 감염되지 않으면 좋겠다고 했다. 발목에 댈 부목 비슷한 것을 함께 만들 수 있다고도 했다.

우리가 당신을 예전 상태로 돌아가게 해줄게요, 엄마가 말했다.

예전 상태로 돌아가고 싶지 않다면요? 이제는 달라지고 싶다면 어쩌죠? 그가 말했다.

*

프랭크는 엄마에게 음식을 먹여주었다. 내 손은 자유로웠지만 엄마 손은 묶여 있었으므로, 그는 식탁 위 자기 앞에, 그러나 포크가 닿을 정도 거리에 접시를 놓았다. 그리고 그가 우리에게 만들어준 칠리 요리에 대해서 한 말은 과연 맞았다. 내가 먹어본 것 중에서 최고의 맛이었다.

그가 엄마의 입에 음식을 가져다주고 엄마가 그것을 받아먹는 모습을 보니, 엄마 친구 에벌린 아주머니가 놀러와서 배리에게 음식을 먹여줄 때와는 전혀 달랐다. 또는 마저리가 통화를 하거나 리처드에게 뭔가 고함을 치면서 내 어린 여동생이라는 그 아기에게 복숭아를 숟가락으로 입에 떠 넣어주는 것과도 달랐다. 그럴 때면 적어도 먹이는 양의 절반은 마저리가 알아차리지도 못한 채 클로이의 잠옷 앞섶으로 떨어졌다. 그렇게 앉아서 다른 사람의 도움으로 식사를 해야 한다면 좀 굴욕적으로 느껴질지도 모른다. 숟가락에 너무 많이 떠서 줘도 삼켜야 하고, 너무 적게 떠 넣어주면 입을 벌리고 앉아 애걸하는 수밖에 없으니까. 그러다보면 화가 나거나 절망적인 기분이 들 수도 있다. 그런 경우 할 수 있는 일이라곤 음식을 주고 있는 상대에게 도로 뱉어버리는 것뿐이다. 그러면 배가 고파지겠지.

하지만 프랭크가 엄마에게 음식을 먹여주는 방식에는 마치 보석 세공사나 과학자, 또는 온종일 분재 하나에 매달려 작업하는 늙은 일본인처럼, 모든 것을 아름답게까지 보이게 하는 무언가가 있었다.

그는 매번 한 숟가락을 딱 적당한 양으로 떠서, 엄마가 음식을 삼키다 숨이 막히는 일도, 음식 일부가 엄마의 입술에서 삐져나와 턱으로 흘러내리는 법도 없었다. 그는 엄마가 자기 아들과 탈옥한 죄수 말고는 자신을 볼 사람이 아무도 없는 자기 집 부엌에 묶여 있을 때조차도 자신의 모습이 어떻게 보이는지에 신경을 쓰는 사람이라는 것을 알고 있었다. 어쩌면 자기 아들에게 어떻게 보이는지는 중요하지 않고 다른 쪽만 중요했을 수도 있다.

그는 숟가락을 엄마 입가로 들어올리기 전에 엄마가 혀를 데지 않도록 칠리 요리를 후후 불었다. 두어 숟가락마다 엄마가 뭘 마셔야 한다는 것도 알았다. 상황에 따라 물이 될 수도 있고 와인이 될 수도 있다. 그는 엄마에게 어느 쪽인지 묻지 않고 번갈아 주었다.

나와 함께 저녁을 먹을 때 늘 엄마가 주절주절 자기 이야기를 늘어놓곤 하던 것과는 달리, 그날 밤 우리는 거의 말없이 밥만 먹었다. 그 둘은 말이 필요 없는 듯했다. 눈빛이 서로를 떠나지 않았다. 하지만 많은 것이 이해가 되었다. 엄마가 프랭크 쪽으로 둥지 속 새처럼 목을 구부리는 모습이나, 프랭크의 몸이 캔버스 앞에 선 화가처럼 의자 쪽으로 기울어지는 모습도. 때로는 붓질을 하면서. 때로는 자기 작품을 세세히 뜯어보기만 하면서.

식사를 하던 도중 토마토소스 한 방울이 엄마의 뺨으로 흘러내렸다. 혀로 그것을 핥을 수도 있었을 테지만 엄마는 이제 그럴 필요가 없다는 것을 잘 알고 있었음이 틀림없었다. 그가 냅킨을 물잔에 담갔다가 엄마의 피부에 갖다 댔다. 그의 손가락 또한 물기를 닦아내기 위해 잠시 엄마의 뺨에 닿았다. 엄마는 고개를 약간 끄덕였다. 놓치기 쉬운 움직임이었지만 엄마의 머리카락이 그의 손을 쓸었다. 그러자 그는 머리카락 한 올을 엄마의 얼굴에서 떼어내주었다.

그는 먹지 않았다. 나는 배가 고팠지만 그 둘과 함께 식탁에 앉아 있자니, 음식을 씹거나 삼키는 일이 아기의 세례식에서 팝콘을 우적우적 씹어대거나, 친구가 자기가 키우던 개가 죽었다는 얘기를 하고 있는데 아이스크림을 할짝할짝 핥는 짓처럼 상스럽게 느껴졌다. 여기는 내가 있을 자리가 아니라는 느낌이었다.

저는 거실에 가서 먹을게요. 텔레비전 좀 보면서요. 내가 말했다.

물론 거실에도 전화가 있었다. 마음만 먹으면 수화기를 집어 들고 전화를 걸 수도 있었다. 문, 이웃집들, 열쇠를 그대로 꽂아 둔 차—달라진 것은 아무것도 없었다. 나는 〈스리스 컴퍼니〉*를 틀고 칠리 요리를 먹었다.

프로그램을 몇 개 보고 피곤해졌을 때쯤 부엌 쪽을 돌아보았다. 접시도 다 치워져 있고 설거지까지 되어 있었다. 프랭크가 차를 준비해놓았지만 아무도 마시지는 않았다. 무슨 말인지까지는 들리지 않았지만 나지막이 대화를 주고받는 목소리가 들려왔다.

나는 자러 가겠다고 큰 소리로 말했다. 평상시 같으면 엄마가 "좋은 꿈 꾸렴" 하고 말해주었을 텐데, 엄마는 다른 데 정신이 팔려 있었다.

* 1970년대 후반부터 1980년대 초반까지 방영된 미국 시트콤.

5장

엄마는 정규직은 아니었지만 전화로 사람들에게 비타민을 팔았다. 이 주에 한 번씩 엄마가 일하는 회사—메가마이트—에서, 전화를 걸어서 상품에 대해 설명해줘야 할 우리 지역 잠재 고객들의 전화번호가 실린 인쇄물을 보내왔다. 엄마가 비타민 세트를 팔 때마다 회사에서 엄마에게 수수료를 주었다. 우리가 직접 비타민을 살 때는 할인을 해주는 부가 혜택도 있었다. 엄마는 내게 메가마이트를 하루에 두 번씩 꼭 먹게 했다. 내 눈을 보면 약효가 보인다고 했다. 어떤 사람들은 각막 색이 탁한데 내 것은 달걀처럼 희다는 것이었다. 또 엄마가 진작에 알아차린 것이 하나 더 있는데, 내가 내 또래 다른 아이들과는 달리(엄마는 내 또래 아이들을 그리 많이 보지 못했다) 여드름으로 고생하지 않는다는 것이었다.

넌 아직 어려서 그 가치를 잘 모르겠지만, 나중에 네가 지금 먹고 있는 미네랄들이 네 정력과 성적 건강에 얼마나 도움을 줄지 알게 되면 고맙게 여길 거야. 거기에 대한 연구가 있대. 특히 네가 사춘기에 들어서면 그런 문제들이 아주 중요해진단다. 엄마가 말했다.

이런 말은 엄마가 잠재 고객 명단에 있는 사람들에게 전달해야 할 내용이었지만, 주로 그 말을 듣는 사람은 나였다.

엄마는 메가마이트 영업 사원으로는 실격이었다. 우선 한 가지 이유는, 엄마는 모르는 사람들에게 전화 걸기를 싫어해서 아예 일을 피하는 경우가 많았다는 것이다. 새로 온 인쇄물은 부엌 식탁의 예전 것들 위에 차곡차곡 쌓였다. 예전 인쇄물에는 여기저기 이름에 체크가 되어 있고 가끔 짤막한 메모도 적혀 있었다—통화중, 편한 시간에 다시 걸어줄 것, 사고는 싶지만 돈이 없음.

당신이야말로 이 비타민을 꼭 드셔야 해요, 마리. 한번은 엄마가 전화에 대고 이렇게 말하는 것을 들었다—드물게도 엄마가 수화기와 메모할 펜, 회사에서 받은 전화번호 리스트를 들고 테이블 앞에 자리를 잡은 밤이었다. 아직까지는 좋아. 분유에 시리얼을 한 그릇 먹으려고 부엌으로 들어가면서 생각했다. 엄마가 메가마이트 고객 서른 명을 더 모으면 클래식 북 클럽에서 내가 갖고 싶어하던 셜록 홈스 박스 세트를 사주겠다고 약속했기 때문에 더 좋은 소식이었다. 우리는 그 전해에 공짜 세계지도와 풀컬러 일러스트레이션이 실린 『나니아 연대기』 가죽 장정판을 받으려고 그 클럽에 가입했다.

그러면 제가 이렇게 해드릴게요, 마리. 하여간 비타민을 보내드릴게요. 제가 받을 수 있는 할인가로 사서요. 형편이 좋아지면 나중에 저한테 돈을 보내주시면 돼요.

만나본 적도 없는 사람인데 어째서 우리보다 형편이 더 나쁠 거라고 생각해요? 내가 엄마에게 물었다.

나한테는 네가 있으니까. 마리에겐 없잖니. 엄마의 대답이었다.

*

네 아빠가 너한테 섹스에 대해 뭔가 말해주었을 것 같지는 않구나. 어느 날 밤 캡틴 앤디 생선 요리를 먹고 있을 때 엄마가 말했다. 나는 이런 순간이 끔찍하게 싫었다. 아니라고, 아빠가 전부 설명해주었다고 말했더라면 피할 수도 있었을 테지만, 엄마한테 거짓말을 할 수는 없었다.

네, 맞아요.

대부분의 사람들은 네가 곧 겪게 될 신체적 변화에 초점을 맞추지. 어쩌면 그런 변화들은 이미 시작되었을 텐데 말이야. 엄마는 그런 것에 대해 물어서 네 사생활을 간섭할 생각은 없단다.

보건 시간에 다 들었어요. 내가 엄마에게 말했다. 그렇게 해서 더 얘기를 못하게 막을 생각이었다. 가능한 한 신속하게.

그들은 사랑에 대해서는 절대 말해주지 않아, 헨리. 엄마가 말했다. 육체적인 부분만 이야기하지, 네 마음에 대해서는 절대 언급하지 않는다고.

됐어요. 내가 대꾸했다. 어떻게든 이 대화를 끝내고 싶었다. 그러나 엄마의 말은 계속 이어졌다.

네 보건 선생님이 깊이 들어가기를 꺼리는 또다른 면이 있단다. 호르몬 이야기까지는 하겠지만 말이다. 틀림없이 그 정도는 할 거야.

나는 끔찍한 단어들을 들을 마음의 준비를 단단히 했다. 사정. 정액. 발기. 음모. 몽정. 자위.

욕망이야, 엄마가 말했다. 사람들은 열망에 대해서는 결코 말하지 않아. 사랑을 나누는 데 오직 분비물과 신체 기능과 생식이 전부인 것처럼 굴지. 그게 어떤 느낌인지는 말하는 것을 잊어버려.

그만, 그만해요. 그렇게 말하고 싶었다. 내 손으로 엄마 입을 막고 싶었다. 식탁에서 일어나 밖으로 뛰쳐나가고 싶었다. 잔디를 깎고, 낙엽을 긁어모으고, 눈을 치우고, 여기만 아니라면 어디든 좋았다.

또다른 종류의 굶주림이 있어. 엄마는 접시를 치우고—평소처럼 엄마는 음식에 거의 손도 대지 않았다—와인을 한 잔 따르면서 말했다.

사람의 손길에 대한 굶주림이지. 그때 엄마는 깊은 한숨을 내쉬었다. 전에는 좀 긴가민가했지만 이제는 분명해졌다. 엄마는 그것에 대해 알고 있었다.

6장

잠에서 깨어나 한동안 전날 무슨 일이 있었는지 기억나지 않을 때가 가끔 있다. 무슨 일이 있었건 간에—가끔은 좋은 일일 때도 있지만 나쁜 일일 때가 더 많다—전날 밤 잠자리에 들어 밤사이 머릿속에서 지워버린 일이 무엇이건 간에 뇌가 다시 작동해서 기억이 나기까지는 몇 초의 시간이 걸린다. 아빠가 떠났을 때의 기분, 그리고 다음날 처음 눈을 뜨고 창밖을 내다보았을 때 정확히는 기억을 못하면서도 뭔가 잘못되었다는 느낌이 들었던 것이 생각난다. 그러다 비로소 기억이 돌아왔다.

우리에서 나온 조를 사흘 동안 찾아내지 못하고 어디선가 나타나기만 바라며 온 집안에 햄스터 먹이를 뿌려두는 일 외에는 다른 수가 없었을 때—마침내 나타나긴 했지만—그때도 그랬다. 할머니가 돌아가셨을 때—사실 내가 할머니를 잘 알아서가 아니라, 엄마가 할머니를 사랑했고 이제는 고아가 되었기에, 그래서 엄마는 세상천지에 혼자라는 기분이 훨씬 더 많이 들 것이고 내가 엄마 곁을 지키면서 같이 밥을 먹고, 카드 게임을 하고, 이야기를 들어주는 것, 더 많이 들어주는 것이 이전보다 훨씬 더 중요해졌기에—그때도 그랬다.

프랭크를 프라이스마트에서 집으로 데려온 다음날 아침—레이버 데이 연휴가 시작되기 전 금요일이었다—잠에서 깨어났을 때 나는 그의 존재를 잊고 있었다. 우리집에 뭔가가 달라졌다는 것만 알았다.

커피 냄새를 맡자 제정신이 들었다. 엄마 같으면 하지 않을 일이었다. 엄마는 이렇게 일찍 침대에서 나오는 법이 없었다. 라디오에서 음악 소리가 흘러나왔다. 클래식이었다.

뭔가 구워지고 있었다. 알고 보니 비스킷이었다.

나는 금세 상황을 파악했다. 다른 때와 달리 잠에서 깨어나 몇 가지 새로운 사실을 기억해냈다. 기분이 나쁘지는 않았다. 실크 스카프와 텔레비전에서 살인자라고 말하던 여자가 기억났다. 하지만 프랭크를 생각했을 때 든 기분에 공포감은 없었다. 기대감과 흥분이 더 컸다. 마치 책을 읽거나 비디오를 보다가 너무 피곤해서 잠깐 내려놓거나 일시정지 버튼을 눌러두었던 것 같았다. 다시 책을 집어들고 등장인물들에게 무슨 일이 있었는지 알고 싶었다. 그 등장인물들이 우리라는 점만 빼면.

계단을 내려가면서 엄마가 전날 밤 내가 자리를 떴을 때 그대로 의자에 실크 스카프로 묶여 있을 거라고 생각했다. 그러나 의자는 비어 있었다. 레인지 앞에 있는 사람은 프랭크였다. 발목에는 부목 비슷한 것을 만들어 댄 채였고 여전히 절름거렸지만 돌아다니고 있었다.

나가서 계란을 사 왔으면 좋았을 텐데, 이 시간에 세븐일레븐으로 걸어들어가는 건 좋은 생각이 아닌 것 같아서. 그가 말했다. 그는 턱짓으로 신문 쪽을 가리켰다. 가끔 해가 뜨기 전 길바닥에 던져져 있는 것을 집어 왔음이 틀림없었다. 접힌 부분 위로, 연휴 동안 무더운 날씨가 예상된다는 기사 제목 옆에 낯익으면서도 알아보기 힘든 얼굴 사진이 있었다—그의 얼굴이었다. 사진 속의 남자는 험악하고 비열한 인상에다 가슴팍에는 일련번호가 붙어 있었지만, 우리 부엌에 있는 남자는 허리춤에 행주를 꽂고 냄비 장갑을 끼고 있었다.

이 비스킷에 달걀만 들어가면 딱일 텐데. 그가 말했다.

우리는 잘 썩는 식료품은 많이 사다놓지 않거든요. 내가 그에게 말했다. 우리 식단은 거의 다 통조림이랑 냉동식품이에요.

뒷마당에 닭을 칠 공간도 충분하던데. 로드아일랜드레드종으로 작고 실한 놈 서너 마리만 치면 아침마다 달걀 프라이를 만들 수 있을 텐데 말이야. 갓 낳은 달걀은 가게에서 마분지 상자에 넣어 파는 것들하고는 비교가 안 된단다. 노른자가 황금색이야. 라스베이거스 쇼걸 젖꼭지처럼 접시 위에 탱탱하게 서 있는다니까. 게다가 닭들은 다정한 꼬마 녀석들이기도 하지.

그는 농장에서 자랐다고 했다. 닭을 치기 시작하는 데 도움을 줄 수 있다고 했다. 요령을 보여주겠다고. 나는 그가 말하는 동안 신문을 곁눈질했지만, 그의 탈출과 지금 그를 찾으려는 수색을 다룬 기사에 너무 관심을 보이면 그가 기분 상해할지도 모른다고 생각했다.

엄마는 어디 계세요? 내가 물었다. 순간 걱정이 되었다. 프랭크가 우리에게 나쁜 짓을 할 사람으로 보이지는 않았지만, 실크 스카프가 손목에 부드럽게 감겨 있는 것이 아니라 입속에 틀어박힌 채 지하실에서 석유난로에 묶여 있는 엄마의 모습이 머릿속을 스치고 지나갔다. 우리 차 트렁크 속에. 강 속에.

엄마는 좀 주무셔야 해서, 그가 말했다. 우린 밤늦게까지 안 자고 이야기를 나누었단다. 그래도 이걸 갖다드리면 좋겠구나. 엄마가 침대에서 커피 마시는 거 좋아하시니?

내가 그걸 어떻게 알겠는가? 그런 건 생각해본 적도 없는데.

아니면 조금 더 주무시게 놔두든가, 그가 말했다.

그는 이제 오븐에서 비스킷을 꺼내 접시에 담고 온기를 유지하기 위해 그 위에 천으로 된 냅킨을 덮어놓았다. 비결 하나 알려줄게, 헨리. 그가 말했다. 비스킷은 절대 칼로 자르면 안 돼. 손으로 뜯어야 질감을 그대로 느낄 수 있어. 봉우리와 골짜기를 느껴봐야 해. 이제 막 경운기로 간 밭을 상상해봐. 흙이 약간 울퉁불퉁하지. 버터가 스며들 곳이 더 많다고.

보통 우리집에는 버터가 없어요, 내가 말했다. 마가린을 써요.

마가린이라니 말도 안 돼, 프랭크가 말했다.

그는 자기가 마실 커피를 컵에 따랐다. 신문은 바로 그 자리에 있었지만 우리 중 누구도 손을 뻗지 않았다.

네가 궁금해한다고 나무랄 생각은 없어. 제정신이 박힌 사람이라면 누구라도 그럴 테니까. 내가 너에게 얘기하고 싶은 건, 저기 저 신문에서 네가 볼 수 있는 것보다 더 많은 이야기가 있다는 사실뿐이야.

나는 그 말에 대답하지 않고 내가 마실 오렌지주스를 따랐다.

연휴인데 무슨 계획이라도 있니? 그가 물었다. 야외 파티라든가, 야구 경기라든가 뭐 그런 거? 보아하니 날씨가 푹푹 찔 것 같다만. 해변에 가기에는 딱이겠구나.

별로 없어요, 내가 대답했다. 아빠가 토요일 저녁마다 외식을 시켜주세요.

네 아빠는 어찌된 거니? 어떻게 네 엄마 같은 여자를 떠나가게 놔두지?

아빠가 비서랑 바람을 피웠어요, 내가 대답했다. 열세 살이었어도 나는 그 말을 할 때 어떻게 들리는지, 얼마나 흔하디흔한 얘기로 들리는지 알고 있었다. 바지에 오줌을 쌌다거나 가게에서 물건을 훔쳤다고 인정하는 것과 마찬가지였다. 재미있는 이야기조차 못 되었다. 그저 딱한 이야기였다.

기분 상하게 할 뜻은 없었단다, 얘야. 하지만 그런 경우라면 백번 잘된 일이다. 그런 사람은 네 엄마 같은 여자를 가질 자격이 없어.

*

그날 아침 엄마가 부엌으로 들어왔을 때, 그런 모습의 엄마를 본 것은 정말 오래간만이었다. 평소에는 고무줄로 질끈 묶고 다니던 머리를 어깨 위로 늘어뜨렸는데, 마치 구름 위에서 잠을 잔 듯 평소보다 솜털처럼 보송보송해 보였다. 엄마는 전에는 한 번도 입은 적이 없는 듯한 블라우스를 입고 있었다—흰색 바탕에 자잘한 꽃무늬가 있고, 맨 위 단추는 풀어져 있었다. 천박하게 보일 정도는 아니었지만—나는 여전히 프랭크가 라스베이거스 쇼걸에 대해 했던 말을 생각하고 있었다—친근하고 유혹적이었다. 귀걸이를 했고 립스틱도 발랐다. 엄마가 가까이 다가오자 향수를 뿌렸다는 것을 알 수 있었다. 레몬 향이 아주 살짝 풍겨왔다.

그는 엄마에게 잘 잤느냐고 물었다. 엄마는 아기처럼 푹 잤다고 대답하고는 깔깔 웃었다.

왜 그런 표현들을 쓰는지 모르겠어요. 아기들이 밤에 얼마나 자주 깨는데요. 엄마가 말했다.

엄마는 그에게 아이가 있느냐고 물었다.

하나 있어요. 살아 있으면 지금 열아홉 살이 되었을 거예요. 프랜시스 주니어.

어떤 사람들, 내 계모인 마저리 같은 사람들은 이쯤에서 뭔가 동정하는 말, 정말 유감이라는 말을 할 것이다. 그들은 무슨 일이 있었는지 물을 것이고, 교인들이라면 프랭크의 아들이 지금은 틀림없이 더 좋은 곳에 가 있다는 등의 말을 할 것이다. 아니면 자기가 아는 사람들 중에서 아이를 잃은 이들의 얘기를 할지도 모른다. 최근 들어 사람들이 얼마나 자주 그런 행동을 하는지 알게 되었다. 다른 이가 하는 얘기는 뭐든 다 문제라는 식으로 받아들이고 이야기를 자기들 쪽으로, 자기들의 딱한 상황으로 돌리는 것이다.

엄마는 프랭크의 죽은 아들 얘기를 듣고도 아무 말이 없었지만, 엄마의 표정은 그 순간 더는 어떤 말도 필요 없는 것처럼 바뀌었다. 전날 밤, 그가 엄마에게 칠리 요리를 먹여주고 엄마가 마실 수 있도록 와인잔을 들어주던 때와 같았다. 나는 그들이 평범한 말들을 지나 전혀 다른 언어로 넘어갔다는 느낌을 받았다. 그는 엄마가 자기를 딱하게 여긴다는 것을 알고 있었다. 엄마는 그가 안다는 사실을 알고 있었다. 그가 엄마의 자리로 정한 곳에서 의자에 앉았을 때와 똑같이—전날 밤과 같은 의자—엄마는 그에게 스카프로 다시 묶어달라고 손목을 내밀었다. 이제 둘 사이에는 암묵적인 합의가 있었다. 나는 그저 지켜볼 수밖에 없었다.

꼭 이렇게 해야 할지 모르겠네요, 아델. 그가 조심스럽게 스카프를 접어서 쌓아놓은 참치 통조림 위에 놓으며 말했다. 스카프를 내려놓는 동작이 마치 교황이 자기가 입는 특별한 의복을 다루는 듯했다.

다시는 이걸 쓰지 않을래요. 프랭크가 말했다. 하지만 제가 당신을 묶었었다고 당신이 말해야 할 때가 온다면, 거짓말탐지기를 통과할 수 있을 거예요.

그때가 언제일지 묻고 싶었다. 누가 그런 테스트를 엄마한테 시킬까? 엄마가 테스트를 받을 때 프랭크는 어디에 있게 될까? 그들이 나에게는 뭘 물어볼까?

엄마가 고개를 끄덕였다. 누가 당신에게 이런 비스킷을 만드는 법을 가르쳐주었나요?

우리 할머니요. 부모님이 돌아가신 후 할머니가 저를 키워주셨어요. 그가 대답했다.

자동차 사고가 있었어요, 프랭크가 우리에게 말했다. 그가 일곱 살 때의 일이었다. 밤늦게, 펜실베이니아의 친척을 방문하고 돌아오는 길에 빙판길을 만났다. 쉐보레가 나무를 들이받았다. 앞좌석에 탔던 그의 엄마와 아빠가 죽었다—그의 엄마는 처음에는 살아 있어서, 사람들이 그녀와, 머리를 그녀의 무릎에 둔 채 차 앞좌석에 가로누운 아빠의 시체를 꺼내주려고 작업하는 동안 엄마가 신음 소리를 냈던 것을 그는 기억할 수 있었다. 뒷좌석의 프랭크—손목이 부러진 것 외에는 멀쩡했다—는 그 모든 것을 다 보았다. 아기인 여동생도 있었다. 그 시절에는 사람들이 차를 탈 때 아기를 그냥 무릎에 앉히고 다녔다. 동생도 죽었다.

우리는 잠시 아무 말 없이 앉아 있었다. 엄마는 그저 냅킨을 집으려 손을 뻗었던 모양인데, 프랭크의 손에 스치자 잠시 그대로 있었다.

이렇게 맛있는 비스킷은 처음 먹어봐요. 엄마가 그에게 말했다. 제게도 비법을 알려주세요.

전부 알려드릴게요, 아델. 그가 말했다. 제가 충분히 오래 머물게 된다면요.

*

그는 나에게 야구를 하느냐고 물었다. 사실 그가 물은 것은 어느 포지션을 제일 좋아하는지였다. 그런 게 없을 수도 있다는 생각은 떠올리지 못했나보다.

리틀리그에서 한 시즌을 뛰었지만 정말 못했어요, 내가 말했다. 좌익수로 뛰는 내내 단 한 번도 공을 잡지 못했어요. 제가 그만두자 다들 기뻐했죠.

네 문제는 너를 제대로 코치해줄 사람이 없었다는 거야, 그가 말했다. 네 엄마는 재주가 아주 많은 사람인 것 같지만, 내 생각에 야구에는 그렇지 않은 것 같구나.

아빠는 스포츠에 열성이세요. 소프트볼 팀에서 뛰어요. 내가 말했다.

정확히 말하면 소프트볼이잖니. 그러니 뭘 기대하겠니? 그가 말했다.

아빠의 새 아내의 아이는 투수예요, 내가 말했다. 아빠는 항상 그애랑 같이 해요. 저를 그애랑 같이 운동장에 데리고 나가 공한 바구니를 가지고 연습하도록 시키곤 했지만, 저는 가망이 전혀 없었어요.

네 일정만 괜찮다면 오늘은 송구 연습을 좀 하면 어떨까, 헨리. 그가 제안했다. 글러브 갖고 있지?

프랭크가 쓸 글러브는 없었지만 그건 문제가 되지 않았다. 그는 우리집 마당이 끝나는 곳 뒤에 공터가 있다는 것을 알고 있었다. 거기에서 수비를 할 수 있었다.

아저씨는 맹장을 떼어낸 지 얼마 안 됐잖아요, 내가 말했다. 그리고 우리를 인질로 잡고 있는 중 아닌가요. 아저씨가 보지 않을 때 우리 중 하나가 도망치면 어떡할 건데요?

그럼 너는 진짜 벌을 받게 되겠지. 다시 사회에 합류해야 하는 거야. 프랭크가 대꾸했다.

우리가 한 일은 이렇다. 그는 닭장을 어디에 두면 좋을지 우리 마당을 자세히 살폈다. 날씨가 곧 추워질 테지만 밀짚이 충분하면 닭들은 문제없이 겨울을 난다. 사람들이 그러듯 닭들도 밤에는 옹기종기 모여 따듯한 몸의 온기로 버틸 수 있다.

프랭크는 우리 장작더미를 확인해보았다. 그는 끈이 바로 얼마 전에 배달되어 온 것이라는 말을 듣고는, 끈을 판 녀석이 사기를 친 거라고 엄마에게 말했다.

이 나무를 쪼개줄게. 하지만 내 상처를 꿰맨 데가 터질지도 몰라. 그가 말했다. 겨울에 눈이 쌓일 때 장작 난로에 불을 피우면 아늑할 거야.

그는 우리집 보일러 필터를 청소하고 차의 엔진오일을 바꾸었다. 방향 표시등의 퓨즈도 갈았다.

타이어를 교체한 게 언제예요, 아델? 그가 물었다.

엄마는 그를 쳐다보기만 했다.

프랭크가 말했다. 타이어 얘기를 하자면, 아무도 당신에게 펑크난 타이어를 어떻게 고치는지 알려준 적이 없는 게 틀림없어요. 내 말 맞지, 헨리? 무슨 말이냐 하면, 타이어가 펑크날 때까지 기다리지 말고 배워야 한다는 거야. 잘 보이고 싶은 아가씨라도 옆에 태웠다면 더 말할 것도 없지. 운전을 하면 알게 될 테지. 타이어도 그렇고 다른 것들도 그렇고.

그는 빨래를 했다. 다림질도 했다. 바닥을 닦으면서 왁스칠까지 했다. 우리에게 점심을 차려줄 거리를 찾아 식료품 저장실을 살펴보았다. 수프였다. 그는 캠벨 수프로 시작했지만 그 이상의 결과물을 내놓았다. 신선한 바질이 자라는 텃밭이 없는 것이 아쉬웠다. 어쩌면 내년에는 가능할지도 모른다. 하지만 말린 오레

가노는 항상 있었다.

그런 다음 그는 전날 프라이스마트에서 가져온 새 야구공을 들고 나를 마당으로 데리고 나갔다.

우선 네가 실밥에 손가락을 어떻게 놓는지 한번 볼게, 그가 말했다.

그는 내 위로 몸을 숙이고 자신의 긴 손가락으로 내 손가락을 덮었다. 이게 네 첫번째 문제야, 쥐는 법이 틀렸어.

오늘은 송구는 하지 않을 거야. 그는 나에게 제대로 된 방식, 자기의 방식을 보여준 다음 이렇게 말했다. 상처가 아직도 쓰리다고 했다. 하지만 어쨌거나 먼저 이런 느낌에 익숙해지게 하는 건 좋은 생각이었다. 공을 손가락으로 잡는 것. 걸어다니면서 허공에 가볍게 공을 던져올리는 것.

밤에 오렴. 네 글러브를 베개 밑에 놓으라고 말해주고 싶구나. 그 가죽 냄새를 들이마시렴. 네 곁에 계속 두어야 해. 그가 말했다.

우리는 다시 부엌으로 돌아와 있었다. 엄마는 개척 시대 여성처럼, 또는 오래된 서부영화에 나오는 아내처럼 프랭크의 찢어진 바지를 수선하고 있었다. 엄마는 바지를 빨고 싶었지만 그러면 그가 입을 것이 없었다. 엄마가 바느질을 하는 동안 그는 먼저 젖은 걸레로 피가 제일 심하게 묻은 부분을 톡톡 두드려가며 닦아낸 다음 수건을 두르고 앉아 있었다.

바느질할 때 입술을 깨무시는군요. 누가 그런 얘기 해준 적 있어요? 그가 물었다.

그날 그가 엄마에 대해 알아낸 것은 그뿐이 아니었다. 엄마의 목과 손가락 마디, 그 어디에도 보석이 없다는 것을 알아보았다. 이렇게 예쁜 손인데 안된 일이었다. 엄마의 무릎에는 내가 미처 보지 못했던 흉터도 있었다.

이 흉터는 어쩌다 생긴 건가요, 자기? 그는 엄마를 그렇게 부르는 게 별일 아니라는 듯, 세상에서 제일 자연스러운 일인 듯 물었다.

무용 학교에서 정기적으로 〈성조기여 영원하라〉 공연을 했어요. 무대에 부딪혀서 이렇게 되었죠. 엄마가 대답했다.

그는 흉터에 입을 맞추었다.

*

늦은 오후, 그의 바지 수선이 끝나고, 수프를 먹고 카드 게임도 하고 나서 그가 나에게 마술을 가르쳐줄 때—코에서 이쑤시개가 나오게 하는 것이었다—문 두드리는 소리가 들렸다. 프랭크도 여기 있은 지 만 하루가 되었으니 심상치 않은 일이라는 정도는 알 수 있었다. 나는 그의 목에서 혈관이 꿈틀거리는 것을 보았다. 엄마의 시선이 창문을 향했다. 차가 온 흔적은 없었다. 누구인지 몰라도 걸어서 온 것이다.

네가 가보렴, 헨리. 엄마가 말했다. 나는 좀 바쁘다고 해.

방문객은 철 지난 복숭아 한 바구니를 들고 온 저비스 씨였다. 복숭아가 너무 많아서 말이야, 이걸 다 어떡하면 좋을지 모르겠더라고. 그가 말했다. 네 엄마한테 드리면 쓸데가 있을 것 같아서.

나는 바구니를 받았다. 저비스 씨는 할말이 더 있는 사람처럼 문 앞 계단에 그대로 서 있었다.

곧 연휴로구나. 내일은 기온이 35도까지 오른다던데. 저비스 씨가 말했다.

그러게요. 저도 신문에서 봤어요.

일요일에 우리 손주들이 놀러오기로 했단다. 너도 어디 멀리 안 가면 우리집에 와서 수영장에서 놀렴. 더위도 식히고.

저비스 씨네 집 뒷마당에는 땅 위에 설치한 풀장이 있었다. 저비스 씨의 아들 가족이 코네티컷에서 찾아올 때를 빼고는 거의 여름 내내 비어 있었다. 흡입기를 쓰고, 자기가 안드로이드인 척하기를 좋아하는 내 또래 여자아이와 세 살쯤 된 남자아이였다. 아마 풀장 안에 오줌을 쌀 것이다. 별로 끌리지 않았다.

나는 저비스 씨에게 고맙다고 말했다.

엄마는 집에 계시니? 그가 물었다. 우리 차가 바로 집 앞에 있었으니 하나마나 한 질문이었다. 우리 거리에 사는 사람이면 누구나 엄마가 거의 바깥출입 없이 산다는 것을 알고 있었다.

엄마는 지금 바쁘세요.

엄마가 혹시 못 들으셨을지도 모르니 네가 좀 알려드리면 좋겠다. 스틴치필드 주립 교도소에서 도망친 탈주범이 있다는구나. 라디오에서 그러는데 마지막으로 목격된 장소가 쇼핑센터라지 뭐냐. 히치하이크를 했다든가 차를 훔쳤다는 얘기는 없으니 그놈이 아직 이 지역에 있을지도 모른다는 거지. 우리 마누라는 그놈이 우리집 쪽으로 곧장 왔을 거라고 믿고 불안해서 어쩔 줄 몰라한단다.

엄마는 바느질을 하고 계셔요, 내가 말했다.

네 엄마에게도 알려야겠다고 생각했어. 혼자 계시잖니. 무슨 일이 있거든 전화하렴.

7장

저비스 씨가 가고, 나는 부엌으로 돌아갔다. 고작 사 분쯤 부엌을 떠나 있었을 뿐인데다 여기는 거의 사 년을 살아온 우리집이고 프랭크는 겨우 어제 만났을 뿐인데도, 부엌으로 돌아온 내가 뭔가를 망쳐버린 기분이 들었다. 우리 옛날 집에서 아빠의 침실에 들어갔더니 마저리가 셔츠를 풀어헤치고 한쪽 가슴을 내놓은 채 아기를 안고 침대에 앉아 있었을 때나, 학교에서 누가 실험을 잘못하는 바람에 건물 안에 유황 냄새가 꽉 차서 아이들을 일찍 하교시켰을 때, 부엌에서 나와보니 레코드를 너무 크게 튼 나머지 내가 문을 여는 소리와 내 뒤로 문이 쾅 닫히는 소리를 듣지 못한 엄마가 거실에서 춤을 추고 있었을 때와 비슷한 기분이었다. 제대로 스텝을 밟는 정식 춤도, 엄마가 항상 내게 가르치려던 춤도 아니었다. 그날 엄마는 언젠가 내셔널 지오그래픽 특집에서 본 데르비슈*처럼 방안을 빙글빙글 돌고 있었다. 그리고 내가 복숭아를 가지고 돌아왔을 때 두 사람이 바로 그런 모습이었다. 마치 세상에 단둘인 것처럼.

복숭아가 너무 많아서 좀 가져왔대요. 저비스 씨요.

저비스 씨가 한 말 중 다른 부분, 탈옥 이야기는 하지 않았다.

나는 과일을 식탁 위에 놓았다. 프랭크는 부엌 바닥에 무릎을 꿇고 싱크대 밑 파이프를 고치고 있었다. 엄마는 스패너를 들고 그 옆에 앉아 있었다. 그들은 서로를 보고 있었다.

나는 바구니에서 복숭아를 한 개 집어서 씻었다. 엄마는 세균을 믿지 않았지만 나는 믿었다. 세균은 정말로 걱정해야 할 문제에서 사람들의 주의를 돌리려고 꾸며낸 거야, 엄마가 말했다. 세균은 자연스러운 거라고. 정말로 걱정해야 할 건 사람들이 하는 짓들이지.

좋은 복숭아네요, 내가 말했다.

프랭크와 엄마는 여전히 공구를 든 채 그대로 앉아 있었다. 너무 익어서 아쉽구나. 다 먹기도 전에 썩겠는걸. 엄마가 말했다.

바로 그거예요, 프랭크가 말했다. 항상 낮고 깊은 그의 목소리

---

* 금욕을 중시하는 이슬람 수피파 교도. 빙글빙글 도는 춤으로 예배를 드린다.

가 갑자기 반 옥타브는 더 떨어진 듯했다. 꼭 조니 캐시가 우리 집 부엌에 온 것만 같았다.

우리에겐 지금 처리해야 할 중요한 문제가 있어요, 그가 말했다.

나는 여전히 저비스 씨가 한 말을 생각하고 있었다. 탈옥한 죄수를 찾는 사람들. 신문에서 읽어서 고속도로에 바리케이드를 쳤다는 것은 알고 있었다. 댐 위에는 헬리콥터들이 날아다니고 있었다. 거기에서 인상착의가 비슷한 사람을 보았다는 이들이 있어서였다. 한쪽 눈 위에 흉터가 있고 목에는 칼인지 할리데이비슨 오토바이인지 그 비슷한 것을 새긴 문신이 있을 수도 있다고 했다. 바로 지금이 프랭크가 총이나 칼을 꺼내들고 가늘지만 근육이 탄탄한 팔로 방금 전까지도 감탄해 마지않던 엄마의 목을 감고는, 목덜미에 칼을 대고 우리를 차로 끌고 나갈 순간이었다.

그가 주 경계선을 넘을 통행권이 바로 우리였다. 〈매그넘, P.I.〉*에서 숱하게 보았던 이야기다. 바로 그때 프랭크가 우리 쪽을 돌아보았다. 그는 손에 칼을 들고 있었다.

그가 전에 없이 심각한 표정으로 말했다. 그 복숭아, 빨리 해치우지 않으면 아예 못 먹게 될 거예요.

---

* 토머스 매그넘이라는 사설탐정의 활약을 그린 1980년대 텔레비전 드라마 시리즈.

어떡할 생각인데요? 엄마가 물었다. 엄마의 목소리는 언제 들었는지 기억할 수도 없는 그런 음성이었다. 엄마는 농담을 들었을 때가 아니라 아주 기분좋고 행복할 때 웃는 식으로 웃었다.

복숭아 파이를 만들어줄게요. 우리 할머니가 해주셨던 것처럼요. 그가 말했다.

우선 큰 그릇이 두 개 필요했다. 하나는 파이크러스트를 만들 것이었고 다른 하나는 속을 만들 그릇이었다.

프랭크가 복숭아 껍질을 벗겼다. 나는 그것들을 토막 냈다.

속 만들기는 쉬워. 내가 얘기하고 싶은 건 파이크러스트야. 프랭크가 말했다.

그릇에 손을 뻗는 폼을 보건대, 이 남자는 평생 파이를 한두 번 만들어본 솜씨가 아니었다.

그가 말했다. 우선, 되도록 재료를 차게 두어야 해. 오늘처럼 무더운 날은 손으로 반죽할 때 더 신경을 써야 하고. 열기가 전해지기 전에 빨리 움직여야 해. 파이크러스트를 반죽하는 중에는 전화가 오더라도 받으면 안 돼. (우리집에서 이건 문제가 될 것 같지 않았다. 아빠가 주말 저녁식사 약속을 확인하기 위해서 거는 전화 말고는 며칠 동안 전화벨이 울리지 않는 때도 종종 있으니까.)

프랭크는 조리대에 재료를 늘어놓으면서 농장에서 조부모님과 살았던 시절에 대해 이야기했다. 할아버지가 트랙터 사고로 돌아가신 후로는 할머니하고 살았다고 했다. 프랭크가 열 살이었을 때부터 할머니가 그를 키웠다. 강인하면서도 공정한 분이었다. 해야 할 집안일을 해놓지 않으면 본때를 보여주었다. 긴 말이 필요 없었다. 주말 내내 헛간 청소를 하는 것이다. 그렇게 간단했다.

밤이면 할머니는 그에게 큰 소리로 책을 읽어주었다. 『로빈슨 가족』 『로빈슨 크루소』 『리키티키타비』 『몬테크리스토 백작』. 그때는 집에 텔레비전이 없었지만 그래도 괜찮았어, 그가 말했다. 할머니가 큰 소리로 책을 읽어주셨으니까. 라디오 성우를 하실 수도 있었을 거야.

할머니는 프랭크에게 베트남전에 가지 말라고 했다. 할머니는 그 전쟁에서 아무도 이기지 못하리라는 것을 시대를 앞서 내다보고 있었다. 그는 남들보다 한 수 앞설 수 있다고 생각했다. 예비군에 남아서 제대군인원호법으로 대학 교육을 받을 생각이었다. 그가 열여덟 살이 되자마자 한 일은 사이공으로 가는 비행기를 탄 것이었다. 구정 공세*가 시작되기 이 주 전에 도착했다. 그

* 1968년 1월, 구정 기간 동안 휴전하기로 한 약속을 어기고 베트콩이 기습을 감행한 사건.

가 속한 소대의 열두 명 중 일곱 명이 관에 실려 고향으로 돌아갔다.

나는 그가 아직도 인식표를 가지고 있는지 궁금했다. 아니면 전리품 같은 거라도. 적의 무기라든가 뭐 그런 것.

그 시절을 기억나게 할 만한 것은 하나도 필요치 않아, 그가 말했다.

프랭크는 평생 파이를 만들 만큼 만들어봐서—최근에는 만든 적이 없지만, 자전거 타기와 비슷했다—밀가루를 계량할 필요도 없었다. 단지 내게 알려주려고 밀가루 세 컵으로 시작하는 걸 좋아한다고 말했을 뿐이다. 그렇게 하면 턴오버*에 쓸 여분의 크러스트를 만들 수 있다. 장난치기 좋아하는 꼬맹이가 주변에 있거든 쿠키 틀로 모양을 찍어내라고 반죽을 떼어줄 수도 있다.

그는 반죽에 넣을 소금도 계량하지 않고 티스푼의 4분의 3쯤이라고 말했다. 파이크러스트는 너그럽단다, 헨리. 별별 실수를 다 저질러도 먹을 만하게 나오거든. 그런데 절대 잊지 말아야 할 한 가지는 소금이야. 사는 게 다 그렇지. 때로는 아주 우습게 여겼던 것이 알고 보면 제일 중요하다니까.

* 속에 과일이나 잼을 채우고 삼각형이나 반달 모양으로 접어 구워내는 파이.

그가 파이크러스트를 만들면서 아쉬워한 도구 하나는 그의 할머니가 쓰던 페이스트리 블렌더였다. 굳이 근사한 고급 식료품점에 가지 않더라도 일반적인 슈퍼마켓 어디서든 구할 수 있는 물건이다. 하지만 그의 할머니는 초록색으로 칠한 나무 손잡이가 달린 페이스트리 블렌더를 가지고 있었다.

우선 쇼트닝을 밀가루와 소금과 함께 그릇에 넣어. 그런 다음 페이스트리 블렌더를 써서 섞어줘. 정 없으면(지금이 바로 그런 상황이지), 포크 두 개로 섞어도 돼.

그리고 네 쇼트닝 말인데, 그가 말했다. 그는 쇼트닝에 대해 몇 가지 얘기할 것이 있었다. 어떤 사람들은 최상의 맛을 내기 위해 버터를 쓰지. 하지만 얇게 모양을 내는 데에는 라드*를 따라올 것이 없어. 그게 파이크러스트에 대한 큰 논란거리 중 하나란다, 헨리. 살다보면 두 파로 갈라진 사람들을 보게 될 거야. 한쪽이 반대쪽의 의견을 바꾸려면 민주당원이 공화당원이랑 얘기하는 것 못지않게 힘이 들걸. 그 반대도 마찬가지고.

그래서 어떤 것을 쓰세요? 내가 물었다. 라드예요, 버터예요? 놀랍게도 우리집 찬장에 라드가 있었다—프랭크가 좋아할 만한 진짜 라드는 아니고 크리스코 제품이었는데 언젠가 엄마가 감자

* 돼지비계를 정제하여 굳힌 것.

칩과 튀김을 만들어보겠다며 산 것이었다. 엄마는 그걸로 감자칩을 열 개쯤 만들고는 지쳐서 자러 가버렸었다. 운좋게도 그 파란색 깡통은 여전히 선반 위에 놓여 있었다. 프랭크가 버터를 넣어 만든 파이크러스트의 신봉자가 아니라고 가정한다면.

둘 다 좋아해. 그는 주걱으로 번들거리는 흰색 크리스코를 떠내어 밀가루가 담긴 그릇 한가운데에 한 덩이 떨어뜨리면서 말했다. 하지만 버터도 중요했다. 그래서 그는 나에게 이웃집에 가서 버터를 좀 얻어 오라고 했다. 엄마나 나는 한 번도 해본 적 없는 일이었다. 막상 부탁하려니 부끄럽기는 해도 옛날 텔레비전 프로그램에 나오는 등장인물이 된 것 같아서 기분이 좋았다—그런 인물들은 항상 서로를 찾아가서 함께 재미있는 일을 했다—마치 여기 있는 우리가 모두 보통 사람들인 것처럼.

버터를 갖고 돌아오자 프랭크는 그 버터의 거의 대부분을 작은 조각으로 잘라서 밀가루 위에 흩어놓았다. 물론 어떤 재료도 계량하지 않았을 것이다. 그에게 양을 얼마나 넣었는지 물어보자 그는 고개를 가로저었다.

다 본능으로 하는 거야, 헨리. 그가 말했다. 요리법에 너무 주의를 기울이면 신경 끝으로 느끼는 능력을 잃어버리게 돼. 그게 필요한데 말이지. 놀런 라이언의 속구 동작을 분석하는 사람들이나, 나가서 손톱 밑에 때가 끼도록 일하면 될 걸 토마토를 키우는 제일 좋은 방법을 찾겠다고 책이나 읽으며 시간을 낭비하는 정원사들이 그렇지.

네 엄마도 아마 동감하실걸, 춤의 세계도 비슷하니까. 그가 말했다. 지금 다 얘기하지는 않겠지만 다른 영역들도 마찬가지야.

그는 엄마를 힐끗 쳐다보았다. 두 사람의 눈이 마주쳤다. 엄마는 시선을 돌리지 않았다.

그래도 한 가지 얘기를 하자면 아기와 관련된 거라고 그가 말했다. 전문가는 아니지만 그는 오래전 잠깐 동안 아들을 돌본 적이 있었다. 그 경험이 다른 어느 것과도 비할 수 없이 그에게 본능을 따르는 일의 중요성을 가르쳐주었다. 네 오감과 본능을 죄다 동원해야 해. 머리 말고 몸 말이야. 밤에 아기가 울면 안아주러 가지. 아기는 너무 악을 쓰고 울어서 얼굴이 홍당무처럼 새빨개지거나 숨을 제대로 못 쉴 만큼 흥분할 때도 있어. 그럴 때 어떡할래, 책장에서 책을 꺼내 전문가가 뭐라고 하는지 읽을 거야?

그럴 땐 아기의 피부에 손을 대고 등을 문질러주면 돼. 아기 귀에 숨을 불어넣어줘. 네 맨살에 아기를 대고 밖으로 나가는 거야. 밤공기가 아기를 에워싸고 달빛이 얼굴을 비추겠지. 휘파람을 불어줘도 좋아. 춤을 추든가. 콧노래도 좋고. 기도를 할 수도 있지.

서늘한 산들바람이 의사의 처방 못지않을 때도 있어. 따뜻한 손으로 배를 문질러주는 것만으로 충분할 때도 있고. 아예 아무것도 하지 않는 게 최선일 때도 있지. 주의를 기울여야 돼. 천천히 해야 돼. 진짜로 중요하지 않은 나머지 것들은 다 무시해버려. 그 순간이 무얼 요구하는지 느껴봐.

그러니까—다시 파이로 돌아가서—어떤 경우에는 버터보다 라드가 더 나을 수도 있다는 거야. 라드보다 버터가 중요할 때도 있고. 물론 날씨에 따라서는 물도 변수가 돼. 물론 우리의 경우에는 얼음물 얘기지.

물은 되도록 적게 써야 해, 프랭크가 말했다. 대부분의 사람들이 크러스트를 만들 때 물을 너무 많이 넣어. 그러면 당연히 완벽한 모양의 반죽 덩어리가 되겠지만, 아무도 그걸 보고 잘했다고는 못할걸. 결국은 크러스트가 풀 먹인 것처럼 뻣뻣해져. 내가 무슨 말을 하는지 잘 알 거야. 차라리 마분지를 씹는 게 낫지.

절대 잊지 말아야 할 것이 한 가지 있어. 반죽에 물은 언제라도 더 넣을 수 있지만, 한번 넣은 물을 도로 뺄 수는 없단다. 물을 적게 넣을수록 크러스트가 켜켜이 얇게 나와.

프랭크가 나에게 이런 이야기들을 해줄 때 나는 주로 그에게만 관심을 쏟았다. 그 역시도 확실히 나에게, 우리가 만들고 있는 복숭아 파이에 주의를 기울이고 있었다. 그는 마치 그 외의 다른 세상은 존재하지 않는 듯 보일 만큼 집중했다.

그가 파이 만드는 과정을 설명하는 방식에는 뭔가 잠시도 눈을 뗄 수 없게 만드는, 주의를 끄는 면이 있었다. 하지만 파이를 만들면서도 이따금 나는 조리대 옆에 서서 우리를 바라보고 있는 엄마 쪽을 힐끔거렸다.

까딱하면 거기 서 있는 사람이 완전히 딴사람이라고 착각할 정도로, 엄마는 전혀 달라 보였다.

일단 더 젊어 보였다. 엄마는 복숭아를 들고 조리대에 기대어 서 있었다. 그러다가 복숭아를 한 입씩 베어 물었다. 그럴 때마다 농익은 복숭아의 즙이 엄마의 얼굴을 타고 꽃무늬 블라우스로 흘러내렸지만, 엄마는 알아차리지 못한 것 같았다. 엄마는 고개를 끄덕이고 미소를 지었다. 재미있어하는 듯 보였다. 엄마를 보고, 그를 보니 기분이 묘했다. 그 두 사람 사이에는 전류 같은 것이 흘렀다. 그는 나에게 말을 하고 있었고 주의를 쏟고 있었다. 하지만 그 모든 것 밑에서는 대부분의 사람들, 아니 그 문제에 대해서라면 어느 누구도 알아차리지 못할 다른 일이 진행되고 있었다. 아주 소수의 사람만이 감지할 수 있는 높은음의 주파수처럼. 오로지 그들만 알았다.

그는 나에게 이야기를 하고 있었다. 하지만 진짜 메시지는 엄마에게 보내고 있었다. 그리고 엄마는 그것을 받았다.

그의 파이 레슨은 아직 끝이 아니었다. 이제 그는 나에게 밀가루를 옴폭하게 파고 그 위에 계란을 넣는 법과, 파이를 덮을 크러스트를 먼저 만들기 위해 얼음물을 딱 적당할 만큼만 붓고 반죽을 다시 모아 공처럼 둥글게 뭉치는 법을 이야기해주었다—완벽하게 둥근 공 모양은 아니었다. 그러자면 의도했던 것보다 물이 더 많이 필요할 것이다. 반죽은 밀어서 펼 수 있을 정도로만 뭉쳐지면 된다.

우리집에는 밀대가 없었지만 프랭크는 상관없다고 했다. 라벨을 떼어내고 와인병으로 하면 되었다. 그는 나에게 먼저 동작을 보여주었다—가운데에서 밖으로 재빠르고 경쾌하게 밀어낸다. 그런 다음 내게 해보라고 했다. 무엇이든 배우려면 직접 해봐야 한다.

조리대 위에서 반죽을 밀어 펴는데 영 뭉쳐지는 것같이 보이지 않았다. 그가 직접 민 반죽만이 그럭저럭 동그라미 비슷한 형태가 되었다. 그가 손바닥의 불룩한 부분으로 갈라진 곳을 같이 눌렀는데도 하나로 붙지 않는 부분들이 있었다.

손바닥의 불룩한 부분을 써야 해, 그가 말했다. 감촉도 온도도 완벽하거든. 사람들은 별의별 근사한 도구들을 다 사들여. 하지만 때로 작업하는 데 최고의 도구는 바로 우리 몸에 붙어 있단다. 필요할 때면 언제든 갖다 쓸 수 있지.

파이의 바닥이 될 크러스트를 만들어 파이 접시에 까는 데는 별문제가 없었다. 프랭크와 나는 반죽을 유산지 위에 밀어서 폈다. 반죽이 그가 만족할 만큼 충분히 얇고 아슬아슬하기는 해도 하나로 이어지자, 그는 접시를 뒤집어서 편 반죽 위에 거꾸로 놓았다. 그런 다음 유산지를 잡고 한꺼번에 뒤집었다. 그러고는 종이를 벗겨냈다. 짜잔.

그는 나에게 파이 속을 맡겼다. 먼저 복숭아 위에 설탕과 시나몬 파우더를 약간 뿌리라고 했다.

복숭아 즙을 빨아들일 타피오카 가루가 있으면 그만일 텐데, 그가 말했다. 뭔지 아니? 알고 있었다.

할머니의 비밀 재료야, 그가 말했다. 속을 채우기 전에 바닥 크러스트 위에 그걸 조금 뿌리는 거야. 겨울에 얼음이 얼 때 길 위에 뿌린 소금처럼 보일 정도로. 그럼 질척한 파이크러스트는 안녕이지. 그게 옥수숫가루맛은 안 나면서 즙을 다 빨아들인단다. 내가 지금 말하는 그런 파이 알지, 헨리? 팝타트* 속처럼 쫀득쫀득하단다.

알고 있었다. 바로 그때 우리집 냉장고에는 그 파이가 백 상자

---

* 켈로그에서 나온 토스터로 데워 먹는 파이 종류.

는 들어 있었으니까.

프랭크가 파이 접시에 쌓아올린 복숭아 위에 버터 덩어리를 잘라 넣었다. 이제 우리는 맨 위에 덮을 파이크러스트를 만들 준비가 되었다.

이건 들어올려야 하니까 바닥에 깐 크러스트 반죽보다는 서로 좀더 잘 붙어 있어야 해, 그가 말했다. 언제나 물을 빼는 것보다 더하는 게 더 쉬워.

나는 다시 엄마를 힐끔 보았다. 엄마는 프랭크를 보고 있었다. 그도 역시 고개를 들고 엄마를 올려다본 걸 보면 틀림없이 그 시선을 느꼈을 것이다.

충고가 영향을 미치는 방식이 참 재미있지, 그가 말했다. 이십오 년 전에 곁을 떠나버린 사람인데도, 그 사람이 했던 어떤 말들은 기억 속에 남는 경우도 있단 말이야.

절대로 반죽을 지나치게 치대지 마라. 그의 할머니가 하신 말씀이었다.

하지만 그는 그 말을 잘못 알아들었다고 했다. 할머니가 돈 얘길 하신 줄 알았다고.* 농담이었어, 그가 설명했다. 프랭크의 한 가지 특이한 점, 얼굴 근육이 피부 아래서 턱을 너무 팽팽하게

* 반죽이라는 뜻의 'dough'에는 돈이라는 뜻도 있다.

잡아당겨서 보통 사람들처럼 미소를 짓지 못하는 것처럼 보이는 얼굴 때문에, 그가 농담한 줄도 모르고 넘어갈 뻔했다.

우리는 역시 유산지에 파이 맨 위에 덮을 크러스트 반죽을 밀어서 폈다. 속에 복숭아가 있기 때문에, 이번만큼은 반죽 위에 파이 접시를 엎어놓을 수 없었다. 동그란 반죽을 유산지에서 들어올려 휙 뒤집어 파이 위에 덮어야 했다. 최소한의 물만 넣은 우리의 얇은 파이크러스트 반죽이 아주 짧은 순간 허공에 붕 떠 있게 될 것이다. 들어올려 뒤집으면서 주저하면 모든 게 엉망이 될 것이다. 너무 빨리 뒤집어도 그르칠 수가 있다.

손도 흔들려서는 안 되지만, 마음도 굳게 먹어야 해. 믿음과 헌신이 필요한 순간이야. 프랭크가 말했다.

지금까지는 프랭크와 나, 단둘만 일을 했다. 엄마는 구경만 했다. 이제 그가 엄마의 어깨에 손을 올렸다.

그가 말했다. 당신이라면 할 수 있을 것 같아요, 아델.

잠시 시간을 뒤로 돌려보자—언제 그러지 않았는지 더는 기억할 수가 없다—엄마의 손이 덜덜 떨리기 시작했다. 계산대에서 동전을 집거나 채소를 썰 때—오늘처럼 우리가 뭔가 신선한 식품을 썰어서 먹는 경우는 아주 드물지만—칼을 쥔 손이 때로는 너무 심하게 부들부들 떨려서 엄마는 그게 뭐든 자르던 것을 내려놓고 이렇게 말하곤 했다. 오늘밤은 수프를 먹자. 네 생각은 어떠니, 헨리?

엄마가 립스틱을 바를 때면—우리가 가끔 외출하던 때—항상 삐뚤빼뚤했다. 아마도 엄마가 첼로를 포기한 이유도 그것이었을 것이다. 엄마는 힘들이지 않고 비브라토로 연주했지만, 손으로 활을 차분히 잡고 있을 수가 없었다. 그날 오후 엄마가 시도했던 그런 일—프랭크의 바지를 꿰매준 것—또한 도전이었다. 도저히 바늘에 실을 꿸 수가 없었다. 내가 대신 해주었다.

이제 엄마는 조리대를 따라 걸어와 밀대로 쓰던 와인병을 들고 선 프랭크 옆에 섰다.

해볼게요. 엄마가 양손 손가락으로 동그란 반죽을 들고 프랭크가 보여준 방법대로 접으며 말했다. 그는 엄마 바로 옆에 바짝 붙어 서 있었다. 엄마가 숨을 죽였다. 동그란 반죽은 복숭아 위, 있어야 할 바로 그곳에 착지했다.

완벽해요, 자기. 그가 칭찬했다.

그는 나에게 옆을 꽉 죄어서 위쪽 크러스트와 아래쪽 크러스트를 붙이는 법을 보여주었다. 또 우유를 위에 바르고 설탕을 뿌리고, 김이 빠져나가도록 반죽 세 군데를 포크로 찔러 구멍을 내는 법을 보여주었다. 그러고는 오븐에 파이를 넣었다.

이제 사십오 분만 있으면 파이를 맛볼 수 있을 거야, 그가 말했다. 우리 할머니가 그러셨지. 미국에서 제일가는 부자도 오늘 밤 우리만큼 맛있는 파이를 먹지는 못할 거라고. 곧 그렇게 될 거야.

나는 프랭크에게 할머니가 지금은 어디 계시느냐고 물어보았다.

돌아가셨어, 그가 대답했다. 그의 목소리에서 더 묻지 않는 편이 좋겠다는 암시가 풍겼다.

8장

그해 여름, 내 몸은 변해가고 있었다. 키가 컸다는 사실은 중요한 게 아니었다. 목소리가 더 낮아졌다. 입을 열고 말을 하면 예전의 고음이 나올지 아니면 새로운 저음이 나올지 도무지 알 수 없는, 어정쩡한 중간 음역에 멈춰 있기는 했지만. 어깨는 변함없이 가늘었지만 목은 조금 굵어진 듯했고, 겨드랑이와 뭐라고 불러야 좋을지 모르겠는 그 아래쪽에도 털이 나기 시작했다.

이런 것도 바뀌었다. 아빠가 벌거벗은 걸 본 적이 있는데, 그 모습에 내 몸이 부끄러워졌다. 작기도 하구나, 아빠는 나를 보고 웃으며 말했다. 리처드가 나보다 더 어렸는데도, 마찬가지로 샤워할 때 본 그애의 모습은 내가 이미 짐작하고 있던 사실을 새삼 확인시켜주었다. 내게 뭔가 문제가 있었다. 나는 여자의 손에 키워진 남자아이였다. 남자에 대해 다음과 같이, 즉 남자들은 이기적이고 지조가 없고 믿을 수가 없고 잔인한데다 언젠가는 결국 상처를 주고 말 것이라고 믿는 여자 손에서 자란 남자아이였다. 그러니 엄마의 유일한 아이이자 남자아이인 내가 어떻게 되었겠는가?

어느 봄에 처음 그 일이 일어났다. 하루에도 시시때때로 바지천에 눌려 있던 사타구니, 내 은밀한 부위—엄마가 쓰는 표현이었다—가 도저히 통제할 수 없을 만큼 딱딱해진 것이다. 레이철 매캔이 수학 문제를 풀려고 칠판 앞으로 나갈 때 스커트가 허벅지 위로 들리거나, 샤론 선덜랜드가 조회 시간에 내 위쪽 스탠드에 앉으면서 가랑이 사이로 팬티가 슬쩍 보인다거나, 내 앞자리에 앉은 여자애의 브래지어 끈이나 셔츠 위로 비치는 브래지어 호크가 보일 때, 사회 선생님인 이븐러드 선생님이 내가 참고 문헌 목록을 제대로 작성했는지 보려고 내 책상 위로 허리를 숙일 때 그랬다. 그전까지는 쓸모없이 덜 여문 것만 있던 자리에, 내 바지 속에서 소생한 완전히 새로운 신체의 일부인 것처럼 다시 그것이 고개를 들었다.

기뻐하거나 자랑스러워할 수도 있었을 테지만, 이 또한 부끄럽기만 할 따름이었다. 남들이 보면 어쩌지? 학교 복도를 걸어가면서도 예쁜 여자아이들, 동그란 엉덩이를 가진 여자아이들, 좋은 냄새가 나는 여자아이들, 가슴이 나온 여자아이들을 두려워하며 살았다. 한번은 은행 강도가 어떻게 붙잡혔는지에 대한 기사를 읽은 적이 있다. 달러 지폐에 자루에서 꺼내면 활성화되는 화학물질 처리를 해놓았다는 것이다. 그래서 압력을 가한 통 같은 것에서 지워지지 않는 파란색 페인트가 강도들의 얼굴로 뿜어져나왔다. 내가 발기에 대해 느낀 기분이 꼭 그랬다—내 비참한 반쪽 남성성의 감출 수 없는 증거였다.

거기에서 끝나지 않았다. 내 몸에 일어난 일은 머릿속에서 일어난 것에 비하면 최악이라고 할 정도는 아니었다. 매일 밤마다 여자들 꿈을 꾸었다. 섹스를 어떻게 하는지는 잘 몰랐다. 파티에 난입한 술주정뱅이처럼 여자의 몸에 갓 싹튼 내 기관을 쑤셔넣을 곳이 있다는 정도는 알았지만, 사람들이 할 법한 짓, 내가 할 법한 짓을 그려보기란 쉽지 않았다. 누군가 나를 원할지도 모른다는 생각은 아예 떠오르지도 않았다. 그래서 내가 생각해낸 장면은 온통 수치심과 죄의식으로 범벅이 되었다.

어떤 꿈은 몇 번이고 거듭해서 꾸었다—우리 학교 여자아이들의 모습이었다. 하지만 미친듯이 날뛰는 치어리더 부대는 절대 아니었다. 내 꿈속에 사는, 초대받지 않은 여자아이들은 다른 타입의 아이들, 내가 그러듯이 제 몸을 주체하지 못하는 듯한 아이들—엄마가 돌아가신 무렵인 5학년 때부터 살이 찌기 시작해서 이제는 뱃살과 넓적한 흰 허벅지는 물론이고, 열세 살짜리가 아니라 늙은 여자들 것처럼 보이는 묵직한 가슴을 앞에 달고 다녀야 하는 타마라 피셔 같은 여자아이들이었다. 그렇다 하더라도 그애들을 보고 싶었다. 우연히 여자 탈의실에 들어갔다가 옷을 갈아입는 여자아이들 무리를 훔쳐보게 되거나, 칸막이 화장실 문을 열고 발목까지 바지를 내리고 변기 위에 쭈그리고 앉아 다리 사이 비밀스러운 부위를 애무하는 린지 브루스를 지켜보는 상황을 상상했다. 내 꿈속에 등장하는 인물들은 매력적이거나 유혹적이기보다는 애처로웠다. 하지만 나보다 더 애처로운 사람은 없을 것이다.

어느 들판에 있는 기둥 주위를 빙빙 돌며 달리는 꿈을 반복해서 꾸었다. 어쩌면 나무였던 것도 같다. 나는 레이철 매캔을 쫓고 있었고, 그녀는 발가벗고 있었다. 있는 힘을 다해 달렸지만 죽어도 그애를 잡을 수가 없었고, 우리는 계속 빙빙 돌기만 했다. 그애의 엉덩이와 다리 뒤쪽은 볼 수 있었지만 앞쪽은, 가슴이나(작지만 내 관심을 끌었다) 그 아래, 내가 늘 생각하는 그 이름 모를 곳은 볼 수가 없었다.

그 꿈에서 한 가지 생각이 떠올랐다. 내 꿈속에서 나인 인물에게 떠올랐다고 해야 할지도 모르겠다. 갑자기 달리기를 멈추고 반대쪽으로 돌았다. 그렇게 하면 레이철 매캔이 똑바로 나를 향해 오게 될 것이다. 드디어 그녀의 앞쪽을 볼 수 있게 될 것이다. 꿈을 꾸면서조차 그런 생각을 해내다니 내가 정말 영리하다고 느꼈다. 얼마나 좋은 아이디어인가.

하지만 나는 결코 그녀를 보지 못했다. 꿈속의 그 대목에 이르면 보통 나는 부끄러운 분비물로 침대를 적신 채 매번 잠에서 깨어났다. 시트를 뒤집어서 깔거나 세탁물 맨 밑에 쑤셔넣거나 물로 문질러 빤 다음 마를 때까지 그 부분에 수건을 놔두는 식으로 엄마에게 그 흔적을 감추었다.

마침내 어째서 레이철이 결코 벌거벗은 채로 뒤를 돌아 나를 향해 오지 않는지 알게 되었다. 내 뇌가 필요한 이미지를 공급할 수 없었던 것이다. 사진으로만 보았을 뿐이기는 해도(딱 한 번의 예외는 마저리였다) 가슴은 알았다. 하지만 다른 부분은, 공백이었다.

여자아이들 생각으로 그렇게 많은 시간을 보내면서도 정작 학교에서 그중 한 아이에게 말을 붙여보는 것은 그 종이 좀 넘겨줄래? 정도가 다였다. 나는 여자 형제도, 사촌도 없었다. 〈해피 데이스〉에 나오는 여자, 그리고 〈미녀 삼총사〉 중 한 명을 좋아했다—대부분의 사람들이 특별히 아름답다고 여기는 두 명 말고, 갈색 머리에 프로그램에서는 질이라는 이름으로 나오는 여자였다. 또 올리비아 뉴턴존이랑, 언젠가 아빠 집에서 찾아내 배낭에 넣어 몰래 집에 가져온 오래된 〈플레이보이〉 잡지에 나온 케리라는 이름의 '이달의 플레이메이트'도 좋아했다. 비록—환장할 노릇이다—대형 누드 사진 페이지는 찢겨나가고 없었지만. 그러나 내 평생 내가 실제로 아는 유일한 여자는 엄마였다. 여자들은 어떨까를 생각하다보면 결국 엄마에게로 돌아오기 마련이었다.

사람들이 엄마를 예쁘다고, 심지어 아름답다고 여기는 것을 알고 있었다. 엄마가 내 연극을 보러 학교에 왔을 때, 알지도 못하는 8학년 남자아이가 운동장에서 나를 불러 세우더니 네 엄마 끝내준다고 말했다. 그애가 이어서 이렇게 말했을 때 어깨가 으쓱해지는 기분이었다.

네가 어른이 되면 틀림없이 친구들이 네 엄마랑 자고 싶어할걸.

엄마가 미인이고 무용수의 몸매를 지녔다는 사실만으로는 다 설명이 안 되는 일이었다. 나는 엄마가 냄새를 풍기듯 강렬하게 어떤 느낌을, 혹은 사람들에게 자기 곁에는 남자가 없다고 알려주는 신호를 셔츠 앞섶에 뿌리고 다녔다는 생각이 든다. 우리 학교에는 편부모와 사는 아이들이 나 말고도 있었지만, 우리 엄마처럼 게임을 하다 말고 빠져나온 듯한 사람, 어떤 외국 문화권이나 언젠가 들어본 것 같은 아프리카의 부족, 혹은 인도에서 온 듯한 사람은 아무도 없었다. 인도에서는 원래 남편이 죽거나 떠나면 그것으로 인생이 끝난다고 한다.

아빠가 떠난 후로 엄마는 내가 아는 한 딱 한 번 데이트를 했다. 우리집 석유 보일러를 고쳐준 남자하고였다. 그는 오전 내내 우리 지하실에서 난방 배관을 청소해주었다. 엄마한테 청구서를 주러 올라와서는 일하느라고 우리집을 온통 먼지투성이로 만든 것 같아 미안하다고 사과했다.

혼자이신가봐요. 반지가 없네요. 그가 말했다.

그때 나는 부엌에서 숙제를 하고 있었지만 그는 내가 있어도 개의치 않는 듯했다.

너무 외롭겠는데요. 특히나 겨울에는요. 그가 말했다.

아들이 있답니다, 엄마가 말했다. 엄마는 그에게 아이가 있는지 물었다.

줄곧 아이를 원했죠. 그런데 아내가 저를 떠났답니다. 지금은 딴 남자 애를 낳고 살아요.

그가 이 말을 할 때 참 이상하게 들렸던 기억이 난다. 그 아이가 다른 사람의 아이가 아니라 마치 자기 애라는 것 같았다. 나는 우리 엄마의 아이지만, 문득 궁금해졌다. 마저리가 낳은 아기는 우리 아빠의 아이일까?

춤추는 거 좋아하세요? 그가 엄마에게 물었다. 이번주 토요일에 무스 로지에서 행사가 있을 예정이라서요. 바쁘지 않으시면.

춤추는 것을 좋아하느냐고? 질문이 그거였다. 엄마는 거짓말을 할 수가 없었다.

그는 엄마를 데리러 오면서 꽃을 가져왔다. 엄마는 빙그르 돌면 소용돌이 모양으로 퍼지는 무용 스커트를 입고 있었다. 오래전 아빠를 만나 속옷을 내보이며 춤추던 식은 아니더라도, 움직임을 강조하고 다리를 과시하기에는 충분했다.

엄마의 데이트 상대 또한 한껏 빼입었다. 전에 왔을 때는 가슴 왼쪽에 이름—키스—이 적힌 난방 회사 제복 차림이었지만, 그날 밤에는 그의 마른 몸에 착 달라붙는 합성섬유 셔츠를 입고 있었다. 셔츠 단추를 가슴털이 약간 보일 만큼 풀어놓았다. 어떻게 보일지를 잘 따져보고 맨 위로 삐져나오도록 털을 손질한 듯한 인상마저 주었다. 엄마가 준비하는 모습, 지금 입은 옷을 입기로 결정하고 거울 앞에 서서 머리를 매만지기까지 세 번이나 옷을 갈아입는 것을 보았기 때문에, 나는 그가 가슴털이 셔츠 위로 삐져나오도록 부풀리는 모습을 상상했다.

나는 가슴털이 없었다. 아빠는 털이 많았지만 나는 아빠와 닮은 점이 하나도 없었다. 가끔은 내가 아빠의 친아들이 맞기는 한지, 아빠의 친아들은 줄곧 리처드 하나였던 것은 아닌지 궁금했다. 내가 아빠의 아들인 건 그저 뭔가 착오일지도 모른다.

엄마는 베이비시터를 쓰지 않았다. 어디를 가든 나를 함께 데려가지 않은 적이 거의 없다는 사실을 생각하면, 아는 베이비시터조차 없었다. 하여간 엄마는 나를 베이비시터와 함께 남겨두는 것이 나를 혼자 두는 것보다 더 위험하다고 말했다. 주위에 다 좋은 사람들만 있는 것처럼 보이지만 누가 알겠는가?

간식을 차려뒀어, 엄마가 말했다. 또한 엄마는 고대 그리스의 생활을 다룬 〈내셔널 지오그래픽〉 한 부와 남태평양의 한 섬에서 조난당해 혼자 삼 년을 살다가 마침내 지나가던 화물선에 의해 구조된 소년에 관한, 우편으로 주문한 오디오북도 주었다. 내가 좋아할 거라 생각하고 세워둔 계획도 하나 있었다. 엄마가 모아둔 동전을 포장지에 싸서 나중에 우리가 은행에 가져가면(우리란 나를 뜻한다. 엄마는 차 안에 있을 테니까) 내게 10퍼센트를 주겠다고 약속했다. 그러니까 운이 좋으면 35센트쯤이 생기는 것이다.

공주님 같아요, 키스가 엄마에게 말했다. 바보 같은 소리인 줄은 알지만, 사실 난 당신 이름도 몰라요. 사무실에 있는 당신 기록에는 성이랑 계좌번호밖에 없거든요.

키스는 어려 보였다. 나는 스물다섯 살과 서른다섯 살의 차이가 극적으로 보인다는 것을 알기에는 너무 어렸다. 하지만 그는 스물다섯 살도 안 되었을 수도 있다. 내가 식탁에 다시 내놓은 바인더를 보더니 그가 말했다. 아, 페전트 리지에 다니는구나. 내가 졸업한 학교란다. 그러고는 내가 알 법한 선생님의 이름을 댔다.

두 사람이 춤추러 나간 지 한 시간도 채 못 되어 엄마가 집으로 돌아왔다. 키스가 엄마를 문 앞까지 바래다주었을지도 모르지만 나는 보지 못했다. 그는 들어오지 않았다.

춤추는 모습을 보면 그 사람에 대해 많은 것을 알 수 있어. 그 사람은 당최 리듬감이란 게 없더라. 엄마가 말했다.

그가 생각하는 블루스란 한자리에 선 채 몸을 앞뒤로 흔들면서 엄마 등을 쓰다듬는 거였다고 엄마는 말했다. 게다가 그에게서는 보일러 냄새가 났다. 엄마가 관심 없다는 티를 팍팍 냈는데도 불구하고 그는 엄마가 차에서 내리기 전에 키스하려고 했다.

그런 남잔 처음부터 내 타입이 아니었지만 그래도 기회는 한 번 줘봐야 한다고 생각했지. 이제야 알겠어. 난 데이트하는 데 관심이 없어. 엄마가 말했다.

엄마의 관심을 끄는 것은 로맨스였다. 엄마를 위한 바로 그런 사람—그런 사람이 존재한다면 말이지만—이라면 로열 오더 오브 무스*에 나타나지는 않을 것이다.

* 1888년 미 전역에 설립된 공제조합.

*

레이버 데이 연휴니까, 프랭크는 바비큐 파티를 하자고 했다. 문제는 우리집 냉장고에 즉석요리와 캡틴 앤디 생선 요리 말고는 고기가 없다는 점이었다.

내가 저녁을 사고 싶은데. 현금 흐름에 문제만 없었다면. 그가 말했다.

우리집엔 엄마가 냉장고 위에 올려둔 리츠 크래커 상자에 10달러짜리 지폐가 잔뜩 있었다. 내가 최근에 은행에 가서 찾아온 것이었다. 엄마는 그중에서 세 장을 뺐다. 엄마가 이삼 주에 한 번 이상 차를 끌고 나가는 것은 매우 드문 일이었지만, 지금 엄마는 상점에 가려고 했다.

당신도 같이 가고 싶죠, 엄마가 프랭크에게 말했다. 우리가 도망가지 않는지 확인하고 싶을 테니.

엄마가 그 말을 했을 때 아무도 웃지 않았다. 나는 이 상황이 이상하고 조금 불편하게 느껴졌는데, 어느 정도는 프랭크가 우리에게 어떤 사람인지 백 퍼센트 확신할 수 없다는 점 때문이었다. 그는 우리가 초대한 손님 같기도 하고 다른 마을에서 온 친구 같기도 했지만, 그가 처음에 어떻게 우리와 함께 오게 되었는지는 우리 셋 다 말하지 않아도 잘 알고 있었다.

엄마가 꽃무늬 블라우스를 입고 머리를 부풀리고 내려왔던 그날 아침, 프랭크는 엄마에게 이렇게 말했었다—엄마 자리에 커피와 비스킷을 놓고 나서—이상한 짓은 할 생각도 말라고.

우리 둘 다 후회할 짓은 할 필요가 없기를 바라요, 그가 말했다. 내 말이 무슨 뜻인지 알 거예요, 아델.

그의 말은 일요일 오후면 텔레비전에서 해주는 옛날 영화, 서부영화에 나오는 대사와 비슷하게 들렸다. 하지만 엄마는 고개를 끄덕이며 마치 학교에서 선생님에게 껌을 뱉으라는 말을 들은 아이처럼 식탁 위로 눈길을 떨구었다.

그는 파이를 만든 후 주머니에 과도 하나를 슬쩍 넣었다. 우리 집 칼 중에서 가장 날카로운 것이었다. 실크 스카프들은 여전히 싱크대 옆 행주 위에 구겨진 채 놓여 있었다. 그는 처음 한 번 이후로는 다시 엄마를 묶지 않았으면서도, 더이상의 설명은 필요 없다는 듯 고갯짓으로 그쪽을 가리켰다. 우리 둘에게 하는 말이 아닌 것은 확실했다. 나에게만 하는 얘기였다.

나는 여기에 살고 있었다. 그녀는 우리 엄마였다. 그런데 내가 침입자가 된 듯한 기분이 들었다. 내가 보는 게 맞는지도 잘 모르겠는 무언가가 여기에서 일어나고 있었다.

프랭크가 운전을 했다. 엄마는 그의 옆에 앉았다. 나는 뒷좌석에 앉았다. 내가 기억하는 한 이 자리에는 아무도 앉은 적이 없었다. 이건 평범한 가족들이 하는 식인데, 하는 생각이 들었다. 엄마, 아빠, 아이. 아빠도 마저리랑 새로 얻은 아이들이랑 나를 데리러 올 때 그렇게 생각하고 싶어했지만, 나는 그런 밤이면 매번 그 순간이 빨리 지나가기만을 간절히 바랐다. 그런데 지금은 이 순간이 끝나버릴까 두려워하고 있었다. 엄마의 뒤통수밖에 보이지 않았다. 하지만 엄마의 얼굴을 볼 수 있었다면 엄마는 내가 아주 잘 아는 그런 표정을 짓고 있었을 것이다. 행복한 듯한 표정.

시내로 향하면서 아무도 경찰이 프랭크를 찾는 중이라는 사실을 입에 올리지 않았지만, 나는 긴장이 되었다. 그는 야구 모자를 쓰고 있었는데, 이마 위로 평소보다 챙을 더 깊숙이 눌러쓴 것으로 보아 특별히 신중을 기한 듯 보였다. 하지만 그의 가장 주된 위장은 우리와 함께 있다는 바로 그 사실임을 나도 알았다. 프랭크를 수색하는 초소에서는 그 누구도 여자와 아이가 그와 함께 있으리라고는 예상치 못했다. 그래도 그는 차에 남아 있을 것이다. 절룩거리는 다리는 여전히 눈에 확 띄었으니까.

슈퍼마켓 주차장에 도착했을 때 엄마가 내게 지폐를 건네주었다. 프랭크는 필요한 물건들을 적은 목록을 훑어보았다. 쇠고기 간 것, 감자칩, 파이에 쓸 아이스크림이었다. 수프를 만들 양파랑 감자도 좀 필요해, 프랭크가 말했다.

면도기도 있으면 좋겠어, 그가 말했다. 칼집이 있는 면도칼이면 더 좋다고 했지만, 그런 제품을 세이프웨이 슈퍼마켓에 갖다 놓았을 리가 없었다.

눈앞에 다시 어떤 광경이 떠올랐다. 프랭크가 엄마의 목을 팔로 감고 엄마 얼굴에 칼날을 대고 있는 모습. 면도기다. 엄마의 얼굴을 타고 선명한 붉은 피 한 방울이 뚝 떨어진다. 엄마의 목소리가 들려온다. 프랭크 말대로 하렴, 헨리.

그리고 면도크림도, 그가 말했다. 두 사람을 위해 단정히 하고 싶어. 부랑자처럼 보이기는 싫거든.

아니면 탈주범이라든가. 아무도 그 말은 하지 않았다.

슈퍼에서는 다들 연휴에 쓸 물건들을 잔뜩 사고 있었다. 나는 이번만큼은 여기 오면 대개 하던 식으로—카트 위로 높이 냉동식품과 수프 캔을 꽉 채워 싣고 가면 계산대의 여직원이 이런 말을 했다. 허리케인이나 핵 공격이라도 있다니?—장을 보지 않고 몇 가지 물건만 골랐다.

계산대 줄에서 내 앞에 선 여자가 친구와 무더위에 대해 이야기를 나누고 있었다. 일요일에는 38도까지 오를 거라고 했다. 해변에 가기에는 딱 좋겠지만 길이 엄청 막힐 것이다.

신학기 쇼핑은 다 마쳤어, 제니스? 친구 쪽이 물었다.

말도 마, 첫번째 여자가 대꾸했다. 아들들 청바지 세 벌에다 스커트 두 벌에 속옷까지, 97달러나 들었다니까.

계산원은 지난주에 도시에 갔었다. 남편이 〈캐츠〉 공연에 데려가주었다. 어땠는지 알아? 그 티켓값이면 차라리 집에서 텔레비전 보면서 에어컨 바람이나 쐬겠다.

내 뒤의 남자는 정원에서 딴 토마토로 요리를 하며 하루를 보냈다. 지금은 토마토 요리를 보관할 병을 고르는 중이었다. 아기를 데리고 있는 한 여자는 아이들의 어린이용 풀장에 들어앉아 주말을 보낼 생각이라고 했다.

너 어떤 죄수가 감옥 창문으로 도망가서 지금 찾고 있는 중이라는 얘기 들었어? 신학기 쇼핑객이 친구에게 물었다. 얼굴이 기억이 안 나네.

아마 지금쯤은 캘리포니아까지 절반은 갔겠지.

결국은 잡힐 거야, 첫번째 여자가 말했다. 늘 그렇잖아.

제일 나쁜 건 그런 사람은 더이상 잃을 게 아무것도 없다는 거야, 상대방이 말했다. 못할 짓이 없지. 그런 사람한테는 목숨 따윈 껌값이라고.

그 친구가 뭐라고 더 말했는데 듣지 못했다. 나는 어느새 줄 맨 앞까지 와서 돈을 치렀고 식료품을 들고 달려나왔다. 잠시 우리 차를 찾지 못하다가 겨우 발견했다. 프랭크는 건물 옆을 돌아홈 디포가 있는 곳에 차를 세워놓고 있었다. 그 앞에 설치된 삼나무로 만든 그네가 시즌 마감 세일중이었다. 두 사람은 거기 앉아 있었고, 그는 엄마의 어깨에 팔을 두르고 있었다. 차는 시동을 껐지만 열쇠는 그대로 꽂아두어서 라디오에서 여전히 노래가 흘러나왔다. 〈Lady in Red〉였다.

그들은 내가 돌아온 줄도 몰랐다. 나는 아이스크림이 녹기 전에 집으로 돌아가야 한다고 말해주었다.

*

파이를 다 먹은 뒤 그리 늦은 시간은 아니었지만 나는 두 사람에게 피곤하다고 말했다. 위층으로 올라가서 선풍기를 틀었다. 아홉시였지만 여전히 더웠고 나는 사각팬티만 남기고 옷을 죄다 벗은 다음 시트 한 장만 덮었다.

〈매드〉 지가 있었지만 집중하기가 힘들었다. 나는 그날 아침 신문 1면에 실려 있던 프랭크의 사진을 생각하고 있었다. 신문이 그날 온종일 그 자리에 놓여 있었는데도 우리 중 아무도 신문을 펼쳐서 기사를 다 읽어보지 않았다. 자세한 것까지는 몰라도 제목만으로도 수색이 진행중이며 그가 사람을 죽였다는 것을 알 수 있었다. 우습지만, 바로 그의 앞에서 신문을 읽으면 결례가 될 것 같았다.

아래층에서 나지막한 목소리와 뭔가를 치우고 있는 듯한 물 흐르는 소리가 들려왔지만, 무슨 말을 하는지는 들리지 않았다. 선풍기를 세게 틀지 않았더라도 마찬가지였을 것이다. 나중에 이야기 소리는 줄어들었지만 음악 소리가 들렸다—엄마가 좋아하는 앨범인 프랭크 시내트라의 발라드곡이었다. 둘이서 뭘 하는지는 몰라도 춤추기 좋은 음악이었다.

그러다 문득 잠이 들었던가보다. 계단에서 들리는 발소리에 정신이 들었다. 전날 밤에 그는 우리 소파에서 잤지만, 이번에는 계단을 올라오는 귀에 익은 엄마의 발소리와 함께 더 무거운 또 다른 발소리와 그의 낮은 목소리가 들렸다. 그 목소리는 어딘가 전혀 다른 장소, 동굴이나 늪처럼 깊고 어둡고 고요한 곳에서 들려오는 듯했다.

하지만 말은 알아들을 수 없고 둘의 목소리, 선풍기 돌아가는 소리, 열린 창문 밖에서 들려오는 귀뚜라미 우는 소리, 우리집 진입로가 아니라 도로에서 나는 차 소리만 들렸다. 누군가—아마도 저비스 씨—가 야구 경기 중계를 듣고 있었다. 마당이 더 시원하니까 거기에서 방송을 듣고 있는 것이 틀림없었다. 가끔씩 들리는 함성 소리로 레드삭스가 뭔가 잘해냈음을 알 수 있었다.

누군가 샤워를 하고 있었다. 오랫동안 물 흐르는 소리가 계속 들렸다. 나는 저렇게 오래 샤워를 해본 적이 한 번도 없는데. 너무 오래 걸려서 잠시 무슨 일이 생겼나, 일어나서 파이프가 망가진 건 아닌지 확인해볼까도 싶었지만 마음 한구석에서는 아니라는 것을 알고 있었다. 달빛이 창문으로 들어왔다. 엄마의 침실 문이 삐걱 소리를 내며 열렸다. 라디오의 야구 중계에서 오르간 음악이 들려왔다. 다시 목소리가 들렸다. 이번에는 속삭이고 있었다. 내가 알아들은 말은 이것뿐이었다. 내가 면도를 해줄게요.

내 작은 방의 얇은 벽 쪽으로 내가 머리를 누인 자리 너머에는 엄마의 침대 머리판이 있었다. 오랫동안 가끔씩 엄마가 잘 때 잠꼬대하는 소리를 듣곤 했다—꿈꾸다가 웅얼대는 소리였다. 엄마의 침대 스프링이 삐걱거리는 소리, 엄마가 자명종 시계태엽을 감는 소리, 그다음에는 시곗바늘이 재깍대는 소리에 틀림없이 익숙해졌을 테지만, 나 자신의 심장 뛰는 소리만큼이나 그런 소리를 의식해본 적은 한 번도 없었다. 내 방은 엄마 방과 아주 가까워서 그런 소리를 다 들을 수 있었다. 엄마가 시트를 밀어내며 내쉬는 한숨 소리, 테이블 위에 물잔을 놓는 소리, 지금처럼 바람을 쐬려고 창문을 열 때 끼익하는 소리. 더운 밤이다.

지금까지는 미처 생각을 못해봤지만 엄마 역시 틀림없이 내 방에서 나는 소리를 들었을 것이다. 그제야 최근에 낯설어진 내 새로운 몸 위로 손을 움직이면서 가쁜 숨을 몰아쉬다가 다 끝나고 나면 입에서 짧고 낮은 훅 소리를 내뱉던 밤들이 떠올랐다. 벽 건너편의 속삭임과 그에 대답하는 엄마의 속삭임 소리를 듣고서야 그 생각이 난 것이다. 이제 더이상 말은 없었다. 소리와 호흡, 몸이 움직이는 소리, 벽에 침대 머리판이 부딪는 소리, 그리고 밤에 짝을 찾는 새나, 독수리가 머리 위를 날고 있을 때 둥지를 트는 아비새가 내는 것 같은, 단 한 번의 긴 비명이 있었다. 구조 신호였다.

벽 건너편에서 그 소리를 듣자 내 몸이 빳빳하게 굳었다. 한참 동안을 그대로 누워 있었다. 야구 경기가 끝나고, 옆방의 목소리가 잠잠해져 선풍기 돌아가는 소리 말고는 아무 소리도 들리지 않게 되고서야, 나는 간신히 잠이 들었다.

9장

토요일. 나를 깨운 것은 우리집 문을 두드리는 소리였다. 또다시 풍기는 커피 향으로 프랭크가 아래층에 있으리라는 것을 알았지만 그는 문을 열 수가 없었고, 엄마는 아직도 잠들어 있는 듯했다. 나는 잠옷 바람으로 아래층으로 달려내려가 문을 열었다. 내내 달려간 건 아니고, 중간부터였지만.

앞에서 얘기했던 엄마 친구 에벌린 아주머니가 현관 계단에 서 있었다—우리집에 나타난 것은 근 일 년 만에 처음이었다. 배리를 태운 큼지막한 유모차가 바로 아래, 문으로 이어지는 시멘트 보도 위에 서 있었다. 한눈에 딱 봐도 에벌린 아주머니의 상태는 좋지 않았다—파마한 머리카락은 온통 미친듯이 산발이었고 눈에는 핏발이 서 있었다. 아주머니가 찾아오던 그 시절에 엄마한테 했던 이야기를 들어서, 매일 밤 두어 시간밖에는 잠을 자지 못한다는 걸 알고 있었다.

내 말은요, 아델, 사는 게 절대 만만치가 않다니까요. 아주머니는 그런 말을 하곤 했다.

네 엄마랑 좀 할 얘기가 있단다, 그녀가 말했다. 엄마가 집에 있는지는 물어볼 필요도 없었다. 서로 못 본 지 몇 달이 지났어도 에벌린 아주머니는 우리집 사정을 빤히 알고 있었다.

엄마는 주무세요. 프랭크가 부엌에 있었으므로 그녀를 안으로 들이지 않고 내가 밖으로 나갔다. 프렌치토스트나 뭔가를 만드는지 팬에서 버터 냄새가 풍겨왔다.

지금 막 매사추세츠에 사는 언니한테서 전화가 왔어. 아버지가 뇌졸중으로 쓰러지셨대. 가봐야 해. 그녀가 말했다.

배리는 거기까지 못 가. 네 엄마가 오늘만 배리를 좀 돌봐주시면 좋겠구나. 늘 오는 베이비시터들은 연휴라 둘 다 휴가 가고 없어.

나는 그녀의 뒤에 있는 아들 쪽을 보았다. 그애를 본 지도 좀 되었다. 내가 기억하는 것보다 몸집이 더 컸고, 이제는 입술 위에도 희미하게 솜털이 나 있었다. 그애는 마치 벌레가 주변에서 윙윙대기라도 하는 듯 팔을 흔들고 있었다.

배리가 먹을 점심은 싸 왔어. 제일 좋아하는 음식으로. 아침은 먹였고 기저귀도 갈아줬어. 네 엄마가 할 일은 별로 없을 거야. 지금 출발하면 저녁 시간까지는 돌아올 수 있어.

집안에서 다시 라디오 소리가 들렸다. 프랭크가 제일 좋아하는 클래식 방송이었다. 계단 위에서 엄마가 외쳤다. 누구니? 그러고는 아직 목욕 가운 차림인 엄마가 문가로 나왔다. 엄마의 얼굴은 부드러웠다. 목에는 무슨 자국이 있었다. 또 엄마를 스카프로 너무 세게 묶은 건가 싶었지만 엄마의 얼굴 표정으로 봐서는 아무 문제도 없는 듯했다. 그냥 달랐다.

지금은 타이밍이 좋지 않군요, 에벌린. 엄마가 말했다.

아버지가 오래 못 버티실 거래요. 에벌린 아주머니가 엄마에게 말했다.

보통때 같으면 두말없이 받아들였겠지만요, 지금은 때가 좋지 않아요. 엄마가 대꾸했다.

엄마는 말하면서 부엌 쪽을 보았다. 커피 향이 났다. 프랭크가 휘파람 부는 소리가 들렸다.

그럼 저는 어떡하면 좋을까요. 당신이 유일한 희망인데. 에벌린 아주머니가 사정했다.

저도 돕고 싶어요. 하지만 힘들겠어요. 엄마가 거듭 거절했다.

약속해요. 배리는 얌전하게 굴 거예요.

에벌린 아주머니는 말하면서 배리의 머리카락을 쓸어내리고 있었다. 헨리랑 헨리 엄마 기억하지, 배리? 너희 둘이 아주 즐겁게 놀았던 것도?

좋아요, 어떻게 해보죠. 잠깐 동안만이에요. 엄마가 말했다.

정말 고마워요, 아델. 에벌린 아주머니는 유모차를 젖혀서 앞바퀴 두 개를 현관으로 올렸다. 그래서 잠시 배리의 머리가 거의 뒤집힐 듯 보였다. 배리는 간밤에 벽 건너편에서 들렸던 것 같은 소리를 조그맣게 냈다. 소리뿐이었지만 두 사람은 즐거운 것 같았다. 말하기는 어렵지만.

안녕, 배리, 잘 지냈어? 내가 인사했다.

고마워요, 아델. 에벌린 아주머니가 다시 인사했다. 언제든 당신이 필요하면 헨리를 맡아줄게요. (마치 내가 배리와 동급인 것처럼. 내가 그들의 집에서 하루를 보내고 싶어한 적이 있기라도 한 것처럼.)

서둘러야 한다면서요, 에벌린. 엄마가 말했다. 그러니까 다른 일은 아무 걱정 마요. 우리가 배리의 휠체어를 안으로 들일 수 있어요. 이제 헨리는 정말 기운이 넘치거든요.

고속도로를 타야겠어요, 에벌린 아주머니가 말했다. 일찍 나설수록 더 빨리 돌아올 수 있을 테니까요. 휠체어를 텔레비전 앞에 놓아주면 좋아할 거예요. 만화를 좋아해요. 제리 루이스가 진행

하는 장시간 모금 방송도 있고요.

걱정 말라니까요, 엄마가 말했다. 여기부터 우리가 배리를 맡을게요.

에벌린 아주머니와 그녀의 아들이 더 자주 들르던 시절에 엄마는 우리집을 장애인이 드나들기 편하게 고쳐야겠다는 말을 하곤 했지만, 그들은 발을 끊었고 그럴 필요가 없어졌다. 이제 우리는 배리의 첨단 특수 휠체어를 계단 위로 들어올려 거실로 옮겨야 했다.

배리가 앉은 휠체어는 생각보다 무거웠다. 에벌린 아주머니가 차를 타고 떠나자 프랭크가 부엌에서 나왔다. 그는 휠체어를 한 번에 번쩍 들어 집안으로 조심스레 옮겨주었다. 거실로 들어가면서는 배리가 문 옆에 머리를 부딪지 않도록 신경썼다. 프랭크는 배리를 내려놓고 한쪽으로 홱 꺾어진 머리를 바로잡아주었다.

됐다, 얘야. 그가 말했다.

나는 텔레비전을 켰다.

부엌으로 가는 복도를 통해 프랭크와 엄마가 보였다. 프랭크의 손이 레인지 위의 찬장을 열면서 마치 우연처럼 엄마의 목을 스쳤다.

엄마가 그를 보았다.

잘 잤어요?

엄마는 그를 보기만 했다. 다 알면서.

배리에게 아침을 먹여준 사람은 프랭크였다. 에벌린 아주머니는 우리에게 배리가 벌써 아침을 먹었다고 했지만 그애는 프렌치토스트를 보자 흥분했다. 그래서 프랭크가 배리를 위해 토스트 두 조각을 잘게 잘라 주었다. 하루하고 반나절 동안 그는 여기에서 누군가에게 두 번 밥을 먹여주었지만, 배리에게 먹여줄 때는 달랐다. 프랭크가 엄마의 입술 사이에 숟가락을 넣을 때는 그 모습이 너무나 친밀해 보여서 나는 눈을 돌려야 했다.

식사를 마치고 나서 프랭크는 배리를 거실로 옮기고 텔레비전 앞에 휠체어를 놓아주었다. 에벌린 아주머니가 배리에게 바람막이 점퍼를 입히고 모자를 씌워주었지만 우리가 다 벗겼다. 아직 일곱시 삼십분도 되지 않았는데 습기와 열기로 공기가 무거웠다.

내가 너한테 뭘 해주려는지 알아? 멋지고 시원한 스펀지 샤워야. 프랭크가 말했다.

그는 찬장에서 큰 그릇을 꺼내 얼음과 약간의 물을 채웠다. 그 그릇을 수건과 함께 거실로 가져와서 수건을 물에 적신 다음 비틀어 짰다.

그러고는 배리의 셔츠 단추를 풀고 그의 털이 없는 매끄러운 가슴, 목, 새처럼 앙상한 어깨를 수건으로 문질러주었다. 배리의 얼굴도 닦아주었다. 배리가 내는 소리로 미루어 만족스러운 듯했다. 어떤 특정한 규칙도 없이, 몸의 나머지 부분과도 상관없이 너무 자주 이리저리 쏠리는 고개는 평소보다 덜 흔들리는 듯했고, 눈도 프랭크의 얼굴에 고정되어 있었다.

그 휠체어에 앉아 있으려니 더울 거야, 그렇지, 얘야? 프랭크가 말했다. 오후에 욕조로 데려가서 진짜 목욕을 시켜줄게.

배리가 더 크게 소리질렀다. 기쁨의 소리였다.

신문 1면에는 기록적인 기온, 해변으로 가는 고속도로에서 예상되는 교통 체증, 과도한 에어컨 사용에 따른 정전 위험 등 다른 기사들이 실려 있었다. 하지만 우리집에 있는 것은 선풍기뿐이었다.

당신 다리 좀 한번 볼게요, 엄마가 프랭크에게 말했다. 잘 낫고 있는지 봐요.

그가 바짓가랑이를 걷어올렸다. 베인 자국을 따라 피가 말라붙어 있었다. 다른 상황이었다면 당연히 꿰매야 했을 상처였지만 우리 모두 그건 불가능하다는 것을 알고 있었다.

유리에 베인 머리의 상처도 더는 걱정스러워 보이지 않았다. 맹장을 잘라내지만 않았다면 우리를 위해 장작을 패주었을 거라고 프랭크가 말했다. 장작을 패다보면 기분이 뿌듯해진단 말이야, 그가 말했다. 누구를 다치게 하지 않고서도 분노가 다 사라져.

그 분노는 뭐예요? 내가 물었다. 그 분노가 나에 대한 것, 내가 한 어떤 짓에 대한 것은 아니기를 바랐다. 나는 그가 나를 좋아하고, 떠나지 않았으면 좋겠다고 생각했다. 그가 엄마를 좋아한다는 것은 이미 알았다.

아, 지난 시즌 레드삭스 말이야. 해마다 이맘때면 슬슬 맛이 가기 시작한다니까.

진짜 그런 거라고 생각지는 않았지만 나는 아무 말도 하지 않았다.

야구 말인데, 네 글러브는 어디 있니? 네 엄마 일을 몇 가지 도와드리고 나서, 공 좀 던지면 어떨까?

배리와 나는 〈판타스틱 4〉와 〈스쿠비 두〉를 보았다. 평소 같으면 엄마는 절대로 내가 이렇게 실컷 만화를 보도록 허락하지 않았겠지만 이번만큼은 특별한 상황이었다. 〈스머프〉가 시작되자 나는 덜 유치한 채널로 돌리려 했지만, 배리가 발을 밟힌 강아지처럼 끽끽 소리를 지르기 시작해서 그냥 보게 해주었다. 프로그램이 막 끝나갈 때쯤 프랭크가 어디서 엄마를 도와줬는지 모르지만 계단에서 내려와 말했다. 공 받을 기분이 난다고, 어떠냐고 물었다.

내가 스포츠는 영 젬병이라고 하자 그는 그런 소리 말라고 했다. 어렵다고 생각하니까 어려운 거야, 그가 말했다. 할 수 있다고 믿어야 해.

교도소에 있는 내내, 내가 나가지 못할 거라고는 절대 믿지 않았어. 때를 노리면서 긍정적으로 생각했지. 기회를 엿보면서 말이야. 준비가 되었다는 확신이 들었을 때 기회가 왔지.

우리 모두 탈옥을 화제로 삼은 것은 그때가 처음이었다. 프랭크가 그 얘기를 꺼내서 깜짝 놀랐다. 그가 계속해서 말했다.

맹장이 티켓이 되어줄 줄은 몰랐어. 하지만 그 창문에 대해서는 준비를 해두었지. 이미 머릿속에서 수백만 번은 빠져나가봤어. 동작 하나하나를 다 계산했지—점프하고, 착지하는 방법까지 말이야. 잔디 아래 돌만 없었더라면 다 잘되었을 거야. 미처 그건 계산에 넣지 못했어. 그 돌 때문에 발목이 이렇게 된 거란다.

인질이 필요할 거라는 것도 예상했어. 특정한 유형의 사람.

그는 엄마를 보았다. 엄마도 그를 보고 있었다.

그가 말했다. 그런데 또, 예상하지 못한 문제가 있어. 여기에서 누가 사로잡은 쪽이고, 누가 사로잡힌 쪽이냐는 거지.

그는 엄마의 귀 가까이로 고개를 숙이고 마치 엄마의 뇌에 직접 대고 말하려는 듯 엄마의 머리카락을 쓸어넘겼다. 내가 듣지 못하리라 생각하는 것 같기도 하고, 아예 신경을 쓰지 않는 것 같기도 했다.

난 당신의 죄수예요, 아델. 그가 엄마에게 한 말이었다.

10장

나는 배리를 지금 있는 자리에 그대로 두면 된다고 생각했지만, 프랭크는 배리가 구경하는 걸 좋아할 거라며 그애를 밖으로 옮겨서 접이식 의자에 앉히고 프라이스마트에서 집어 온 레드삭스 모자를 씌워주었다. 우리는 배리를 제외하고는 아무도 우리를 볼 수 없을 만큼 길에서 충분히 거리를 두고 물러섰다.

네가 할 일은 제일 좋아하는 팀을 응원하는 거야, 친구. 프랭크가 배리에게 말했다.

기대하지는 마세요, 내가 프랭크에게 말했다. 나보다 더 야구를 못하는 사람은 본 적 없을 거예요. (아마도 배리는 나보다 못할 것이다. 하지만 그애의 감정을 상하게 하고 싶지는 않았다.)

다시 한번 말해줄까? 프랭크가 말했다. 긍정적으로 생각해야 된다고 한 내 말 못 들은 거야?

아, 알았어요. 미키 맨틀 이후에 가장 위대한 유격수가 되어 볼게요. 내가 대답했다.

맨틀은 유격수가 아니었어. 하지만 바로 그거라고. 프랭크가 말했다.

이상한 것이 있었다. 프랭크가 공을 던지고 내가 잡았다. 엄마가 나오자 우리는 엄마에게 내 글러브를 주고 포수를 맡으라고 한 다음, 그가 던진 공을 내가 쳤다. 다 치지는 못했지만 평소보다는 훨씬 나았다. 그가 나에게 맞춰주고 있는 것뿐이라고 생각할 수도 있겠지만, 그런 것 같지는 않았다.

그는 가상 타석에 들어선 내 옆에 서서 내 손을 배트에 올리고 엄마가 폭스트롯을 가르쳐줄 때 하던 것과 좀 비슷하게 내 팔꿈치와 손목 각도를 다시 잡아주었다.

공이 그의 손을 떠나기 직전에 그가 낮은 목소리로 말했다. 공을 봐. 마치 그 말이 안타를 치게 해줄 것처럼, 나도 그 말을 따라 했다. 과연 그런 것 같았다.

내가 한 시즌 내내 너랑 같이 연습한다면 정말로 많이 좋아질 텐데, 그가 말했다.

네 문제 중 많은 것이 네 머릿속에 있어. 네가 망칠 거라 상상하면 정말로 그렇게 되는 거야.

병원 창문 밖으로 뛰어내려 두 다리로 착지하는 네 모습을 상상해봐. 네 머리 위로 유리 조각이 떨어지고 한쪽 정강이에는 깊은 상처가 났어. 하지만 너는 밖으로 나온 거야.

솔직히 말해서 지금 팔이 걱정되는 사람은 네가 아니야, 헨리. 너희 엄마지.

교정 작업을 좀 제대로 받아야겠군요, 아델. 그가 말했다. 당신이랑 꽤 오래 그 작업을 해야 할지도 모르겠는데요. 몇 년이 걸릴지도 몰라요.

엄마가 그렇게 웃는 모습을 보니, 오랫동안 보지 못했던 모습이라는 생각이 들었다. 이제 내가 포수가 되었다. 프랭크는 여전히 공을 던졌지만, 마운드로 표시해두었던 자리를 벗어나 타석의 엄마 쪽으로 다가갔다. 그는 긴 팔로 엄마를 감싸안을 수 있게 자리를 잡았다. 우리 쪽으로 던져봐, 헨리, 공 던져줘. 그가 말했다.

포수가 없었기 때문에 딱 한 번만 던졌다. 나는 팔을 들어 공을 뿌렸다. 둘이 함께 스윙을 했다. 딱딱하고 견고한 소리가 딱하고 울렸다. 공이 날아갔다.

접이식 의자에서 배리가 꽥꽥 소리를 질렀다.

*

아빠한테서 전화가 왔다. 아빠와 마저리는 애들을 데리고 야외에서 요리를 하는 중이었다. 아빠는 오늘밤 말고 내일 프렌들리스에 가면 어떠냐고 했다. 그 말을 하는 아빠의 목소리에서 엄마의 부탁으로 메가마이트 파는 일을 도울 때 사람들이 전화 받는 투를 연상시키는 어조가 느껴졌다. 혹은 예전에 고객이었지만 더는 비타민을 살 마음이 없는 사람의 집 문을 두드렸을 때와도 비슷했다. 그들이 바라는 것은 오직 내가 꺼져주어서 자기들의 생활로 되돌아가 죄책감에서 벗어나는 것뿐이었다.

너하고 엄마는 잘 지내고 있니? 아빠가 물었다. 아빠의 목소리에서 전화를 끊고 더 편한 다른 가족에게로 돌아가고픈 간절함과 동시에 한편으로 우리에게 미안해하는 마음이 전해졌다.

친구들이 와 있어요, 아빠에게 말했다. 프랭크가 말했듯이 그 진술로 거짓말탐지기 테스트를 통과할 수 있었다.

에벌린 아주머니한테서도 전화가 왔다. 93번 도로가 너무 심하게 막혀서 두시가 되어서야 병원에 도착했다고 했다. 의사와 이야기를 나누려고 기다리는 중이었다. 아주머니는 배리가 저녁 시간 이후에도 머물 수 있기를 바랐다.

천천히 와도 돼요, 에벌린. 나는 엄마가 수화기에 대고 말하는 것을 들었다. 배리는 잘 있어요.

그뒤에 에벌린 아주머니가 기저귀가 어떤 상황인지 물은 것이 틀림없다. 아주머니는 그 점을 걱정하고 있었다. 배리는 몸집이 큰 소년이었다. 그애를 들어올리기란 쉬운 일이 아니었다.

엄마는 프랭크가 배리의 기저귀를 갈아주었다는 말은 하지 않았다. 야구 연습을 하고 나서 집안으로 그애를 다시 옮기고, 얼음과 면도크림을 넣은 욕조에서 목욕을 시켜준 사람은 바로 프랭크였다. 내가 앉아 있는 내 방에서 둘의 소리를 들을 수 있었다. 배리는 작게 구구 소리를 내고 프랭크는 휘파람을 불고 있었다.

나 같은 바보가 어디 있담? 프랭크가 말했다. 아직까지 내 소개도 안 했다니. 내 이름은 프랭크야.

배리가 따라서 소리를 냈다.

바로 그거야, 프랭크. 프랭크가 배리에게 말했다. 우리 할머니는 나를 프랭키라고 부르셨지. 어느 쪽이든 나는 다 좋아.

그는 또 우리에게 저녁을 차려주었다. 엄마는 조리대 끝에 앉아서 그와 맥주를 나눠 마셨다. 엄마는 집을 뒤져서 아마도 예전에 춤을 출 때 썼던 것 같은 낡은 중국 부채를 찾아냈다. 지금 그것으로 프랭크에게 바람을 부쳐주고 있었다.

틀림없이 당신이 그걸로 나를 위해 멋진 춤을 생각해낼 수 있을 거라 믿어요, 아델. 그가 엄마에게 말했다. 아마 그거랑 딱 어울리는 근사한 의상도 갖고 있겠지요. 아니면 말고.

너무나 더워서 아무도 허기를 느끼지 않았지만 프랭크는 마지막 남은 복숭아와 예전에 우리가 사다 먹은 테이크아웃 음식에 포함되어 있던 오래된 핫소스 용기에 마지막 남은 것으로 차가운 커리 수프를 만들었다. 그뒤에 엄마가 루트 비어 플로트*를 준비하고 배리와 나는 뒷마당으로 나가 저비스 씨네 설치식 풀장에서 보이지 않을 자리에 앉았다. 거기에서 천식이 있는 소녀와 남동생이 물장구치는 소리를 들을 수 있었다. 벌레들이 극성을 부려서 우리는 안으로 들어가 텔레비전을 켰다. 텔레비전에서는 〈미지와의 조우〉가 방영중이었다. 프랭크가 배리를 휠체어에 기대어 앉히고 목에 시원한 물수건을 둘러주었다. 엄마는 팝콘을 튀겼다.

에벌린 아주머니의 차가 서는 소리가 들리자 프랭크는 미리 계획해둔 대로 위층으로 사라졌다. 에벌린 아주머니가 아는 한, 거실에는 우리 셋밖에 없었다. 나와 엄마, 아주머니의 아들.

아주머니가 막 거실로 들어왔다. 아버지는 안정을 되찾으셨다고 했다. 아직도 집중 치료실에 계시지만 위독한 상태는 아니라

---

* 바닐라 아이스크림에 루트 비어를 부은 디저트.

는 것이다. 이 은혜를 어떻게 갚죠, 아델? 아주머니가 말했다.

엄마야 그들이 빨리 가주었으면 하는 마음이 굴뚝같았겠지만 에벌린 아주머니는 꼬박 두 시간을 운전한 뒤였다. 찬물이라도 한잔 마셔야겠네요, 엄마가 아주머니에게 말했다.

엄마가 막 물을 가지고 돌아왔을 때 뉴스가 나왔다. 최신 소식이었다. 한낮의 무더위에 에너지 소비가 치솟아 대규모 정전을 일으킬 위험 수위까지 이르렀고, 아직도 우리 앞에는 길고 무더운 연휴가 남아 있다는 내용이었다.

뉴스 진행자가 말했다. 바깥은 물론 덥습니다, 여러분. 하지만 공공서비스에 종사하는 분들은 우리에게 가능하면 에어컨을 끄도록 부탁하고 있습니다. 열기를 견디기 힘드시면 찬물로 샤워를 해보십시오.

다음 소식입니다. 경찰은 수요일 이후 인접한 세 개 주에 걸쳐 탈옥한 죄수를 찾기 위한 광범위한 수색을 계속하고 있습니다.

프랭크의 사진이 화면에 떴다. 이때까지 배리는 자신의 주위 상황을 거의 인식하지 못하는 듯했지만, 프랭크의 사진이 화면을 가득 메우자 오랜 친구에게 인사를 하듯 팔을 흔들며 고함을 지르기 시작했다. 그러더니 시끄럽게 소리를 지르고, 제 머리와 텔레비전을 손바닥으로 탁탁 쳤다.

예전에 에벌린 아주머니가 엄마와 나누던 대화 주제 중 하나가 사람들이 자기 아들의 지능과 주변에서 벌어지는 일들을 이해하는 능력을 항상 과소평가한다는 것이었다. 그 대목에서 잠시, 배리를 일반 교실에 배정해야 한다는 주장을 펼치기도 했다. 그러나 지금 배리가 괴성을 지르며 팔을 흔들어대는데도 아주머니는 아들의 동요와 흥분을 알아차리지 못하는 듯했다—그애는 신발을 신지 않은 발로 허공을 차며 팔을 평소보다 격렬하게 마구 흔들어댔다. 평상시 초점이 맞지 않는 듯했던 눈은 텔레비전 화면에 고정되어 있었다.

집에 갈 시간이다, 얘야. 그의 어머니가 지친 목소리로 말했다.

우리 셋—에벌린 아주머니, 엄마, 나—은 다 함께 휠체어를 밀고 열린 문, 바깥의 어둠 속으로 나가서 그것을 보도에 내려놓았다. 우리는 배리의 어머니가 경사로로 휠체어를 밀고 내려가 밴의 뒤칸에 올리고 아들에게 안전띠를 채우는 모습을 지켜보았다. 뒷문이 닫힐 때 배리의 얼굴이 보였다. 그애는 아직도 똑같은 단어 하나를 외치고 있었다. 내가 이해할 수 있는 단어를 그애의 입으로 듣기는 처음이었다.

그애는 그 단어를 몇 번이고 거듭해서 외쳤는데, 발음은 이상했지만 알아들을 수 있었다. 프랭크.

*

그날 밤 다시 그들의 소리를 들었다. 두 사람은 우리 방 사이의 벽을 통해 소리가 전달되리라는 사실을 알았어야 했다. 하지만 그들은 누가 알든, 그 사실에 대해 나를 포함한 누군가가 어떻게 생각하든 더는 상관하지 않는 듯했다. 이제 둘은 자기들만의 세상에 있었고, 그곳은 전혀 다른 나라, 전혀 다른 행성 같았다.

그들의 정사는 오랫동안 계속되었다. 그때 당시에 나는 그런 단어를 쓰지 않았다—그런 단어 말고 다른 어떤 단어도 쓰지 않았다. 내 경험이나 다른 누구의 경험으로도 전혀 알지 못했던 것이었다. 가끔 아빠 집에서 잘 때, 아빠가 마저리와 한 침대를 썼어도 내가 그런 일을 겪은 적은 한 번도 없었다. 우리 거리의 다른 어떤 집에서든 그런 일이 일어나고 있으리라고는 상상해본 적도 없었다. 텔레비전에서도 그런 장면은 본 적이 없었다. 사설탐정 매그넘이 그 주의 아름다운 여인에게 몸을 숙여 키스하거나 〈사랑의 유람선〉에서 게스트로 나온 스타 한 쌍이 달빛 아래 입술을 비비던 시대였다.

상상하지 않으려 애써도 벽 건너편에서 엄마와 프랭크 사이에 벌어지는 일이 머릿속에 그려졌다. 그들은 아무도 그들을 발견할 수 없을 만큼 세상에서 멀리 떨어진 섬에 난파된, 서로의 피부, 서로의 몸 말고는 붙잡을 것이 아무것도 없는 두 사람 같았다. 어쩌면 섬조차도 못 되고 망망대해 한가운데에 떠 있는 구명보트에 불과할지도 모른다. 그마저도 쪼개지고 있을지도 모른다.

가끔가다 한 번씩 침대 머리판이, 조가 우리 속에서 끝없이 원을 그리며 바퀴를 돌리는 소리처럼 꾸준하게 일정한 간격을 두고 벽에 쿵쿵 부딪혔다. 다른 때는 어린 짐승들의 둥지에서 날 법한 소리가 들렸다—이건 거기 누워 듣기가 더 힘들었다. 새가 지저귀는 소리나 새끼 고양이가 우는 소리 같았다. 그리고 뼈다귀를 물고 마루 위 난롯가에 자리잡고 앉은 개가 입을 부지런히 놀려 고기맛이 나는 것이라면 마지막 한 조각까지 깨끗이 핥아 먹을 때 내는 듯한 낮고, 느리고, 만족스러운 신음 소리.

가끔씩 사람의 목소리도 들렸다. 아델. 아델. 아델.

프랭크.

그들은 결코 사랑한다는 따위의 말은 하지 않았다. 마치 그런 정도는 이미 지났다는 듯이.

그 순간, 그들은 벽 건너편에 아인슈타인 포스터와 광물질 수집품과 나니아 책들과 아폴로 12호 우주 비행사들로부터 받은 사인이 담긴 편지와 『1001가지 멋진 파티용 농담』과 서맨사 휘트모어가 단 한 번 지구상에서 내 존재를 인정해준 쪽지(내일 수학 숙제 했니?)와 함께 침대에 누워 있는 나에 대해서는 생각하고 있지 않은 것이 확실했다.

그 순간, 그들은 무더위나, 절전이나, 레드삭스나, 복숭아 파이나, 신학기 준비 쇼핑이나, 그의 맹장수술 자국에 대해서는 전혀 생각하고 있지 않았다. 나는 그 자국을 보았고 자국이 유리에 베인 종아리 근육과 함께 아직도 아물지 않은 채 그의 아랫배에 있다는 것을 알았지만. 그들은 3층 창문이나 텔레비전 앵커들, 경찰의 바리케이드나 전날 오후 내내 마을 위를 빙빙 맴도는 소리가 들렸던 헬리콥터에 대해서도 생각하고 있지 않았다. 그들은 어떤 광경을 보게 되리라 예상했을까—뚝뚝 떨어지는 핏자국? 나무에 묶인 사람들? 캠프파이어와, 그 옆에서 다람쥐 고기를 굽는 남자?

우리가 이 집안에 머물러 있는 한 아무도 그가 여기 있다는 사실을 모를 것이다. 아마 낮이면 몰라도 어쨌든 밤에는 아무도 우리를 방해할 수 없다. 우리는 지구에 거주한다기보다는 그 궤도를 도는 세 사람 같았다.

정확히는 어느 쪽도 아니었다. 구도는 둘과 하나였다. 그들은 충직한 동료가 우주캡슐에 남아 제어판을 살피고 모든 것이 이상 없음을 확인해주는 동안 달 표면을 따라 함께 움직이는 두 명의 아폴로 조종사 같았다. 아래쪽 멀리 어딘가에서 지구의 시민

들이 그들의 귀환을 기다리고 있었다. 하지만 당분간은 시간이 멈추었고 대기조차 존재하지 않았다.

11장

그리고 아침이 왔다—이제 일요일이다. 다시 눈앞에 닥친 상황에 대처해야 했다. 오후에 아빠가 나를 데리러 올 것이다. 아빠가 나를 데려가기 싫어하는 만큼 나도 더이상 따라가기 싫었지만 가야 할 것이다.

학교는 수요일에 시작될 예정이었다—7학년이다. 학교에 기대할 것은 아무것도 없고 괴롭힘은 6학년 때보다 더할 것이다. 내가 복도를 지나갈 때면 호모 새끼니 재수 대가리니 소리치던 남자아이들은 이제 부쩍 컸을 텐데 나는—엄마가 메가마이트가 나한테 효과가 있다고 주장하는데도 불구하고—전보다도 더 작아 보였으니.

여름 동안 여자아이들은 가슴이 더 커졌을지도 모르겠다. 아마도 그럴 것이다. 하지만 그래봤자 다른 수업을 들으러 가느라 고 자리에서 일어날 때마다 그 가슴이 나에게 일으킨 효과를 감추느라 더 고역스러워진다는 의미일 뿐이었다. 내가 책을 사타구니께에 들고 사회 수업에서 영어 수업으로, 영어 수업에서 과학 수업으로, 과학 수업이 끝나고 점심 먹으러 가는 꼬락서니를 보면 내 끔찍한 비밀을 누가 모르겠는가? 아무도 관심 갖지 않아도 개의치 않는 내 쓸데없는 발기는, 선생님이 죽어도 불러주지 않는데도 사회 시간이면 계속 손을 들고 몇 마디라도 제 의견을 말하는 앨리슨 스모트처럼 지치지도 않고 저 자신을 내세웠다. 일단 그녀가 말하기 시작하면 절대 그 입을 다물게 할 수 없다는 것을 누구나 알고 있었다.

농구 테스트가 있을 것이다. 학급 임원 선거도. 가을 뮤지컬 공연의 배역을 뽑을 것이다. 이런 데서 중요한 역할을 하는 학생들로 이루어진 각기 다른 그룹들이 구내식당에서 자기 자리를 차지하고 앉아 우리 같은 나머지 아이들은 앉을 꿈도 못 꾸게 할 것이다. 교장은 또래 집단의 압박과 마약에 대한 강연을 할 것이다. 보건 선생은 우리에게 아직 성적인 행동을 할 나이가 아니라는 점을 상기시킨 다음 마치 앞으로 십 년 안에, 아니면 그후 언제라도 내가 쓸 일이 있을 것처럼 콘돔의 생김새를 보여주고 바나나에 씌울 것이다.

일어나기를 바라는 일을 마음속에 그려봐. 프랭크는 임시로 정한 투수 마운드에서 그렇게 말했다. 하지만 나는 대개 내 침대에서 그 일을 했다.

레이철 매캔이 나를 위해 브라를 벗는 모습을 그려보았다. 여름 동안 얼마나 커졌는지 볼래? 그녀가 말했다. 한번 만져보지 않을래?

내가 사물함 자물쇠의 비밀번호를 돌리는 동안 누구인지도 모를 소녀가 뒤에서 나타나 손으로 내 눈을 가리고 나를 홱 돌려세워 혀를 내 입속에 밀어넣는 모습을 그려보았다. 그녀의 얼굴은 볼 수 없었지만, 나를 눌러오는 가슴과 내 이에 닿는 혀를 느낄 수 있었다.

기분 전환 삼아 드라이브하러 가지 않을래, 헨리? 엄마가 묻는다. 해변으로 가면 어떨까?

엄마와 나만이 아니다. 뒷좌석에 엄마, 운전대 앞에 나, 내 옆자리에 프랭크, 우리 셋이다. 우리 아빠는 아니지만 프랭크는 아빠들이 그러듯 내가 제대로 운전을 하는지 확인하려고 그 자리에 앉은 것이다.

잠시 시내를 벗어나보는 게 어때? 프랭크가 말한다. 북쪽으로 가는 거야. 다른 곳을 찾아보자고.

우리는 엄마 옆자리에 조의 우리와 책 두어 권, 카드 한 벌, 슬픈 아일랜드 민요가 담긴 엄마의 카세트테이프와 엄마 옷 몇 벌을 싣는다. 먹을 것은 싣지 않는다. 배가 고파지면 레스토랑에 들를 것이다. 나는 만화책은 가져가지만 퍼즐북은 가져가지 않을 것이다. 이제야 깨달은 사실인데 내가 퍼즐북을 그렇게 좋아했던 것은 달리 할 일이 없어서였다. 그런데 지금은 상황이 다르다.

놀라운 일이지만 야구공과 글러브까지 트렁크에 던져넣을지도 모른다. 과거에는 늘 캐치볼을 하자는 아빠의 제안을 불안하고 두려운 마음으로 받아들였지만, 프랭크하고는 그런 식으로 공을 주고받는 것이 즐거웠다. 그와 함께라면 내 꼴이 우스꽝스럽지 않았다.

우리는 라디오를 틀어놓고 북쪽으로, 메인 주로 향한다. 바닷가에 있는 작고 황량한 마을—올드 오처드 비치—에 로브스터롤*을 먹으러 간다. 엄마는 피시 앤드 칩스를 먹는다.

우아, 캡틴 앤디랑은 맛이 비교가 안 되네. 엄마가 프랭크의 입속에도 한 조각 넣어주며 말한다.

로브스터롤은 어때? 프랭크가 나에게 묻는데 나는 입안이 꽉 차서 대답은 못하고 그저 씩 웃는다.

우리는 레모네이드를 마시고 아이스크림콘도 먹는다. 옆 테이

* 마요네즈로 버무린 바닷가재 살을 채운 샌드위치.

블에 선드레스를 입은 소녀—다시 여름이거나, 아니면 뒤늦게 찾아온 여름 같은 날일 테니까—가 자기 아이스크림을 빨아먹다가 내리고 손을 흔든다. 그애는 예전 학교에서 내가 어떤 아이였는지, 우리가 전에 살던 동네에서 엄마가 어떤 사람이었는지, 혹은 신문에 난 프랭크의 사진에 대해서는 아무것도 모른다.

네가 『나니아 연대기—캐스피언 왕자』 갖고 있는 거 봤어. 나도 그 책 제일 좋아하는데. 소녀가 말한다.

그러고는 나에게 키스를 하지만, 다른 소녀가 하는 식과는 다르다. 천천히 오래 한다. 키스하면서 내 목을 꼭 감고 내 뺨을 쓰다듬는다. 내 손도 소녀의 머리카락과 가슴을, 하지만 부드럽게 만진다. 물론 내 물건이 다시 딱딱해지지만 이번만큼은 전혀 부끄럽지 않다.

엄마랑 잠깐 해변에서 산책하고 올게, 프랭크가 나에게 말한다. 그러자 이런 게 그가 나타난 후 가장 좋은 점이라는 생각이 퍼뜩 떠오른다. 이제 나에게는 엄마를 행복하게 해주어야 할 책임이 없다. 이제 그 일은 그의 몫이다. 나는 다른 것들로부터도 자유로워진다. 예를 들면, 나 자신의 인생으로부터.

*

또 레인지 위에 커피가 있었다. 사흘째 아침이고 이제 나는 익숙해지다시피 했다. 평소처럼 시트를 적셨지만 예전만큼 걱정하지는 않았다. 엄마는 내 빨래를 자세히 살피고 있지 않았다. 다른 일이 머릿속에 가득했다.

아래층으로 내려가니, 이번에는 엄마가 일어나 있었다. 그 둘은 신문을 펼쳐놓고 부엌 식탁에 앉아 있었다. 전날 위너퍼소키호에서 어떤 가족의 배가 뒤집혔고, 지금 아버지의 시체를 수색하는 중이었다. 노스콘웨이의 아웃렛 상점으로 당일 여행을 갔던 노인들 중 한 노부인은 버스에서 열사병으로 쓰러져 죽었다. 레드삭스는 플레이오프를 코앞에 두고 2위를 고수하고 있었다. 9월에 한번 더 부상할지도 모른다는 오래된 희망은 남아 있었다.

그러나 엄마와 프랭크가 읽고 있는 기사는 그런 것이 아니었다. 읽었을지도 모르고, 어쩌면 제목에서 멈추었을지도 모른다. "경찰, 탈주범 집중 수색중." 관계 당국은 수요일에 스틴치필드 주립 교도소를 탈출한 남자를 체포할 수 있는 정보를 제공하면 1만 달러의 현상금을 주겠다고 했다. 일부 관계자들은 연휴 주말이라는 점과, 탈주범의 부상 정도 및 그가 수술을 받고 회복중이라는 사실을 고려할 때, 그가 한 명 또는 그 이상의 동네 주민을 인질로 잡고 아직도 이 근방에 있을지도 모른다고 추측하고 있었다. 탈주범은 무장을 했을 수도 있고 안 했을 수도 있지만 이와 관계없이 위험인물로 간주되었다. 누구든 그를 발견하면 어떤 경우에라도 체포할 수 있도록 협조해야 한다. 기사에서는 지역 경찰서로 신고하라고 이르고 있었다. 체포에 성공한 다음 현상금이 지급될 것이었다.

나는 다용도실로 들어갔다. 조의 우리를 청소한 지 며칠이 지났다. 조를 들어올려 옆구리에 끼고 새 신문지 한 장을 깔았다. 신문 더미 속에 1면에 프랭크의 얼굴이 실린 것도 있었지만 그 신문은 아니었다. 스포츠 면이었다.

평소 같으면 하루 중 이맘때 조는 쳇바퀴를 돌리고 있었을 것이다. 항상 아침에 제일 기운이 넘쳤다. 하지만 오늘은 가서 보니 숨을 할딱이며 우리 바닥에 누워만 있었다. 아마도 더위 탓일 거다. 오늘 같은 날엔 아무도 필요 이상으로 움직이고 싶어하지 않을 것이다.

나는 잠시 거기 서서 조의 털을 쓰다듬어주었다. 조가 내 손가락을 가볍게 물었다. 방충망 문 너머로 프랭크에게 얘기하는 엄마의 목소리가 들려왔다.

나한테 돈이 좀 있어요. 엄마가 그에게 말하고 있었다. 우리 엄마가 돌아가시고 나서 집을 팔았거든요. 내 은행 계좌에 들어 있어요.

그 돈은 그대로 둬야 해요, 아델. 아들을 키워야지요. 그가 말했다.

당신은 어딘가 안전한 곳으로 가야 해요.

나랑 함께 가겠어요?

내게 묻는 건가요?

그래요.

그날 점심을 먹으면서 프랭크는 우리에게 그들이 절개한 배의 수술 부위가 얼마나 많이 좋아졌는지 얘기해주었다. 그는 의사에게 맹장을 버리지 말고 항아리 같은 데에 넣어서 달라고 부탁할 걸 그랬다고 아쉬워했다. 이 모든 일을 가능하게 해준 고 작은 녀석이 어떻게 생겼는지 보고 싶었는데, 그가 말했다.

밖으로 나왔고. 이렇게 만났으니까.

프랭크가 그렇게 말할 때 우리 둘 다 식탁에 있었지만 그가 가리키는 쪽은 엄마라고 생각했다.

그는 우리에게 자기가 얼마 동안이나 감옥에 있었는지, 감옥에서 나오려면 얼마나 더 있어야 했는지는 한 번도 말해준 적이 없었다. 신문에서 읽어봐도 되었겠지만 왠지 커닝을 하는 기분이 들 것 같았다. 그에게 곧 어떤 일이 닥칠지 자세히 물어보는 것과 똑같은 느낌이었다.

두 사람은 부엌에서 설거지를 하고 있었다. 원래 내가 하던 일이지만 나는 이제 그 일에 필요가 없어졌기 때문에 거실 소파에 누워 이리저리 채널을 돌리며 귀를 기울였다.

그가 말했다. 지금처럼 거기에서(우리 엄마 침대, 엄마 옆을 뜻할 것이다) 잠을 깨는 건 기분좋은 일이지만, 당신 허리를 팔로 감싸안고 거리를 걸을 수 있게 되는 날이 오기 전까지는 자유인이라고 할 수가 없어요, 아델. 내 삶에서 바라는 건 오직 그 한 가지예요.

노바스코샤,* 엄마가 말했다. 프린스에드워드 섬. 거기에서라면 아무도 당신을 성가시게 하지 못할 거예요.

거기에서 닭을 키울 수도 있을 거예요. 정원도 가꾸고요. 그쪽은 멕시코만류가 흘러요.

전남편은 절대 내가 헨리를 데려가게 놔두지 않을 거예요, 엄마가 말했다.

그게 무슨 뜻인지 알죠, 그렇죠? 그가 엄마에게 말했다.

그들은 떠날 것이다. 나를 두고 떠날 것이다. 마당에서 캐치볼

* 캐나다 동부의 반도 및 주.

을 하던 때처럼 우리 셋이 함께일 거라 줄곧 생각해왔는데, 그들은 둘이서만 함께하려 하고 있었다. 나만 뒤에 남겨두고. 그것이 내가 내린 결론이었다.

가까운 어느 날—은행이 문을 닫았으니 오늘은 아닐 테고 똑같은 이유로 내일도 아니겠지만, 그후에 두 사람은 차를 몰고 은행으로 갈 것이다. 엄마가 마지막으로 은행에 들어간 지 이 년이 넘었지만 이번에는 갈 것이다. 이번에는 엄마가 직접 은행 창구로 갈 것이다—프랭크는 차에서 기다리고 있을 것이다. 그리고 이렇게 말하겠지, 돈을 좀 찾으려고 해요. 십 분 후—지폐를 세는 데 그 정도 걸릴 테니까—엄마는 팔에 돈이 든 봉투를 끼고 차로 돌아와서 차 바닥에 숨겨놓을 것이다.

이 동네를 빨리 뜨는 게 어때요? 그가 말할 것이다. 예전에 본 오래된 서부영화에서 그런 대사가 나왔다.

그애가 많이 보고 싶을 거예요, 엄마가 말하겠지. 나 말이다. 어쩌면 그러고는 울기 시작할지도 모르지만 프랭크가 위로해주면 금세 울음을 그칠 것이다.

아이는 또 가질 수 있어요, 프랭크가 엄마에게 말할 것이다. 당신의 전남편도 그랬잖아요. 함께 우리 아이를 키웁시다. 당신이랑 나랑.

그리고 어쨌든 당신 아들은 잘 지낼 거예요. 아빠한테 가서 같이 살면 되고. 새엄마랑 다른 두 아이도 있잖아요. 잘살겠지요. 그애 아빠가 야구도 가르쳐줄 거고.

그러고 싶지 않았지만 그 장면이 자꾸만 머릿속에서 반복되었다. 프랭크가 엄마의 머리카락을 쓰다듬으면서 이제 나한테는 정말로 엄마가 없어도 괜찮다고 말하고 있다. 엄마는 그 말을 믿고서 그의 어깨에 머리를 기대고 있다.

이제는 아이가 아니에요, 프랭크가 엄마에게 말할 것이다. 지금 그애 머릿속은 온통 여자애랑 어떻게 해볼 생각뿐이에요. 그애는 변해가고 있어요. 의심스러우면 그애 침대 시트를 한번 봐요. 그 나이 또래 남자애들은 한 가지밖에는 관심 없어요.

레이철 매캔의 허벅지. 샤론 선덜랜드의 팬티. 라스베이거스 쇼걸의 젖꼭지.

당신 스스로를 위해 뭔가 변화를 고려해볼 때예요, 아델. 그가 엄마에게 말할 것이다. 하루짜리 남편 노릇은 이만하면 충분하다. 프랭크는 언제까지라도 엄마의 남편이 되어줄 수 있을 것이다.

엄마와 프랭크가 자기들만의 세계에 너무 깊이 빠져 있어서 굳이 그럴 필요가 없어 보이기는 했지만, 나는 부엌에 들어갈 때 일부러 큰 소리를 냈다. 그 둘—엄마와 프랭크—밖에 없는 곳. 하지만 내가 시리얼에 부을 우유를 꺼내러 냉장고로 갔을 때—

이번만큼은 진짜 우유다. 프랭크의 제안이었다—그들은 뭔가 다른 얘기를 하고 있었다. 욕실 샤워기 옆의 리놀륨 밑으로 물기가 스며들어서 목재가 썩어 가루가 된 곳이 그의 눈에 띄었다. 그는 오늘 그 문제를 해결하고 싶어했다. 타일과 그 밑의 썩은 나무를 들어낸다. 더 나은 것으로 교체한다.

어쩌면 굳이 수리를 해야 할 만큼 우리가 여기 오래 머물지 않을지도 몰라요, 엄마가 말했다.

그래도, 그가 대답했다. 저런 문제가 있으면 손봐두는 게 좋아요. 누군가 다른 사람이 손보도록 엉망으로 놔두고 떠나기는 싫어요.

그게 바로 증거였다. 그들은 떠나려고 한다. 그럼 나는 어떻게 되지?

12장

아침을 먹으면서 프랭크는 우리에게 그가 자란 서부 매사추세츠의 농장에 대해 이야기해주었다. 그의 조부모님은 소비자가 농작물을 직접 수확해 가져가는 방식으로 농장을 운영했다—대개는 블루베리였지만 나중에는 크리스마스트리용 나무와 가을에 수확할 호박도 심었다. 그는 일곱 살부터 트랙터를 몰고, 회전 경운기로 밭고랑을 갈고, 닭 모이를 주고, 나무를 돌보았다. 나무들이 처음부터 크리스마스트리 모양대로 자라지는 않는다. 가지치기를 해주어야 했다.

그의 조부모님은 농장 입구에 매대를 놓고 재배한 농작물을 팔기도 했다. 딸기 철이면 할머니가 만든 잼과 파이 등을 함께 팔았다. 프랭크는 매대에서 일하기보다는 온종일 닭똥을 치우는 편을 택했기에, 할아버지가 돌아가신 후 할머니는 일을 도울 여자아이를 한 명 고용했다. 맨디라는 동네 처녀로 프랭크보다 한 살 위였다. 딱한 처지였다. 어머니는 어떤 놈과 도망을 가버렸고, 친아버지가 누군지도 몰랐다. 프랭크가 맨디를 만났을 때, 그녀는 학교도 그만둔 상태였다. 언니 집에 얹혀살고 있었다. 남의 집을 청소해주고 닥치는 대로 아무 일이나 했다. 이를테면 체임버스 농장에서의 일자리가 그랬다.

그는 고등학교 졸업식을 치르고 난 여름, 그렇게 불러도 좋다면, 그녀와 데이트를 했다. 대개는 차를 몰고 이리저리 돌아다니며 라디오를 듣고 섹스를 했다.

난 동정이었어요, 프랭크가 엄마에게 말했다. 평소처럼 두 사람은 내가 없을 때와 별반 다르지 않게 내 앞에서 대화를 계속하는 듯했다. 차라리 내가 눈에 보이지 않는 편이 나았을 것이다.

그해 가을 그는 배를 타고 베트남으로 떠났다. 이 년간 복역했다. 그 일에 대해서는 말을 않는 편이 나았다. 고향에 돌아오면 대학 교육을 받겠다는 생각이었지만, 막상 돌아왔을 때는 아무도 자신을 건드리지 않을 어딘가 조용한 곳을 찾고 싶은 마음뿐이었다. 아직 심하지는 않았지만 야경증이 시작되었다. 더는 편안히 잠을 잘 수가 없었다.

그가 떠나 있는 동안 맨디는 그에게 편지를 세 번 썼다. 한 번은 그가 떠난 직후였는데, 그녀는 아무래도 기도를 할 여자로는 보이지 않았지만 그를 생각하고 그를 위해 기도하겠다고 했다. 어쩌면 그녀는 해외에 남자친구를 두었다는 사실 자체가 마음에 들었던 것인지도 모른다.

그해 내내, 그리고 다음해가 거의 다 갈 때까지도 그녀한테서는 아무 소식이 없었다. 그런데 복무가 끝나갈 때쯤 난데없이, 공책을 뜯어 쓴 긴 편지가 왔다. 여전히 둥글둥글하고 뒤로 기울어 있고 *i*를 쓸 때면 점에 행복한 표정을 그려넣는 필체였다.

맨디는 마을 사람들의 소식을 전했다. 두 사람 다 알았던 남자아이가 건초 뭉치는 기계에 손이 말려들어가 한 팔을 잃었다. 또 다른 소년은 몇 달 전, 달려오는 스테이션왜건을 제 차로 정면으로 들이받았고 상대 차량에 타고 있던 일가족 세 명이 죽었다. 그녀는 마을 노인들 여러 명의 부고도 오려 보냈다—몇몇은 할머니의 친구들이었다. 대부분 자연사였는데 한 사람, 그들의 집에 우유를 배달하던 남자는 어느 날 차고에 트럭을 대고 문을 닫은 후 시동을 걸었다. 유서는 없었다.

어쨌거나 베트남이 그렇게까지 끔찍하지는 않다는 것인지, 혹은 베트남이 아니어도 나쁘기는 다 매한가지라는 것인지, 그게 아니면 이 모든 나쁜 소식의 요점이 무엇인지 그는 알 수가 없었다. 어차피 짧은 인생, 최선을 다해라?

맨디의 그 편지와, 이틀 후 그가 첫번째 편지에 미처 답장을 하기도 전에 도착한 편지가 그에게 영향을 미쳤다. 그는 그때 스물한 살도 안 되었지만 앞으로 살면서 어디를 가든 비극과 죽음이 따라다닐 것이라는 인상을 받았다. 커비 씨가 그날 차고에 차를 대고 시동을 건 식으로가 아니고서는 벗어날 길이 없었다. 고향으로 돌아가면 만사가 나아지리라고 생각한 날이 하루라도 있었겠지만, 그날은 이미 지나가버렸다.

이제 그녀는 그가 돌아올 날을 손꼽아 기다리고 있다고 편지에 썼다. 달력을 만들어서 언니 집 벽에 붙여놓았다고 했다. 그를 데리러 나갈 때 머리를 올리는 것과 내리는 것 중 어느 쪽이 더 마음에 드는지 물었다.

그녀에게 여자친구가 되어달라고 부탁한 적이 있었는지, 아니면 그녀를 여자친구로 생각한 적이 있기는 했는지 기억도 나지 않았지만, 어쩌다보니 블루베리 덤불에 곰팡이가 번지듯이, 닭들이 누가 훠이 하고 몰지 않아도 밤이면 닭장으로 돌아갈 때가 되었음을 알듯이, 절로 일이 그렇게 되어버린 듯했다. 달리 더 좋은 방도가 있는 것 같지도 않았으니 어쩌겠는가?

그가 비행기에서 내리던 날, 그녀가 포트데번스에 있었다. 그가 기억하던 모습보다 약간 더 통통했고 허리도 더 굵었지만 살이 찐 것도 좋은 소식이었다. 그는 그때까지 사이공에서 두어 차례, 한 번은 독일에서 휴가를 보낼 때 여자들과 어울렸다. 하지만 맨디에게서 두 통의 편지를 받은 후로는 고향에 돌아갈 때까지 기다리기로 마음먹었다. 그녀를 만날 때까지 기다리기로.

할머니가 그의 거처로 마련해둔 곳은 당신의 집 바로 뒤였지만, 욕실과 미니 냉장고와 조리용 핫플레이트가 갖추어져 있어서 자기만의 집을 갖게 된 기분을 느낄 수 있었다. 맨디가 그를 차로 데려간 곳이 거기였다. 할머니가 기다리고 있었다. 전보다 훨씬 더 나이들어 보였다. 집에 들어가니 텔레비전이 켜져 있었다—〈레츠 메이크 어 딜〉이었다. 관객들이 지르는 소리에 그는 귀를 막고 싶었다.

저거 꺼도 돼요, 할머니? 그가 물었다. 하지만 그래도 소용이 없었다. 밭에서 누군가가 제초기를 몰고 있었다. 할머니의 빨래가 세탁기에서 탈수중인 게 틀림없었다. 그다음에는 라디오였다. 헛간에서는 남자가 야구 중계를 듣고 있었다. 아우성치는 소리. 남들도 다 그 소리를 듣고 있는지 아니면 그의 머릿속에서만 소리가 울리는 건지 알 수가 없었다.

점심 차려놨다, 프랭키. 할머니가 말했다. 배고프겠구나.

시간을 좀 주세요, 할머니. 그가 말했다. 잠깐만 누워 있고 싶어요. 샤워를 하든지 할게요.

그는 정말 그런 뜻으로 한 말이었지만, 방에 들어갔을 때 맨디는 이미 그를 위해 준비를 하고 있었다. 맨디는 〈레츠 메이크 어 딜〉에서 몬티 홀*에 매달려 있는 여자들처럼 여전히 그의 제복에 매달려 있었다. 그녀는 바로 등뒤에서 문을 잠그고 블라인드를 내렸다.

마침내 우리 하게 됐네, 그녀가 말했다.

그는 피곤하다고 말하고 싶었다. 내일이면, 아니 조금 뒤면 기분이 더 나아질지도 모른다. 하지만 그녀는 벌써 그의 재킷 단추를 풀고 있었다. 그러더니 바닥에 무릎을 꿇고 그의 부츠 끈을 풀었다. 자기 셔츠 단추를 풀고 브라를 벗었다. 앞쪽에서 끄르게 되어 있는 브라여서, 그가 기억하던 것보다 더 큰 가슴이 튀어나왔다. 그녀의 젖꼭지는 크고 검었다.

그녀가 말했다. 틀림없이 그동안 굶주렸겠지, 자기? 아니면 노란둥이 여자들이랑 한 거야? 미국 보지는 어떤지 잊어버렸겠지?

그는 발기조차 안 될까봐 걱정했지만 그건 되었다. 그녀도 그것을 보았다.

자기는 그냥 누워서 즐기기만 하면 돼. 내가 다 알아서 할게. 맨디가 말했다.

---

* 1960년대 초부터 1990년대 초까지 텔레비전 게임 쇼 〈레츠 메이크 어 딜〉을 진행한 방송인.

오 분쯤 지났을까, 더 짧았을지도 모른다. 일이 끝나자 그녀는 침대에서 폴짝 뛰어내려 화장을 확인했다. 그녀가 말했다. 여드름만 좀 짜고.

알고 보니 그녀는 자기 옷을 가져다놓았다. 속옷, 디오더런트, 고데기, 샴푸, 헤어젤, 손톱 손질 세트까지 가져다놓았다. 그날 밤, 그녀는 그와 함께 다시 방으로 돌아와서는 좀더 하고 싶은지 물었지만, 그가 비행기를 타고 온 탓에 아직 피곤하다고 하자 더 이상 밀어붙이지는 않았다.

경고해둘 게 있어, 그녀가 말했다. 오늘 오후에는 자기가 너무 흥분했어. 자기한테 콘돔 쓰라고 할 생각도 못했지 뭐야. 그때가 아니기만 바라야지 뭐. 우리 언니는 제이랑 처음 한 번 하고 바로 임신이 되었대. 결국은 잘된 일이었지만. 그 아기가 바로 그녀의 조카딸 제이넬이었다.

두어 주가 지나고 그녀가 생리를 하지 않는다고 했다. 그리고 또 두어 주 후, 임신 테스트를 해보았더니 양성으로 나왔다고 했다. 당신이 곧 아빠가 될 것 같아, 그녀가 말했다. 그 말을 할 때 미리 연습해둔 냄새가 풍겼다. 아마도 읍내에서 돌아오는 차 안에서였을 것이다. 그녀는 벌써 임부복까지 사두었다. 아기가 타고 있어요.

그렇게 오랫동안 쌓아두었으니, 당신 정자는 남들 것보다 세

배는 더 강했을 거야. 그녀가 말했다.

그녀는 바로 그 단어를 썼다. 정자.

갑자기, 줄곧 무대 뒤에서 대기하고 있던 캐럴 메릴*이 나와서 펼쳐놓기라도 한 듯 유아용품들이 쏟아져나왔다. 흔들 침대, 놀이용 울타리, 이동식 테이블, 아기용 의자, 더 많은 임부복, 고무줄 바지, 튼 살 크림 등이었다. 그녀는 그에게 임신에 관여했다는 기분을 더 많이 느낄 수 있을 거라며 자기 배에 그 크림을 발라달라고 했다.

그녀는 몽고메리 워드 카탈로그에서 아기 침대와 유모차, 침대에 달 모빌을 골랐다. 좋아하는 여자아이 이름의 목록도 만들어두었다. 아들이면 당연히 아빠 이름을 따서 프랭크로 지을 생각이었다. 그녀의 물건은 이미 거의 다 프랭크 할머니 집의 그 방으로 옮겨져 있었다—그녀의 옷이 옷장과, 하나를 제외한 모든 서랍장을 가득 채웠고, 벽에는 프랭크 다음으로 전 세계에서 가장 잘생긴 남자라는 라이언 오닐의 포스터가 붙었다. 그것도 모자라 그녀는 할머니는 혼자고 늙었으니 자기들이 공간을 좀더 써야겠다고 말했다. 예를 들어, 할머니가 쓰시는 재봉실이 아기 방으로 딱이라든가. 티브이도 좀더 큰 것으로 놓아야겠다든가.

* 〈레츠 메이크 어 딜〉에서 보조 진행자로 활동한 모델.

한참이 더 지나서야 비로소 그 생각이 그의 머릿속에 떠올랐다. 그 생각이 떠올랐을 즈음 그들은 결혼한 상태였다. 맨디는 그때 임신 팔 개월이었다—아기는 밸런타인데이 전후에야 태어날 예정이었지만, 결국 그들의 아들은 12월에 태어났다. 프랭크는 욕실 거울 앞에 서서 그녀가 세면대와 변기 위 선반에 줄지어 늘어놓은 세면도구를 보며 면도를 하던 중이었다. 그는 여자들이 세상 밖으로 나갈 수 있기까지 얼마나 많은 물건들을 필요로 하는지—물론 그의 할머니는 아니지만 맨디는 확실했다—생각하고 있었다. 그가 집에 돌아온 첫날 맨디가 가져다놓은 모든 물건들—그녀의 세면도구와 화장품, 머리 손질 용품, 크림과 스프레이, 속눈썹 뷰러와 윗입술에 바르는 표백제, 다리털 제모 용품, 팬티라이너와 여성용 위생 디오더런트.

한 가지 그녀가 가져오지 않은 것이 있었다. 처형이 방문했을 때 알게 된 것이었다. 처형이 소파에서 일어나면서 이렇게 말한 것이다. 아이고, 그날이구나, 너 패드 있니, 맨디?

테스트기를 써보기 전에도 그녀가 늘어놓은 온갖 물건들 가운데 생리대나 탐폰은 없었다. 마치 앞으로 한동안은 그런 것들이 필요 없을 줄 알고 있기나 했던 것처럼.

*

프랭크는 엄마와 함께 부엌에 앉아서 결혼생활에 대한 이야기를 하고 있었다. 나도 식탁에 앉아 내 퍼즐북을 풀고 있었다. 이야기의 한 대목—프랭크가 미국 보지에 관해 얘기할 때—에서 엄마가 마치 아들이 있다는 것이 갑자기 생각난 듯 나를 건너다보았지만, 나는 그때 지금 내 인생에서 중요한 것은 그 페이지밖에 없다는 듯 연필 끝을 잘근잘근 씹으며 퍼즐 위로 몸을 구부리고 있었다. 엄마는 내가 듣지 못했거나 무슨 소리인지 모른다고 생각했다. 아니면 내가 알아듣기는 했어도 관심은 갖지 않는다고 생각했다. 사실 그랬다. 그날 프랭크가 우리와 함께 프라이스마트에서 집으로 오기 한참 전부터, 엄마는 나에게 다른 엄마들이라면 절대 하지 않을 얘기들을 하곤 했다. 나는 전화 회사의 회선 차단 최종 통지와 생리전증후군에 관해 알고 있었다. 예전에 엄마가 강간당할 뻔했던 이야기도 들었다. 엄마가 아빠를 만나기 전 보스턴에서 일했던 어느 레스토랑에서 웨이트리스 일을 그만두려 했을 때였다. 때마침 요리사가 나타나 남자를 막았고, 그다음엔 그 요리사도 엄마가 자기에게 뭔가 신세를 졌다고 생각했다.

이런 것들이 내가 익히 들었던 이야기들이었다. 프랭크의 이야기는 그리 새롭지 않았다. 단지 남자의 관점에서 하는 얘기라는 점이 달랐다. 그래서 미국 보지라는 말을 그때 처음 들어보게 되었던 것이다.

상스러운 소리 해서 미안해요. 프랭크가 이야기하다 그 대목에 이르자 이렇게 말했다. 하지만 그 이야기는 나 못지않게 엄마한테도 유익할 듯했다.

맨디가 병원에 들어갔을 때, 프랭크와 그의 할머니는 대기실에 앉아 있었다. 그 시절에는 다 그랬어요. 그가 말했다.

내가 너를 실망시킨 것 같구나, 프랭키. 그날 할머니가 그에게 말했다. 네가 집에 오고 나서 모든 일이 너무 급하게 일어났어. 난 늘 네가 대학에 가기를 바랐지. 모든 일이 벌어지기 전에 네가 원하는 게 뭔지 알아볼 시간이 조금이라도 있었으면 했어.

괜찮아요, 할머니. 프랭크가 말했다. 그는 이제 막 스물한 살이 되었다. 그는 텔레비전을 보고 전화로 〈올 마이 칠드런〉*에 나오는 인물들의 삶에 대해 언니와 수다를 떨며 오후를 보내는 여자와 결혼했다. 그가 베트남에서 돌아온 후 다급하게 가졌던 첫 번째 관계 이후로 그녀는 섹스에 관심을 잃었다. 하지만 그는 일

* 1970년부터 2011년까지 방영된 미국 드라마.

단 아기가 태어나면 상황이 바뀔 거라고 기대했다. 그녀는 최근에 그에게 할머니가 재산을 더 나누어서 그들에게 땅을 좀 준다면 거기에 트레일러를 놓고 한 구획 정도는 팔아서 레저용 자동차를 사도 좋을 거라고 했다. 크리스마스트리 따위에 무슨 미래가 있겠는가? 그는 그녀가 남은 삶을 매일 밤 손바닥에 수액을 묻히고 집으로 돌아오는 남자와 보내고 싶어할 줄 알았나?

현실을 잘 보자고, 이제는 다들 가짜 나무를 산단 말이야. 그럼 돈도 한 번만 내면 되고 온통 잎이 떨어져서 진공청소기가 막히는 그런 귀찮은 일도 없다고. 그녀가 말했다.

이제 그는 아내가 아기를 낳고 있는 방 바깥의 대기실에 앉아 있었다. 갑자기 집에 돌아온 후로 할머니와 단둘이 앉아 있게 된 것이 오늘이 처음이라는 생각이 떠올랐다. 내내 맨디와 아기 일로 너무 분주했다—결혼을 하고 쇼핑을 하러 다니느라.

너는 나한테 거기가 어땠는지는 한 번도 제대로 말하지 않았지, 할머니가 말했다. 정글 속에서 그의 소대와 있었던 일을 뜻하는 것이었다. 내가 아는 것이라곤 〈라이프〉랑 뉴스에 나온 사진이 전부란다.

할머니가 생각하신 거랑 비슷해요. 다 그래요. 전쟁이죠. 그가 말했다.

네 할아버지도 똑같았단다. 태평양전쟁에서 무슨 일이 있었느냐고 물어보면 새 잔디 깎는 기계 칼날이나 닭 따위로 화제를 돌리려고만 했지.

산통이 시작되자 곧 의사들이 맨디에게 척추마취를 할 것인지 물었고, 그녀는 그러겠다고 했다. 그날 밤 간호사가 그들의 아들을 안고 나왔다.

그간 내내 그들은 아기 침대, 유모차, 카시트, 옷가지 얘기를 하느라 정신이 없었고, 그는 그 모든 일의 끝에 아기가 있을 거라는 사실조차 거의 잊고 있었다. 이제 의사들은 따듯하고 꼬물거리는 프랜시스 주니어를 담요에 감싸 프랭크의 팔에 안겨주었다. 담요 사이로 치켜든 조그만 손, 분홍빛의 기다란 손가락과 마치 다듬어야 할 것처럼 보이는 손톱. 심지어 얼굴도 보기 전에 프랭크가 본 것은 자기 아들의 손, 흔들고 있는 것도 같고 애원하는 것도 같은 손이었다.

아기는 머리숱이 많았다—놀랍게도 붉은색이었다. 몸이 길쭉하고, 배꼽이 붙어 있어야 할 자리에는 아직 플라스틱 집게가 매달려 있었으며, 그의 것처럼 아직 포경수술을 하지 않은 작고 완벽한 페니스와 놀라울 만큼 크고 완벽한 불알이 있었다. 아기의 귀는 작은 조개껍질 같았다. 눈을 뜨고 있었는데, 간호사 말대로 아직 초점을 맞추지는 못한다 해도 표정으로 보아 아기는 프랭크를 똑바로 바라보고 있는 듯했다.

아직 그에게 나쁜 일은 일어나지 않았다. 아직까지는, 그들의 아들에게 삶이란 완벽했다. 그 순간부터 사정이 바뀌기 시작할 테지만.

무슨 까닭인지 아기의 모습—아마도 발가벗은 창백하고 무방비한 몸—을 보니 프랭크의 마음속에 지난 이 년간 보았던 어떤 이미지가 떠올랐다. 정글 속으로 들어갈 때 그의 중대가 통과했던 마을들이었다. 생각하고 싶지 않은, 다른 아이들이었다. 다른 상황에서 그를 향해 내뻗던 손이었다.

그때 윙윙거리는, 귀청을 찢는 시끄러운 소리가 들렸다. 그저 바닥에 광을 내는 기계일 뿐이었지만, 그 소리를 듣고 프랭크는 프랜시스 주니어의 조개껍질 같은 귀를 손으로 막아주었다.

너무 시끄러워, 그가 말했다. 그는 그 말을 하고 나서야 자신이 바닥 왁스칠이 아니라 마치 총격전이 벌어진 것처럼 고함을 지르고 있다는 사실을 알아차렸다.

부인을 보고 싶으신 모양이군요, 간호사가 그에게 말했다. 그의 부인. 거의 잊고 있었다.

그는 분만실로 안내되었다. 간호사가 아기를 데려가서 그의 품은 비어 있었다. 지금 해야 할 일이 있다는 것을 알고 있었다—그녀를 안아주는 것? 뺨을 어루만져주는 것? 그녀의 이마에 찬 물수건을 놓아주는 것? 그는 움직일 수가 없어 그저 두 팔을 늘어뜨린 채 서 있었다.

수고했어, 그가 말했다. 진짜 아기야.

이제 드디어 예전 몸매로 되돌아갈 수 있게 되었어, 그녀가 말했다.

젖을 먹이면 가슴 모양이 망가져, 맨디가 말했다. 제이넬에게 칠 개월간 젖을 먹인 후 언니가 어떤 모습이 되었는지를 봐서 잘 알고 있었다. 하여간 젖병을 사용한다면 프랭크가 수유를 도울 수 있을 터였고, 그는 그렇게 했다. 밤에 아기가 울면 유동식을 덥히고 어둠 속에서 아기를 안고 할머니 부엌의 소파에 앉아, 아기 입이 젖꼭지를 물고 오물오물 움직이는 것을 지켜보고, 다 먹으면 아기를 안고 방안을 이리저리 거닐며 등을 쓰다듬어주면서 트림이 나오기를 기다리는 것은 그의 몫이었다. 가끔은 다 마친 후에도 잠들지 않고 아기를 안고 집안의 방들을 이리저리 돌아다녔다. 그렇게 단둘이 있는 것이 좋았다.

가끔은 아들에게 말을 걸었다. 그가 프랭크 주니어에게 건네는 말을 맨디가 들었다면 미쳤다고 했을 테지만, 밤에는 혼자니까 농어 낚시며 나무 가지치기, 그가 열네 살인가 열다섯 살 때 할아버지를 따라 호박덩굴이 막 자라기 시작하는 것을 보았던 이야기를 해줄 수 있었다. 아들에게 호박을 원하는 모양으로 파줄 수도 있다고 말해주었다. 그는 할아버지의 주머니칼로 호박에 좋아하는 여자아이의 이름 머리글자를 새겼었다—패멀라 우드의 머리글자를 자기 것과 함께 새겨넣었다. 핼러윈 때 그 호박을 선물할 계획이었지만, 10월이 되었을 때 그녀는 농구부의 어떤 녀석과 사귀고 있었다.

그는 밤에 프랭크 주니어에게 그의 첫 차 이야기를 들려주며 엔진오일을 꼭 확인해야 한다고 당부했다. 그는 한번 깜박하는 바람에 엔진을 다 태워먹은 적이 있었다. 할아버지가 용서해주었지만.

어느 날 밤, 그런 식으로 여러 시간 동안 집안을 서성이면서 프랭크 주니어에게 그 사고 이야기를 해주었다. 스테이션왜건 뒷좌석에 앉아 엄마의 신음 소리를 들으면서도 아무것도 할 수 없었던 일을. 프랭크 주니어에게 그들—그와 그때 남은 소대원들—이 갔던 마을 이야기도 해주었다. 테네시 출신의 단짝 친구가 미쳐서 제 머리에 대고 수류탄을 터뜨렸던 일도. 오두막의 여자. 여자 옆의 짚자리에 있던 어린 소녀. 전에는 한 번도 한 적이 없는 이야기들이었지만, 그날 밤 아들에게 모두 해주었다.

맨디는 아기에게 옷을 입혀 산책 삼아 쇼핑몰에 데리고 가기를 좋아했다. 그들은 시어스에서 들판과 산 풍경을 배경으로 사진을 찍었다. 프랭크는 맨디의 어깨에 팔을 두르고, 맨디는 빨간색 머리카락을 한쪽으로 빗어 넘긴 프랭크 주니어를 앞으로 받쳐 안았다. 프랭크는 플래시가 터져서 아이의 눈이 상할까 걱정했지만 맨디는 그런 걱정을 웃어넘겼다.

자기는 애를 약골로 키울 거야? 사내아이는 좀 거칠게 키우는 게 좋다고. 그녀가 말했다.

병원에서 집으로 돌아오면서부터 맨디는 집을 나가고 싶어 안달했다. 만날 여기 앉아서 할머니가 하는 옛날얘기를 듣고 있자니 미칠 것 같아, 그녀가 말했다.

그래서 프랭크는 그녀를 데리고 외식을 하러 나갔다. 테이블에 촛불이 켜진 이탈리아 식당에서 와인을 곁들여 식사를 했다. 촛농이 무지갯빛으로 녹아내려 양초를 꽂아놓은 병을 덮었지만 스파게티는 즉석요리 맛이었다. 계산서를 받아들고 프랭크는 이 정도 금액이면 집에서 정말 제대로 차려 먹을 수 있었겠다는 생각을 했다. 할머니의 라사냐가 더 맛있다.

게다가 프랭크 주니어를 할머니와 함께 두는 것도 걱정이었다. 할머니는 지난해에 뇌졸중 발작을 한 번 일으켰는데, 경미한 발작이었지만 의사 말로는 또 일어날 가능성이 크다고 했다. 만약 할머니가 아기를 보는 중에 그런 일이 일어난다면.

그래서 밤이면 보통 프랭크가 집에서 프랭크 주니어를 보았고, 맨디는 언니나 여자 친구들과 외출을 했다. 그녀는 일자리도 구했다. 고속도로 옆에 문을 연 웬디스였다.

한번은 그들이 쇼핑몰에 있는데 한 커플이 옆을 지나갔다. 여자는 임신중이었는데 산달이 얼마 남지 않은 듯했다. 남자는 여자의 어깨에 팔을 두르고 있었다. 둘 다 프랭크와 맨디 또래로 젊어 보였다. 프랭크는 더이상 자신이 젊다고 느끼지 않았지만. 그 남자는 라이언 오닐과 약간 닮았고, 배가 슬슬 나오려는 조짐이 있기는 했지만, 빨간 머리 남자들이 흔히 그렇듯이 잘생긴 외모의 소유자였다.

그 커플이 시야에 들어오자 프랭크는 맨디의 몸이 빳빳하게 굳으면서 그 남자에게서 눈을 떼지 못하는 것을 보았다.

아는 남자야?

가끔 식당에 오는 사람이야.

그후 그녀는 볼링을 치러 다니기 시작했다. 빙고 게임도 했다. 언니와 술을 마셨고, 전화 통화도 잦아졌다. 한번은 평소보다 일찍 헛간에서 돌아왔다가 그녀가 전화에 대고 깔깔 웃는 소리를 들었다. 그와 이야기할 때는 한 번도 들어보지 못한 목소리였다.

어느 날 밤 그녀가 볼링을 치러 간다며 나갔을 때, 그는 할머니에게 아기를 맡기고 문라이트 레인스로 트럭을 몰았다. 화요일에는 여자들은 볼링을 치지 않는다고 했다. 남녀 다 이용할 수 있는 날 밤에 와야 한다는 것이었다.

그는 고속도로 옆에 있는 왜건 휠로 차를 몰고 갔다. 주차장에 그녀의 차가 없어서 할로스도 가보았다. 구석자리에 그녀가 앉아 있었다. 필리스 셔츠를 입은 어떤 놈이 그녀의 무릎에 손을 올려놓고 있었다.

여기서 얘기하지 말자고. 집에 가서 해. 그가 말했다.

그는 다시 트럭을 타고 돌아와 기다렸지만 그날 밤도, 그다음 날 밤도 그녀는 집에 들어오지 않았다. 프랜시스 주니어는 엄마 없이도 잘 지내는 것 같았다. 프랭크는 그녀가 아기를 두고 떠나준다면 차라리 잘된 일이라고 생각했다. 셋째 날, 저녁 시간이 거의 다 되었을 무렵 그녀가 드디어 집 앞에 나타났다. 그녀를 한 번 보고, 프랭크를 한 번 보고, 할머니가 말했다. "내가 아기를 맡으마." 위층에서 할머니가 프랜시스 주니어에게 뭐라고 웅얼웅얼 말하는 소리를 들을 수 있었다. 할머니는 욕조에 물을 채우고 있었다.

맨디는 떠나겠다고 했다. 진짜 남자를 만났다는 것이었다. 그녀를 여기에서 데리고 나가줄 사람을. 여기에서 그가 그들을 위해 대체 무슨 미래를 마련해줄 수 있단 말인가, 그와 그의 크리스마스트리?

당신에게 전에는 한 번도 말하지 않았어. 상처 주고 싶지는 않았으니까. 하지만 잠자리에서 늘 느끼는 척했어. 실은 아니었는데.

더 많은 말을 했지만 다 옮길 필요는 없을 것이다. 요지는 그를 사랑하지 않으며, 한 번도 사랑한 적이 없다는 것이었다. 호박 키우는 노망난 노인네 말고는 고향에 돌아와도 반겨줄 사람 하나 없는 그가 딱했을 뿐이었다.

어째서 그가 다음 질문을 했는지는 알다가도 모를 일이었다. 굳이 알고 싶었던 것도 아니었고, 안다고 아들에 대해 느끼는 감정이 뭐 달라질 것도 없었다. 하지만 무엇 때문인지 그는 아이가 자신의 아들이 맞는지를 그녀에게 물어보았다.

그녀가 웃음을 터뜨렸다. 이미 술에 잔뜩 취한 상태가 아니었더라면 그런 식으로 대답하지는 않았을지도 모르지만, 그녀는 고개를 뒤로 젖히고 미친듯이 웃어대다가 잠시 진정하고 간신히 대답했다.

바로 그 순간, 그가 그녀를 밀쳤다. 틀림없이 그녀를 다치게 하고 싶기는 했겠지만, 그녀가 넘어질 줄은 몰랐다. 그녀는 고꾸라지면서 머리를 현관 계단의 화강암에 박았다. 귀에서 피가 약간 흘러나왔을 뿐, 다른 것은 없었다. 목만 부러졌다.

바로는 아니고—처음에는 그 자리에 무릎을 꿇고 손으로 그녀의 머리를 들어올렸으니까—몇 분 후 그는 아직도 위층에서 물을 틀어놓았다는 것을 알아차렸다. 회반죽을 바른 천장에서 물이 새고 있었으니 욕조가 흘러넘친 것이 틀림없었다. 그 정도로 물이 많이 나오면 파이프가 터진 것이라고 생각하기 쉽겠지만 그들은 집안에서도 가끔 정글에서처럼 쏟아지는 물벼락을 맞았다.

그는 한 번에 두 계단씩 뛰어올라갔다. 욕실 문을 벌컥 열어젖혔다. 안에는 또 한 여자가 바닥에 쓰러져 있었다. 그의 할머니였다. 할머니의 심장이 멎어버린 것이었다.

물속에 있는 창백한 피부에 들러붙은 붉은 머리카락, 축 처진 채 움직임 없는 가느다란 다리, 양 옆구리의 팔, 눈 속 가득 놀라움을 담은 채 위를 쳐다보는 얼굴—북극광 못지않은 것이 자기를 비추고 있다는 듯한 표정으로—이 프랭크 주니어의 몸에 붙어 있는 것들이었다.

처음 연행되었을 때, 변호사는 프랭크의 사건을 의심의 여지없는 과실치사로 분류했다.

프랭크는 맨디의 죽음이 자기 책임이라고 말했다. 아내를 죽일 의도는 전혀 없었지만 그렇게 되었다. 그것은 사실 그대로이고 달게 처벌을 받을 것이다.

그들이 예상치 못한 부분은 그다음이었다. 맨디의 언니가 나서서 아기가 프랭크의 아들이 아니며, 그가 그 사실을 알고 아들을 죽인 것이라고 주장했다.

그럼 우리 할머니는요? 그가 항변했다. 의사는 그녀가 심장 발작을 일으켰다고 판정했다. 그것은 사고였다.

지방 검사가 말했다. 할머니가 심장 발작을 일으킨 건 맞습니다. 심장이 약한 노인이 증손자가 자기 혈육에게 살해당한 광경을 맞닥뜨렸으니 어떻게 안 그러겠습니까?

지방 검사는 그를 살인죄로 기소했다. 프랭크의 변호사는 사정이 고약하게 돌아간다는 것을 눈치채고 재판 말미에 외상후스트레스장애 전문가를 증인으로 신청했다. 그들은 일시적인 정신이상으로 변호를 했다. 그때쯤 프랭크는 될 대로 되라는 심정이었다. 어떤 변호를 한들 조금이라도 달라질 게 있을까?

그는 가석방까지 최소 이십 년 형을 선고받았다. 처음 팔 년 동안은 주립 병원에서 복역했다. 그가 규칙을 잘 따르자 주립 교도소로 이감되었다. 창문에서 뛰어내렸을 때는 아직 이 년이 남은 상태였다.

하지만 난 그곳을 벗어나야만 한다는 것을 알고 있었어요, 그가 말했다. 뛰어내려야 하는 이유가 있다는 것을 알고 있었어요. 그 점에서는 내가 틀리지 않았어요.

그 이유는 그녀였다. 우리 엄마였다. 그때는 몰랐지만, 프랭크는 엄마를 구하기 위해 창문에서 뛰어내렸던 것이다.

13장

엄마는 나에게 엄마를 위해 도서관에 다녀와달라고 부탁했다. 엄마와 프랭크는 캐나다 동부 해안 지방에 대한 책이 필요했다. 엄마는 우리 셋이 한꺼번에 나가지 않고 나 혼자 자전거를 타고 다녀오는 편이 제일 안전하다고 생각했다.

프랭크가 말했다. 너도 이해하지, 헨리, 난 엄마랑 여기에 있어야 해. 전에 내가 엄마를 묶었던 것을 기억해봐. 그렇게 해야 인질극처럼 보이지.

그가 말하는 투는 엄마랑 비슷한 데가 있었다. 이혼하고 한두 해쯤 지나 아빠가 어떤 서류를 제출해서, 웬 여자가 소송 후견인이라며 우리집에 와서는 엄마에게 부모 자격과 관련한 엄마의 태도에 대해 질문했을 때가 생각났다.

전남편에게 원한이나 악감정이 있나요? 그 여자가 한 질문이었다. 그런 악감정에서 비롯된 분노를 아들에게 표출하시나요?

전 아이 아빠에게 악감정도 없고 분노하지도 않아요. 엄마가 그 여자에게 말했다(평온한 목소리. 엄마의 입이 미소 지을 때와 비슷하게 움직였다). 그이가 잘하고 있다고 생각해요.

그러면 전남편의 아내에 대한 감정은 어떤가요? 아드님의 계모 말이에요. 그들의 관계에 부정적인 식으로 영향을 주신 적이 있나요?

마저리는 좋은 사람이에요, 엄마가 말했다. 우린 다 같이 잘해 나갈 수 있으리라 믿어요.

이 소송 후견인은 그후에 일어난 일은 알지 못했다. 그녀가 가고 나자 엄마는 냉장고를 열어 제일 위 칸의 우유를 꺼냈다(진짜 우유였다. 그때는 엄마가 아직 장을 보러 다녔다). 그녀는 엄마가 우유병을 열고 부엌 한가운데 서서 마치 화분에 물을 주듯 우리집 바닥에 천천히 우유를 쏟아붓는 모습은 보지 못했다.

지금 역시, 다른 식이기는 하지만 나는 프랭크의 말—이건 인질극이야—이 그 상황에서 반드시 필요한 것이라는 사실을 의심하지 않았다. 엄마와 프랭크 사이에 어떤 일이 일어날지 내가 어떻게 생각하건 간에—둘은 함께 캐나다의 어촌으로 도망가고 나는 아빠랑 마저리와 함께 살라고 남겨둘 것이다—프랭크에게 엄마를 해칠 마음이 조금이라도 있다고는 절대 생각하지 않았다. 그가 뭐라고 말하건, 그건 우리집에서 그가 발각될 경우에 엄마와 내가 곤란한 일에 말려들지 않게 하기 위한 것이었다.

말하지 않을게요, 나는 프랭크가 탈주중인 비정한 죄수의 역할을 하듯 겁에 질린 아들이라는 내 역할에 충실하게 대답했다.

레이버 데이 연휴 일요일 오후의 홀턴밀스 도서관은 붐비지 않았다. 그날 도서관이 문을 연 이유는 책 판매가 있기 때문이었다. 수익금 전액을 새 커튼이나 그와 비슷한 물품을 구입하는 데 사용할 예정이었다. 도서관 앞 잔디밭에서는 여자들이 레모네이드와 오트밀 쿠키를 팔고, 광대가 풍선 인형을 만들어주고 있었다. 그 옆으로 도기 냄비에 하는 거창한 요리들의 조리법 책이나 도니 오즈먼드의 자서전 같은 옛날 책을 팔려고 내놓은 상자들이 있었다. 사람들이 서성거리며 날씨가 덥다느니 하는 대화를 나누고 각자 시원하게 지내려고 어떤 방법을 쓰고 있는지 의견을 교환하는 활기차고 즐거운 분위기였다. 물론 나와 의견을 나누는 사람은 없었다. 내게서는 메시지—저리 가—를 전송하는, 인간의 귀로 듣기에는 너무 높은 음파가 발산되는 것 같았다. 쿠키를 씹으며 낡은 『정보 연감』과 『제인 폰다 운동법』(세 부가 눈에 띄었다) 더미를 훑어보는, 이 모든 행복하고 활기 넘치는 사람들은 물론 우리집에서 무슨 일이 벌어지고 있는지 알 리 없을 테고, 나한테서는 아마도 풍선 인형이나 해변 독서 따위에는 관심 없다는 인상이 풍겼을 것이다. 사실 그랬다.

계단을 올라 건물 안으로 들어가면서, 그날 온 마을에서 야외 파티를 하며 프리스비를 던지고 놀거나 감자샐러드에 넣을 감자를 썰거나 수영장에서 물장구를 치고 있지 않은 사람은 나 하나밖에 없을 거라고 생각했다. 레모네이드 한 잔을 즐기고 애거서 크리스티의 책 묶음을 찾기 위해 이곳에 잠깐 들를 수는 있다. 하지만 어떤 루저가 학교가 시작되기 전 마지막 주말에 도서관에서 프린스에드워드 섬에 대한 정보나 뒤지고 있겠는가?

나 말고 딱 한 사람밖에 없었다. 그녀는 열람실에 앉아 있었는데, 나는 백과사전에서 정보를 베껴 쓸 공책을 가지고 거기로 갔다—뭔가를 찾으려면 아직도 백과사전을 이용하던 시절이었다. 그녀는 내가 여기에서 시간을 보낼 때면 종종 앉아 있던 가죽 의자 중 하나에 앉아 있었다. 명상을 하듯 가부좌를 틀고 앉아 있었지만 앞에 책이 한 권 있었다. 안경을 썼고 머리를 땋아내렸다. 반바지를 입어서 다리가 훤히 드러나 얼마나 말랐는지가 더 두드러지게 보였다.

내 나이 또래로 보였지만 아는 아이는 아니었다. 평소 같으면 너무 수줍어서 아무 말도 못했을 텐데, 지난 며칠 동안 프랭크와 함께 있어서 그랬는지—창문으로 뛰어내리는 그의 모습이며 그가 그후로 했던 여러 다른 미친 짓들에 영향을 받기도 했고 세상이 이렇게 미쳐 돌아가는데 나도 한몫 끼면 어떠냐 싶기도 해서—그 여자아이에게 이 근처 학교에 다니느냐고 물었다.

원래는 아니고 이제 막 이사 왔어, 그애가 대답했다. 올해는 아빠랑 한번 살아보려고. 내가 거식증이 있어서 새로운 학교로 옮기면 도움이 될 거라는 게 겉으로 내세우는 이유지만, 실은 우리 엄마가 그저 나를 떼어버리고 싶었던 것 같아. 그래서 엄마는 거치적거리는 나 없이 남자친구랑 노닥거릴 수 있게 되었지.

무슨 말인지 알겠어, 내가 대답했다. 우리 엄마와 프랭크가 사귀는 데 대해 내 기분이 어떤지 누군가와 이야기할 수 있게 되리라고는 상상도 못했었는데, 이 아이는 이해할 것 같았다. 그녀는 여기에 아는 사람이 아무도 없고, 나는 그애의 생김새가 마음에 들었다. 예쁘다고까지는 할 수 없어도, 옷이며 남자친구 사귀는 일 말고는 관심사가 없는 많은 여자아이들이 관심 갖지 않는 것들에도 마음 써줄 듯한 외모였다.

나는 그애에게 뭘 읽고 있느냐고 물었다. 내 법적 권리에 대해 조사하고 있어. 아동심리학에 대해서도. 그애가 대답했다.

그녀는 자기가 최근에 겪고 있는 상황을 부모에게 피력하기 위해 청소년기의 트라우마에 대해 조사하고 있었다.

그녀의 이름은 엘리너였다. 보통은 시카고에서 살았다. 지금까지는 여기에 방학 때만 이따금 와보았을 뿐이었다. 곧 8학년이 될 예정이었다. 원래 그애는, 주로 연극에 초점을 맞추고 스포츠를 좋아하는 아이는 아무도 없으며, 입고 싶은 옷을 입을 수 있고 심지어 코걸이도 문제없고 선생들이 간섭하지 않는 진짜 멋진 사립학교에 들어가기로 되어 있었다. 그러나 마지막 순간에 갈 수가 없게 되었다.

바보 같은 우리 부모님이 돈이 없다고 해버렸어. 그래서 홀턴밀스 중학교랑은 바이바이하게 된 거지. 그녀가 말했다.

난 7학년으로 올라가. 내 이름은 헨리야. 내가 인사했다.

나는 캐나다 동부 해안 지방에 관한 책들을 찾아냈다—보통은 그냥 해안 지방이라고만 불렀다. 책들을 엘리너 맞은편의 다른 가죽 의자 옆 바닥에 놓았다.

넌 무슨 보고서라도 쓰니? 그애가 물었다.

비슷해. 우리 엄마를 위한 거야. 캐나다가 이사해 가서 살 만한 곳인지 궁금해하셔서.

엘리너에게는 뭔가 거짓말을 할 수 없게 만드는 분위기가 있었다. 우리 엄마랑 남자친구, 내가 덧붙였다. 남자친구라는 말을 써본 것은 처음이었다. 어쨌든 우리 엄마랑 관련지어서는 써본 적이 없었다. 그렇게 말해도 해될 건 없을 것 같았다. 누군가에게 남자친구가 있다 해서 그가 꼭 탈옥한 죄수라는 법은 없으니까.

넌 기분이 어때? 그애가 물었다. 네 친구들과 헤어진다면. 내가 여기 오면서 그렇게 해야만 했기 때문에 묻는 거야. 솔직히 난 이건 아동 학대라고 봐. 내가 그렇게 어리지는 않지만 법적인 관점에서, 심리적 영향은 일단 제쳐두고서라도 말이야. 전문가들은 특히나 사춘기에는 자기랑 공통점이 있을 수도 있고 전혀 없을 수도 있는 새로운 사람들과 새로운 유대 관계를 형성해야만 하는 상황은 결코 바람직하지 못하다고 말할 거야. 기분 나쁘게 듣지 말았으면 좋겠는데, 특히 재즈 클럽과 미술관 등이 있는 국제적인 대도시에서 살던 사람이 갑자기 즐길 거리라고는 볼링과 편자 던지기 놀이뿐인 곳으로 왔다면 더 말할 것도 없지. 이 마을에 대해서 전에 살던 도시의 친구들에게 말하면 애들이 다 믿질 못한다니까. 너도 그렇다는 말은 아니고, 어디까지나 일반적인 인상이 그렇다는 거야.

내 경우에 어떤 기분일지 말해주고 싶지는 않았다. 나는 친구가 아예 없었다. 내가 떠난다 해서 힘들어할 애는 아무도 없을 것이다. 학생식당에서 아무도 같은 식탁에 앉고 싶어하지 않는 루저들만의 식탁에 모이는 왕따들 몇 명이나 그럴까. 거기는 시베리아였다.

내 경우에 문제는 떠나는 것이 아니라고 말해주었다. 뒤에 남겨지는 것이다. 어쩌면 엄마들 사이에서 유행이 도는 건지도 모르겠다고 했다. 우리 엄마도 나를 떼어버리려고 하는 것 같으니. 엄마와 남자친구는 나를 아빠와 계모 마저리, 내 또래고 아마도 아빠가 제일 예뻐하는 자식인 계모의 아들, 그들이 시켜서 안아주면 매번 나한테 토하는 아기에게 떠맡기려는 것 같다고.

우리 엄마가 그런 짓을 할 거라고는 꿈에도 생각 못해봤는데 말이지, 내가 말했다.

섹스 때문이야, 엘리너가 말했다. 서로 섹스를 하면 뇌에 영향을 미친대. 평소처럼 상황을 보지 못하게 된다는 거지.

이 대목에서 우리 엄마는 프랭크와 섹스를 하기 이전부터 대다수 사람들이 정상적이라고 생각하는 것과는 다른 식으로 상황을 보았다고 말할 수도 있었을 것이다. 엘리너는 본인이 섹스를 해본 경험이 있어서 섹스의 영향에 대해 아는 건지, 아니면 책에서 읽어서 아는 건지 궁금했다. 아직 섹스를 경험해봤을 것 같지는 않았지만, 나보다는 뭔가 훨씬 많이 아는 듯한 분위기를 풍겼다. 만약 개인적 경험으로 하는 말이라면, 나는 내 침대에서 밤에 혼자 해본 것 말고는 경험이 전무하다는 사실을 털어놓고 싶지 않았다. 최근 행동이 내 뇌에 어떤 영향을 미쳤을지 생각해보건대 그애의 이론이 맞다 하더라도. 나는 요즘 거의 내내 섹스 생각뿐이었다. 엄마와 프랭크 사이에서 진행되는 일에 대해 생각할 때만 예외였지만, 그것도 섹스와 관련이 있었다.

마약을 하는 것과 같지, 내가 말했다. 텔레비전에서 본 광고를 떠올렸다. 광고는 레인지 위의 프라이팬으로 시작되었다. 그다음에는 계란을 든 두 손이 보인다.

이것이 당신의 뇌입니다, 목소리가 말한다.

손이 계란을 깬다. 계란이 팬 위에 떨어진다. 흰자와 노른자가 지글지글 익으며 색이 변해가는 것이 보인다.

이것이 마약을 한 당신의 뇌입니다.

엘리너는 미성년자로서(그녀는 열네 살이었다) 부모를 고소할 수 있는지 조사하는 중이었다. 변호사를 고용하는 방법도 생각중이었지만 우선 기초적인 내용을 공부하고 싶어했다.

그녀가 말했다. 내가 가려고 했던 사립학교에 편지를 썼어. 그래도 나를 받아주면 안 되겠느냐고, 그러면 학비 대신으로 화장실 청소든 뭐든 다 하겠다고 말이야. 하지만 아직까지 답장을 받지 못했어.

나는 그애에게 수요일에 학교가 시작될 예정인데, 그날 은행이 문을 열자마자 엄마랑 남자친구는 돈을 몽땅 빼서 같이 북쪽으로 떠날 것 같다고 말해주었다. 어쩌면 엄마는 지금 짐을 싸고 있을지도 모른다. 그래서 나를 집밖으로 내보낸 것인지도 모른다. 아니면 섹스를 하거나.

네 엄마는 항상 수많은 남자들이랑 사귀니? 엘리너가 물었다. 술집을 돌아다니고 애인 구한다는 광고 따위를 보고 연락하고 그래?

우리 엄마는 아냐, 내가 대답했다. 우리 엄마는 어떤 타입이냐면…… 나는 말을 멈추었다. 사실 엄마는 어떤 말로든 설명이 가능한 타입의 사람이 아니었다. 엄마는 그저 엄마일 뿐, 세상 그 누구와도 같지 않았다. 우리 엄마는…… 나는 다시 말을 시작했다. 그럴 줄은 예상하지 못했는데, 말 중간에 목소리가 갈라지기 시작했다. 나는 헛기침을 하는 척하려 했지만, 엘리너도 확실히 내가 동요하고 있다는 것을 눈치챘을 것이다.

넌 엄마를 나쁘게 말하지도 못하는구나, 그녀가 말했다. 남자친구가 엄마한테 주문을 건 거나 마찬가지야. 최면을 걸었다고 해도 좋을걸. 그런 남자들은 줄에 매단 낡은 시계 대신 페니스를 쓴다 뿐이지.

그녀가 페니스라고 말했을 때 나는 애써 태연한 척했다. 그런 말을 입 밖에 내는 여자애는 처음 봤다. 물론 우리 엄마도 그랬지만. 두어 해 전 여름에 내 허벅지와 다리에 온통 옻이 올랐을 때, 엄마는 내 페니스에도 옻이 올랐는지 물었다. 몇 해 전 여름에 화강암 말뚝을 슈퍼맨처럼 뛰어넘으려고 시도했을 때—하지만 실패했다—엄마는 사타구니를 움켜쥐고 신음하는 내 곁에 와 무릎을 꿇더니 페니스를 한번 보자고 했다.

응급실에 가야 할지 봐야겠어, 엄마의 말이었다. 네 페니스 기능이 위험해지거나 고환에 문제가 생기면 큰일이니까.

엄마한테서야 익숙했다. 그러나 엘리너가 그것—내 입으로는 죽어도 말할 수 없는 내 몸의 일부—에 대해 말하는 것을 들으니 더 이상하고 은밀하게 느껴졌다. 그애가 그 말을 한 순간부터 이제 우리는 무슨 얘기든 할 수 있는 사이가 된 것 같았다. 금단의 영역으로 들어선 것이다.

엄마 방이 내 방이랑 붙어 있거든, 내가 말했다. 밤에는 둘이 내는 소리가 다 들려. 그 짓 하는 소리도. 엄마랑…… 프레드.

그렇게 불러야 할 것 같았다. 그의 정체를 보호해주기 위해서.

그러니까, 그는 섹스 중독자로구나. 그녀가 말했다. 아니면 선수든가. 둘 다일 수도 있고.

그래도 그 말은 사실이 아니라는 걸 알고 있었다. 나는 프랭크를 좋아했다. 사실 그게 문제였지만 그 부분은 얘기하기가 좀 그랬다. 그가 너무 좋아서 함께 도망가고 싶었다. 너무 좋아서 그가 우리 가족이 되는 꿈을 꾸기도 했다. 그가 우리집에서 엄마랑 나랑 함께 보낸 행복했던 지난 며칠간, 그가 차고앉게 될 자리가 바로 내 자리라는 사실을 미처 깨닫지 못했다.

너 오이디푸스콤플렉스나 뭐 그런 거 아니니? 그녀가 물었다. 너희 엄마랑 결혼하고 싶다든가. 가끔 보면 남자애들이 그런 경우가 있잖아. 대개는 네 나이쯤 되면 극복하기 마련이지만.

난 보통 여자애들이 좋아, 내가 말했다. 내 또래거나 아님 조금 연상이어도 좋지만 많이 차이 나는 건 싫어.

내가 자기 얘기를 하고 있는 줄 안다면 그걸로 됐다.

난 우리 엄마를 엄마로서 좋아하는 거야, 내가 말했다.

그런 경우라면 간섭이라고 생각할 수도 있어, 엘리너가 말했다. 우리 엄마가 나한테 한 짓이 바로 그거야. 내가 보기에는 거꾸로 그들이 간섭을 받아야 하지만. 간섭이 필요한 사람은 엄마랑 맛이 간 그 남자친구라고. 하지만 심리학적인 관점에서 보자면 아주 효과적인 방법이지.

만약 그 사람이 네 엄마한테 주문 비슷한 걸 건 상황이라면, 엄마가 정신을 차리게 해줄 필요가 있어. 한때 진짜 인기 있었던 사이비 종교에 빠진 사람들한테 그렇게 하잖아. 옛날에 패티 허스트라고 〈댈러스〉에 나오는 사람들 같은 부잣집 여자애가 있었는데, 유괴된 거야. 정치적 과격파이면서 또 엄청나게 매력적이었던 강도들이 그애한테 은행을 털게 시켰지.

우리 둘 중 하나는 태어나기 전의 일이야, 엘리너가 말했다. 우리 엄마가 얘기해줬어. 그애를 유괴한 남자는 카리스마랄까 그런 게 있어서 애를 확 홀려가지고 군복을 입고 기관총까지 들게 만들었다는 거야. 그애 부모님이 마침내 그애를 집으로 도로 데려왔는데, 예전의 딸로 되돌리려고 별의별 정신과 의사들한테 다 보내야 했대. 나쁜 사람들이 누구고 좋은 사람들이 누군지 알아내는 게 헷갈릴 때도 있어. 아니면 진짜로 좋은 사람은 아무도 없고, 그래서 패티 허스트가 은행 강도 패거리랑 어울리게 됐을 수도 있지. 그애는 이미 너무 문제가 많아서 정신적으로 약해졌다는 거야.

우리 엄마한테 들어맞는 얘기다.

프랭크는 섹스의 힘으로 엄마를 세뇌했다.

만약 진짜 그런 경우라면, 어떻게 엄마를 다시 되돌려놓을 수 있을까? 내가 물었다(정상이라고 말하지는 않았다. 그저 엄마의 예전 상태면 된다).

섹스는 너무 강력해, 엘리너가 말했다. 지금으로서는 네가 무슨 짓을 해도 그 힘을 무효로 돌리지는 못할 거야.

다시 말해서 가망이 없다는 얘기다. 엄마는 가망이 없었다. 나는 발치에 쌓인 책을 바라보았다. 그중 펼쳐진 한 권에 프린스에드워드 섬의 언덕배기 사진이 있었다. 완만하게 경사진 들판에 뒤로는 바다가 펼쳐져 있었다. 엘리너는 책을 보더니 『빨간 머리 앤』에 나오는 소녀가 거기 살았다고 말했지만, 그건 전혀 다른 이야기였다. 프랭크가 엄마를 거기로 데려가면 엄마는 절대 다시 돌아오지 않을 것이다.

혹시나 네 부모님이 이혼하시는 바람에 네가 완전히 성격 파탄이 되지 않았다면 말인데, 그 남자친구의 일이 너한테 심각한 신경증을 남길 수도 있어. 엘리너가 말했다. 너를 위해서 네가 나중에 돈을 많이 벌게 되기를 바라. 그래야 필요한 치료라도 받지.

그녀는 말하면서 땋은 머리를 잘근잘근 씹었다. 그게 그애에게는 음식 대신일지도 모르겠다는 생각이 퍼뜩 들었다. 그녀는 이제 가죽 의자에서 일어나 열람실 안 내 앞에 서 있었다. 그래서 상상했던 것보다 훨씬 더 깡마른 모습을 볼 수 있었다. 안경을 벗어서 눈 밑의 다크서클도 드러났다. 정말 나이들어 보이기도 하고 어린 소녀처럼 보이기도 했다.

너한테 딱 한 가지 희망이 있어, 그애가 말했다. 그를 죽이라거나 뭐 그런 얘기는 아니야. 하지만 그를 너의 세계에서 몰아낼 방법을 찾아야 해.

그게 될지 모르겠어, 내가 말했다.

이런 식으로 봐봐, 행크. 그녀가 말했다. (행크? 어디서 그런 말을 들었는지 알 수가 없었다.) 네가 그를 없애버리든가. 아니면 그가 너를 없애든가. 어느 쪽이 될 것 같아?

*

집으로 돌아오니 프랭크와 엄마는 덧창에 페인트칠을 할 준비를 하고 있었다. 영원히 이 나라를 떠나려는 사람들에게 어울리지 않는 행동이었지만, 어쩌면 엄마는 프린스에드워드 섬에 농장을 살 돈을 마련하기 위해 우리집을 팔 생각인지도 모른다. 엄마가 은행에 넣어둔 돈으로 충분치 않을 경우를 대비해서. 엄마는 우리집이 근사해 보이기를 바라는 것이다.

안녕, 얘야. 마침 딱 맞게 돌아왔구나. 프랭크가 말했다. 이거 긁어내는 것 좀 도와줄래?

엄마는 그의 옆에 서 있었다. 우리한테 정원이 있던 시절에 정원에서 일할 때면 늘 입던 작업복 차림에 머리는 끈으로 묶었다. 두 사람은 모든 덧창을 떼어내고 페인트 긁개와 사포를 들고 있었다.

어떻게 생각하니? 엄마가 물었다. 이 페인트를 칠한 지 이 년은 됐어. 프랭크가 우리 모두 달라붙으면 셋이서 후딱 해치울 수 있을 거래.

나는 두 사람과 함께 페인트칠을 하고 싶었다. 재미있을 것 같았다. 엄마가 라디오를 밖에 갖다놓았다. 라디오에서는 레이버데이 주말의 히트곡 순위 프로그램이 방송되었다. 올리비아 뉴턴존이 여름철 사랑을 노래한 뮤지컬 〈그리스〉의 곡이 나오고 있었다. 엄마는 마이크를 쥐듯 긁개를 잡고 올리비아 뉴턴존 흉내를 냈다.

전 바빠요, 내가 말했다.

상심한 표정이 엄마 얼굴에 떠올랐다.

우리가 다 같이 하면 재미있을 거라고 생각했는데, 엄마가 말했다. 도서관에서 알아 온 것들을 우리한테 얘기해줄 수도 있을 테고.

나는 엄마가 세뇌당했다는 것을 알게 됐다. 섹스의 영향 아래 놓인 엄마의 머릿속을 들여다볼 수 있다면, 계란 프라이랑 비슷한 모습일 것이다. 내가 프랭크를 제거하지 않으면 엄마에게 희망은 없다. 그런 얘기를 하지는 않았지만 속으로 생각하고 있었다.

프랭크가 내 어깨에 손을 올렸다. 우리가 처음 만난 날에도 그가 그랬던 기억이 났다—내 도움이 필요하다면서. 그의 눈을 들여다보고 나는 그를 믿을 수 있겠다고 생각했었다.

네가 엄마를 도와드려야 할 것 같은데, 얘야. 그가 말했다.

화를 내지는 않았지만 전에는 들어보지 못한 단호한 목소리였다. 바로 이거였구나, 엘리너가 경고한 것이었다. 그가 대장 노릇을 하는 것이다. 이제 나는 뒷좌석에 앉게 되었다. 머지않아 차에 내 자리가 아예 없어질 것이다.

아저씨가 내 보스는 아니잖아요. 아빠도 아니고. 내가 대꾸했다.

그가 마치 뜨거운 금속을 만진 것처럼 손을 거두었다. 또는 드라이아이스라든가.

괜찮아요, 프랭크. 엄마가 말했다. 우리끼리 해도 돼요. 우리 둘이면 충분해요.

나는 안으로 들어가 텔레비전을 크게 켜놓았다. US 오픈 테니스 경기가 진행중이었지만 누가 이기든 관심 없었다. 다음 채널로 돌리자 야구였다. 그다음엔 허벅지 살을 빼고 싶은 여성들을 위한 해설식 광고. 엄마와 프랭크가 내가 그 광고를 보는 소리를 듣는 것도 개의치 않았다—내 방 벽 너머로 내가 그들의 소리를 듣건 말건 그들도 상관 않는 것처럼. 샌드위치를 다 먹고 나서도 평소처럼 식기세척기에 넣지 않고 접시와 빈 유리잔을 식탁 위에 그대로 두었다.

조를 살펴보러 갔더니 여전히 우리 바닥에 드러누워 더위에 숨을 할딱이고 있었다. 스프레이 병을 가져와서 헹궈낸 다음, 좀 시원해지도록 털에 물을 뿌려주고 나한테도 좀 뿌렸다.

소파에 길게 누워 광고 방송을 틀어놓고 집에 가져온 책 『신비로운 해안 지방—꿈의 땅』을 뒤적였다. 신문을 집어들고 머리기사를 살펴보았다. 현상금이 제시되었다. 1만 달러였다.

엘리너가 그랬다. 그를 없애버려. 너의 세계에서 내쫓으라고.

비포장도로용 오토바이를 생각했다. 비디오카메라. 페인트볼 총.

디즈니월드에서 아빠랑 마저리랑 집으로 돌아오는 비행기에서 봤던 카탈로그를 떠올렸다. 호버보드, 가정용 팝콘 기계, 전 세계 도시들의 시간을 보여주는 시계, 욕조를 월풀로 바꿔주는 기계, 태양전지로 작동하는 등, 바위처럼 생겼는데 실제로는 유리섬유로 만든, 이웃과의 야외 파티를 위한 스테레오 스피커 한 쌍 등 이 세상에 있는 줄도 몰랐던 온갖 신기한 물건들이 가득했었다. 1만 달러면 재미없는 것들 빼고 그 카탈로그에 있는 물건들을 하나도 빠짐없이 살 수 있을 것이다.

프랭크가 잡혀가고 나면 엄마는 슬퍼하겠지만 이겨낼 것이고, 결국은 내가 그런 짓을 한 게 다 엄마를 위해서였다는 사실을 알게 될 것이다.

14장

왜 너한테는 형제가 없는지 궁금할지도 모르겠구나, 언젠가 엄마가 말했다. 함께 식사를 하던 중이었는데, 엄마는 냉동식품으로 차린 저녁을 먹으면서 얘깃거리들을 꺼내기 좋아했다. 나는 그때 아홉 살쯤이었는데, 왜 형제가 없는지 한 번도 궁금했던 적은 없었지만 어쨌거나 그때에도 엄마가 그 주제를 나와 함께 이야기하고 싶어한다는 것을 이해하고 고개를 끄덕였다.

난 늘 아이를 적어도 둘은 가질 계획이었단다. 많으면 더 좋고. 너를 낳은 것이 춤추는 것 말고 내가 맨 처음으로 한 일이었어. 내가 무엇을 하고 있는지 정말로 안다고 느끼는 한에서.

네가 태어나고 반년 후 생리가 끊겼단다, 엄마가 말했다.

그 나이 또래에는 엄마가 그런 식으로 얘기를 풀어나가면 무슨 소리를 하는 건지 알아듣지 못할 아이들도 있을 것이다. 하지만 나는 엄마랑 같이 산 지 제법 되었으니 알 건 다 알았다. 그 이상까지도.

난 생리를 처음 시작한 날부터 늘 주기가 일정했거든, 엄마가 말했다. 그래서 즉시 그게 무슨 의미인지 알았지. 의사한테 확인해볼 필요도 없었어.

하지만 네 아빠는 그렇게 빨리 아기가 또 태어나는 건 원하지 않았어. 돈도 넉넉지 않다고 했지. 하여간 자기한테도 관심을 쏟아주었으면 좋겠는데 내가 너를 돌보느라 많은 시간을 보내는 게 싫었던 거야. 네 아빠는 나한테 아기를 지우자고 설득했단다. 난 죽어도 그럴 마음이 없었어. 아무리 찾아온 때가 좋지 않다 해도 나에게는 어느 아기든 선물이었어. 그때 네 아빠에게 신처럼 행동하는 것은 위험한 일이라고 말했단다. 완벽한 때가 오기를 기다린다니. 그런 때는 결코 오지 않아.

네 아빠는 나를 병원에 데려갔단다. 나 혼자 작은 방에 들어가 있는 동안 네 아빠는 밖에 앉아 있었어. 난 종이 가운을 입고 진찰대 위로 올라가 등자에 다리를 올려놓았지. 말에 매다는 그런 등자는 아니야, 헨리.

기계를 켜자 발전기나 아주 큰 음식 찌꺼기 처리기처럼 소음이 들리기 시작했다. 엄마는 거기 누워 기계가 계속 돌아가는 동안 귀를 기울이고 있었다. 간호사가 뭐라고 말했지만 기계 소리가 너무 커서 엄마는 듣지 못했다. 다 끝나자 그들은 엄마를 다른 병실의 침대에서 두어 시간 쉬게 했다. 그 옆에는 역시 그날 아침 낙태수술을 받은 여자들 몇 명이 있었다. 엄마가 나오자 아빠가 거기 있었다. 하지만 아빠는 중간에 뭘 좀 사러 자리를 떴었다고 했다. 차를 타고 집으로 오면서 엄마는 울지는 않았고 내내 창밖만 바라보았다. 아빠가 드디어 엄마에게 좀 어떠냐고 물었지만 엄마는 아무 말도 할 수가 없었다.

낙태를 한 그 순간부터 나는 오직 다시 임신해서 이번에는 꼭 아기를 낳아야겠다는 생각뿐이었어, 엄마가 나에게 말했다. 무슨 말인지 알겠니?

몰랐지만 고개를 끄덕였다. 아기를 낳지 않으려고 그렇게 별짓을 다 하다가 그다음에는 또 아기를 낳고 싶어하다니 이해가 되지 않았다. 아빠가 나에게 엄마가 미쳤다고 생각하느냐고 물었던 것이 이런 의미였을지도 모른다.

하지만 결국 아빠도 동의했다. 하도 바가지를 긁어대서 어쩔 수가 없군, 아빠의 말이었다. 그리고 한동안 엄마는 무척 행복했다. 그 당시 나는 두 살밖에 안 되었고, 그래서 엄마는 여전히 나를 돌보느라 매우 바빴다. 하지만 엄마는 여자들이 입덧이며 가슴 통증, 또는 늘 피곤한 기분에 대해 불평하는 것을 알면서도 임신에 관한 한 모든 것이 다 마음에 쏙 들었다.

임신 초기 삼 개월이 끝나갈 무렵—태아가 리마콩 크기 정도가 되었을 때(엄마는 날마다 『생명의 첫 십 개월』이라는 책을 읽어서 알고 있었다)—전에 없이 배가 뭉치는 기분을 느끼며 잠에서 깨어나니 시트에 피가 흥건했다. 오후 한나절까지 생리대 세 개를 썼지만 그래도 피는 계속 흘러나왔다.

생리대 세 개면 많은 거야, 헨리. 엄마가 말했다. 나는 생리대가 뭔지도 몰랐지만 고개를 끄덕였다.

엄마의 주치의는 엄마를 검사하더니 유산이 드문 일은 아니며 다음번에도 문제가 생기리라 예상할 이유는 전혀 없다고 말했다. 엄마는 젊었다. 엄마의 몸은 건강해 보였다. 곧 다시 시도해 볼 수 있을 것이다.

몇 달 후 엄마는 다시 임신을 했지만 이번에는 좀더 기다렸다가 임부복을 입기로 마음먹었다. 그래도 몇몇 친구에게는 알렸다(엄마한테도 친구가 있던 시절이었다). 나는 전혀 기억이 없지만 엄마는 그 얘기도 해주었다. 그때 나는 세 살이 채 안 되었을 것이다.

임신 삼 개월이 다 끝나갈 무렵 또 하혈을 했다. 변기에 앉아 있는데—엄마 생각에는 소변이었다—몸에서 뭔가가 빠져나갔다는 느낌이 들었다. 변기 속을 들여다보니 피떡 같은 것이 있었고 엄마는 자신이 더는 임신한 상태가 아니라는 것을 알았다. 그럴 때는 어떡해야 할까? 변기 물을 내리나?

그 자리에 잠시 서 있다가 엄마는 무릎을 꿇고 손을 오므려 물을 떠냈다. 엄마는 그 피떡을 마당으로 가지고 갔고, 손가락으로 구멍을 파려 했지만, 겉흙이 없어서 표면을 긁어내는 것도 힘들었다.

네 남동생이나 여동생이었을 거야, 엄마가 말했다.

나는 아빠와 마저리가 사는 집 뒷마당에 그것이 묻혀 있다는 사실을 알게 되었다. 여전히 하마터면 변기 물을 그냥 내릴 뻔했다는 생각을 하고 있었지만.

머지않아 세번째로 다시 임신을 했을 때, 엄마는 더는 만사가 잘되리라 기대하지 않았고, 과연 그랬다. 이번에는 더 일찍 유산했다. 두 달도 되기 전에. 입덧조차 해보지 못했고, 그것은 최초의 나쁜 징조였다.

그때 하느님이 나를 벌하시고 있다는 것을 알았어, 엄마가 말했다. 우리는 너와 함께 멋진 선물을 받았어. 네가 태어나고 반년 후에 온 멋진 선물이었어. 그런데 부모가 될 때를 마음대로 고를 수 있다고 생각한 우리의 어리석음 때문에—마치 우리가 언제 춤을 추러 갈지 선택했던 것처럼—이제 다시는 우리에게 기회가 없을 거라는 걸 알았단다.

하지만 네번째 시도는 훨씬 더 희망적이었다. 속이 매슥거리니까 너무 좋았어, 엄마가 말했다. 그러더니 정상적인 경과대로 육 주가 지나자마자 가슴이 커지는 거야. 하늘을 둥둥 떠다니는 기분이 들더라.

그때 같이 병원에 갔던 거 기억 안 나니? 엄마가 물었다. 의사 선생님이 너한테 초음파 보여줬었잖아. 내가 그랬지. 봐, 저기 네 자그마한 남동생 있지? 작기는 했지만 페니스가 보이는 것 같았거든.

아뇨, 내가 대답했다. 전 기억 안 나요. 기억할 게 너무 많아서 때로는 잊어버리는 게 최선이었다.

처음 초음파검사를 했을 때 의사는 아무 이상 없어 보인다고 했고, 엄마는 의사에게 확실히 하기 위해 다시 좀 봐달라고 부탁했다. 몇 주가 지나고 배에 뭔가 이상한 느낌이 와서 처음에는 또 예전과 똑같은 일이 되풀이되려나보다 했지만, 아니라는 것을 깨달았다. 이번에는 달랐다. 엄마는 배에 손을 얹고 수면 아래 깊은 물속에서 물고기가 지나가는 듯한 기묘하고 황홀한 작은 파동을 느꼈다. 엄마가 내 손을 자기 배에 올려놓아주어서 나도 역시 느낄 수 있었다. 내 아기 남동생이 헤엄을 치고 있었다.

엄마는 그저 몹시 행복했다. 한동안은 힘들었어. 엄마는 내 침대에 함께 누워 『호기심 많은 조지』를 읽어주면서 내게 설명했었다.

하지만 이젠 다 끝났어. 이번에는 다 괜찮을 거야. 전에는 아이를 갖는 일이 아무것도 아닌 줄 알았지. 앞으로 무슨 일이 있건 감사히 여길 거야.

그러고는 엄마의 진통이 시작되었다. 아주 오래 전에 꾸려둔 여행 가방을 차에 실었다—오래전, 엄마가 처음 유산하기 전이었다. 엄마의 진통은 길었지만 모니터에는 아기의 건강한 심장 박동이 표시되었다. 무시무시한 그 최후의 순간이 올 때까지는 그랬다. 갑자기 사람들이 엄마를 수술실로 실어 가고 아빠를 내보냈다. 그러더니 엄마의 배를 갈라서 열었다.

아홉 살에 이런 이야기를 들으면서 엄마에게 그런 일이 벌어질 동안 나는 어디에 있었느냐고 물어보았다. 내 친구가 너를 돌봐주고 있었어. 에벌린 말고. 엄마가 말했다. 그때는 에벌린을 알기 전이었단다. 그 시절에는 엄마도 평범한 사람들을 친구로 두었다.

다 끝났을 때 엄마는 그날 그 방에서 일어났던 일을 거의 기억하지 못했다. 딸이라는 말을 들은 것만 빼고. 뭐니 뭐니 해도 아들이 아니었다. 딸이었다. 하지만 그 소식을 전하는 사람들의 목소리가 뭔가 이상했다. 기쁜 목소리여야 하는데. 순간 엄마는 문제가 생긴 것이 틀림없다고 생각했다. 간호사는 아들이 아니라고 엄마가 실망할 줄 알았을 수도 있다. 그러나 엄마는 간호사의 얼굴을 보고 그 말을 듣기 전부터 알고 있었다. 뭔가 다른 것이었다.

우리 아기 보여줘요, 엄마가 소리쳤지만 아무도 대답하지 않았다. 커튼 너머에 엄마를 꿰매느라 말없이 바삐 움직이는 의사의 녹색 모자가 보였다. 그러고는 곧 긴 잠에 빠진 것으로 보아 엄마에게 뭔가 약을 준 것이 틀림없었다. 엄마는 아빠가 병실로 들어온 것은 기억했다. 중요한 건 당신이 무사하다는 거야, 아빠가 말했다. 하지만 그때도, 그후로도 오랫동안 그건 전혀 중요하게 느껴지지 않았다.

엄마가 깨어나자—바로는 아니지만 곧—그들은 엄마를 아기가 있는 방으로 데려갔다. 할머니의 이름을 따서 펀이라고 이름 지은 그 아기는 이미 한참 전에 죽어 있었다. 펀은 분홍색 플란넬 담요에 싸인 채 아기 침대에 보통 아기처럼 누워 있었다. 간호사가 아기에게 기저귀를 채워두었다—아이가 차본 유일한 기저귀였다.

간호사 한 명이 엄마의 품에 내 여동생을 안겨주었다. 아빠도 그 자리에, 엄마 옆의 의자에 앉아 있었다. 잠시 동안 방에는 그 둘뿐이었다—담요를 젖히고 조그맣고 파르스름한 몸을 자세히 들여다보기에 충분한 시간이었다. 엄마는 손가락으로 갈비뼈 하나하나를, 여러 달 내내 영양을 공급해주었던 탯줄이 방금 묶여 배꼽을 이룬 피부 매듭을 쓸어보았다—결국 그 탯줄이 치명적으로 한 번 꼬이는 바람에 산소 공급이 차단되면서 아기를 배신했다. 엄마는 펀의 손을 잡고 손톱을 들여다보며 누구의 손을 닮았을까 생각해보았다(아빠의 손 같았다. 나중에 피아노 레슨을 시켜야겠다는 생각이 들 법한, 아빠와 똑같은 긴 손가락이었다).

엄마는 펀의 다리를 폈다. 지난 두어 달 동안 엄마가 지켜보기 좋아했던, 가끔은 안에서 엄마의 배를 미는 발의 윤곽이 또렷이 튀어나와 보일 만큼 힘차게 발차기를 하던 다리라는 것이 거짓말 같았다(보렴, 헨리. 엄마가 나를 불렀었다. 내가 그 얘기도 했던가? 침대 담요 밑의 새끼 고양이처럼 엄마 배의 피부밑에서 움직이는, 내 남동생인 줄 알았던 사람을 내가 어떻게 지켜보았었는지).

엄마는 펀의 기저귀를 벗겨냈다. 지금이 단 한 번의 유일한 기회라는 것을 알고 있었으므로, 하나도 빼놓지 않고 다 보아야 했다.

조그맣게 분홍빛으로 갈라진 질이 있었다. 핏방울이 맺혀 있었는데, 의사가 나중에 갓 태어난 여자 아기들에게는 드물지 않은 일이라고 설명해주었다—엄마에게서 딸로 전달되는 호르몬 때문이었다—그것을 보았을 때 두 사람은 숨을 들이켰지만.

오랫동안 수없이 이 순간을 다시 떠올리게 되리라는 것을 알았기에, 엄마는 그 몇 분간 딸의 얼굴을 기억 속에 담아두었다. 이 아기를 지금처럼 다시 안아볼 수만 있다면 무엇이든 내놓을 것이다.

아기의 눈은 감겨 있었다. 속눈썹은 길고, 놀랄 만큼 새까맸다(파르스름한 빛이 도는 창백한 피부와 대비되어 훨씬 더 검어 보였다). 코는 어떤 아기들처럼 단추 같지 않고, 어른 코를 작게 줄여놓은 듯했다. 강하고 쪽 뻗은 콧등과 조그맣고 완벽한 모양을 갖춘 코였으나 두 개의 콧구멍에선 숨결이 나오지 않았다. 입은 꽃 같았다. 턱은 끝이 살짝 갈라졌는데 그것도 아빠를 닮았다. 턱선은 엄마 쪽을 닮은 듯했지만.

피부밑으로 턱과 작고 축 처진 목 사이를 가로지르는 파란 혈관이 하나 보였다. 엄마는 그 혈관을 따라 아기의 몸을 죽 짚어 내려갔다.

엄마가 말했다. 난 여행자에게 가야 할 길을 알려주는 강 안내인 같았어. 엄마의 손가락이 펀의 가슴을 죽 따라가다가 얇다 못해 거의 투명한 피부 바로 아래, 내내 엄마의 몸속에서 리듬을 느꼈던 작은 심장이 이제는 돌처럼 멎어버린 곳에 이를 때까지도 혈관은 여전히 보였다.

마치 너무 잘 아는 이야기라서, 말한다기보다는 암송하듯이 엄마는 그 모든 일을 나에게 설명했다. 엄마가 그 얘기를 들려준 사람은 나 하나뿐일 확률이 아주 높았지만.

잠시 후 간호사가 방으로 돌아와 엄마 품에서 펀을 데려갔다. 아빠는 휠체어를 밀고 다시 원래 있던 방으로 돌아갔다. 복도에서 두 사람은 갓난아기와 풍선 부케를 안고 엘리베이터 쪽으로 향하는 한 부부와 산만한 배 위로 병원 가운이 부풀어오른 여자 곁을 지나쳤다—진통 초기 단계였다. 바로 열여덟 시간 전의 엄마와 똑같이, 그 임신한 여자는 초기에 띄엄띄엄 이어지는 진통 사이의 시간을 때우려 복도를 걷고 있었다. 여자를 보고 있노라니 엄마 머릿속에 정신 나간 생각이 떠올랐다. 나에게 한 번만 더 기회를 줘. 다음번엔 잘할 거야. 임신한 여자를 보며 극도의 분노와 슬픔에 사로잡혀 숨을 쉴 수조차 없을 지경이 된 것은 그때가 처음이었지만 마지막은 아니었다. 이제 사방이 임산부 천지였다. 여느 때보다도 더 많이 보이는 것 같았다.

주차장을 가로질러 차로 가면서, 아빠는 엄마를 향해 불어오는 거센 바람을 막아주려는 듯 휠체어 위로 몸을 숙였다. 일단 집에 가면 나아질 거야, 아델. 아빠가 엄마에게 말했다.

엄마를 집—지금은 아빠가 마저리와, 나중에 그녀에게서 낳은 여자 아기와 살고 있는 집—으로 도로 데려왔을 때는, 아빠가 아기방을 다 치우고, 아기 옷과 일회용 기저귀(그중에는 삼 년 전에 산 것도 있었다)를 상자에 담아 꾸리고, 아기 침대를 해체한 뒤였다.

첫번째와 두번째 유산 후 부모님은 다시 시도해보자고 했다. 세번째 유산 이후에도—두려움에 사로잡혔지만—여전히 의사를 만나고 엄마의 생리 날짜와 가임 기간을 달력에 표시했다.

편을 묻고 난 후로는 더이상 수정이니 임신이니 아기에 관해 의논하지 않게 되었다.

친구들은 우리 부모님을 위로해주고 지역의 사교 모임에 초대하려 노력했지만, 엄마는 이웃과의 바비큐 파티며 학교 행사에 참석할 수 없게 되었다는 것을 알았다. 누군가는 늘 임신중이었다. 슈퍼마켓도 위험했다. 임부복, 아기용 식품, 편이 살아 있었으면 그 나이였을 쇼핑 카트에 탄 아기들, 편 이전에 가졌던 아이가 살아 있었으면 그 나이였을 아장아장 걷는 아기들, 마당에 묻은 아기가 살아 있었으면 그 나이였을 네 살짜리 아이들이 있었다. 눈 돌리는 곳마다 마치 전염병처럼 임산부와 아기들이 있었다.

곧 엄마는 안전한 곳은 어디에도 없다는 것을 알게 되었다. 아기와 태어날 아기가 어디에나 있었다. 창문만 열어도 아기 울음

소리를 들을 수 있었다. 한번은 침대에 누워 있는데 이웃집에서 들려오는 희미한 아기 울음소리에 잠을 깼다. 울음소리는 이내 그쳤다. 아기 엄마가 아기를 안아올려준 것이 틀림없었다. 아니면 아빠였든가. 하지만 그후로는 다시 잠들 수가 없었다. 엄마는 어둠 속에 누워 모든 일을 거듭해서 곱씹으면서 남은 밤을 하얗게 지새웠다. 낙태. 유산. 초음파. 엄마의 셔츠 밑에서 튀어나오던 발. 꼬인 탯줄. 핏방울. 엄마에게 건네진, 담뱃갑 크기밖에는 안 되었던 작은 유골함.

그날 아침 이후 엄마는 세상으로 나가기는 영영 틀렸다는 것을 깨달았다. 이제 남편과 잠자리를 하는 데에도, 죽은 아기들을 낳는 데에도 관심이 없어졌다. 춤조차 시들해졌다. 안전한 장소는 오직 집뿐이었다.

15장

엄마와 프랭크가 페인트칠을 마치고 들어온 것은 한나절 무렵이었다. 엄마는 욕조에 물을 채우고 있었다. 나는 아직 엄마한테 화가 난 상태였지만 큰 소리로 점심은 뭘 먹을 거냐고 물어보았다. 엄마가 아니라 프랭크가 거실로 들어왔다.

내가 뭐 먹을 것 좀 해줄까? 그가 물었다. 엄마는 좀 쉬시라고 하고. 너무 힘들게 일하셨으니까.

나는 생각했다. 그래, 그렇겠지. 밤에 당신들 둘 소리 다 들었다고. 엄마를 힘들게 한 게 누군데?

위층에서 물 흐르는 소리가 들렸다. 프랭크는 페인트가 묻은 셔츠를 벗은 상태였다. 상체에 아무것도 걸치지 않았다. 바지는 엉덩이께까지 느슨하게 내려와서 맹장을 떼어낸 자리의 붕대 윗

부분이 보일 정도였다. 그것만 아니라면 조각상 같은 모습이었다. 그는 나이들었지만 뼈마다 근육이 붙은 그런 가슴을 가지고 있었다. 그를 맨 처음 만났을 때도 그런 생각을 했지만, 그를 해골이나 테이블 위에 누워 해부된 모습으로 상상해볼 수 있을 정도였다. 그의 몸 모든 부분이 지방으로 덮이지 않고 근육과 뼈로 또렷하게 드러났다. 그렇다고 보디빌더나 슈퍼히어로 같은 존재처럼 보인 것은 아니었다. 생물학 책에서 '인간'이라는 표제가 붙은 페이지에 나오는 삽화처럼 보였다.

잠시 공 좀 던지면 어떨까, 그가 말했다. 난 이미 땀을 흘렸으니까 좀더 흘려도 괜찮을 것 같은데. 이제 더 오래 서 있어도 될 만큼 발목도 튼튼해진 느낌이고. 네 팔이 어떻게 움직이는지 좀 봐야겠다.

이건 어려웠다. 나는 내가 무시당해서 화가 났으며 당신이 엄마한테 무슨 수작을 부리는지 다 알고 있다는 티를 내고 싶었다. 하지만 그를 좋아하지 않을 수가 없었다. 또 지루하기도 했다. 이제 텔레비전에서는 제리 루이스가 무대 위 마이크 앞에 서서 자기 옆, 다리에 보조기를 차고 장애인용 보행기를 짚은 여자아이에게 어린아이 흉내를 내어 말을 걸고 있었다.

무슨 소리니, 친구야? 제리 루이스가 어린아이 목소리를 흉내 내어 물었다. 앤절라가 우리처럼 기회를 얻을 자격이 없다니? 네

수표책을 꺼내보렴.

나는 프랭크가 나와 함께 캐치볼을 해주었을 때 기뻤다. 그가 나를 하룻밤 사이에 운동 마니아로 바꿔놓으리라고까지 기대하지는 않았지만, 공을 주거니 받거니 하며 글러브에 탁 하고 떨어지는 소리를 들으면 기분이 좋아졌다. 거기에는 리듬이 있었다. 그가 나에게, 내가 그에게, 그가 나에게.

전에는 미처 몰랐지만 엄마가 우리에게 와 합류하면서 한 말인데, 캐치볼은 춤이랑 좀 비슷하다. 다른 사람을 잘 이해하고 그의 움직임에 온 신경을 쏟으며, 상대의 타이밍에 적응해야 한다. 파트너와 함께 플로어로 나가면 서로 아무 말을 하지 않더라도 온 세상에서 두 사람만이 완벽하게 소통하는 것처럼.

나에게 공을 던질 때 그는 엄마와 섹스를 하는 것, 엄마 목에 자국이 난 그 자리에 입맞추는 것, 위층 욕조에 엄마가 벌거벗고 누워 있는 모습이나, 엄마 침대에서 밤에 이루어지는 다른 어떤 일도 상상하지 않는다고 나는 생각했다. 우리가 캐치볼을 할 때 그는 캐치볼만 생각하고 있었다.

실제로 그러거나 아니면 그가 나한테까지도 최면을 걸고 있는 것이다. 어쩌면 그는 조만간 내가 아빠의 집에서 살게 될 그날을 위해 나를 준비시키고 있는지도 모른다. 아빠와 리처드는 내내 밖에서 캐치볼을 할 것이고, 나와 달리 리처드는 커브볼도 던질

줄 안다. 프랭크는 엄마와 함께 떠나버릴 미래를 위해 나를 준비시키고 있다.

별론데요, 난 지금 텔레비전 보고 있어요. 기금 모금 방송 말이에요. 내가 대답했다.

프랭크의 시선이 내 얼굴을 떠나지 않았다. 제리 루이스도 안중에 없었다. 그 방에는 그와 나뿐이었다.

있잖니, 내가 네 엄마를 훔쳐갈까봐 걱정이 된다면, 잊어버리렴. 엄마의 책에서 네가 최우선 순위가 아닐 날은 절대 오지 않을 거야. 난 그걸 바꾸려는 시도조차 않을 거고. 엄마는 언제까지나 그 무엇보다도 더 너를 사랑할 거야. 나는 기분 전환 삼아 엄마를 돌봐주는 사람이 되고 싶을 뿐이란다. 네 아빠가 되려 하지 않을 거야. 하지만 친구는 될 수 있겠지.

이거로군. 엘리너가 경고했던 바로 그거다. 이제 그는 나한테까지 최면을 걸려고 한다. 심지어 그게 먹힌다는 것도 느낄 수 있었다. 내 마음속 한편에서는 그를 믿고 싶어했던 것이다. 그 말들을 흘려보내야만 했다. 그래야 내 뇌 속으로 스며들지 않을 것이다.

그 여자아이는 제리 루이스의 무릎 위에 앉아서 자기 강아지 얘기를 하고 있었다. 화면에 전화번호가 떠 있었다. 거리 아래쪽 저비스 씨네 풀장에서 목소리가 들려왔다. 어쩌고저쩌고, 나는 속으로 되뇌었다. 어쩌고저쩌고.

그가 말했다. 지금까지 내가 그리 잘살아오지 못했다는 건 나도 알아. 끔찍한 실수를 저질렀지. 하지만 어쨌거나 나한테 다시 한번 기회가 온다면, 제대로 해내기 위해 끝까지 최선을 다할 거다.

자불라, 카줄라, 바나나.

라비올리. 스트롬볼리. 홀리 몰리.

나도 시간이 걸린다는 건 알아. 나를 보렴. 지난 십팔 년 동안 내가 가진 거라곤 시간뿐이었어. 하나 좋은 점은 그 덕분에 생각할 기회를 얻었다는 거지.

그는 페인트 긁개를 들고 거기 서 있었다. 엄마가 지하실에서 찾아낸 낡은 바지를 입고 있었다. 몇 년 전 나에게 핼러윈 의상으로 만들어준 것이었다. 그때 나는 광대 분장을 했었다. 그 바지는 아주 뚱뚱한 사람에게나 맞을 것이다. 나에게는 한참 컸고 그걸 노린 것이었지만, 프랭크에게는 종아리 중간까지밖에는 오지 않았다. 그는 흘러내리지 않게 바지를 끈으로 묶고 있었다. 그는 우리가 만났을 때와 똑같은 셔츠—비니라고 이름이 적힌 것—를 입고 신발도 신지 않았다. 그는 실제로 광대처럼 보였다. 웃기지는 않았지만. 매일 밤 벽 건너편에서 엄마에게 키스하는 소리를 냈던 사람이 바로 이 사람이다. 엄마가 딱하게 느껴졌다.

그 역시 안됐다. 누구보다도 제일 불쌍한 건 나였다. 나는 늘 진짜 가족과 살게 되기를 바랐는데, 이제 루저들의 가족 속에 있다.

그는 내 어깨에 손을 올렸다. 크고 거친 손이었다. 밤에 벽을 통해 엄마가 그에게 말하는 것을 들었다. 당신 피부에 로션을 좀 발라줄게요.

당신 피부는 너무 부드러워요. 당신을 만지기가 부끄럽군요. 그가 말했었다.

목소리는 달랐지만 이제 그가 나에게 말하고 있었다. 캐치볼 꼭 안 해도 돼. 먹을 걸 만들어줄게. 뒤편 계단에 앉아 있으렴. 거기가 더 시원할 거야.

이따가 아빠가 저를 데리러 오실 거예요, 내가 말했다.

그리고 내가 문을 나서기가 무섭게 엄마랑 당신이 무슨 짓을 할지 다 알아요.

위층에서 엄마가 욕실 문 밖으로 외치는 소리가 들렸다. 수건 좀 갖다줄래요, 프랭크?

그는 일어섰다. 진짜 아기 아빠가 누구냐는 질문에 맨디가 대답했을 때 지었을 법한 표정으로 나를 돌아보았다. 이번에는 누군가를 밀치거나 머리가 깨질 만큼 세게 넘어뜨리지는 않을 테지만. 그는 이제 참을성이 많은 사람이 되었다고 말했었다. 마침내 병원 2층의 창살 없는 창문 옆 침대에 눕는 순간이 올 때까지 그 세월을 버티며 기회를 기다릴 만큼 참을성이 많아졌다고. 그의 계획은 시간이 좀 걸릴지도 모르지만 이미 실행에 들어갔다.

이제 그는 세탁기 위에 쌓아놓은 빨래를 마친 목욕 수건 하나를 집어 얼굴 가까이 대고 엄마의 피부에 써도 좋을지 확인하려는 듯 냄새를 맡아보았다. 이제 그는 계단을 올라가고 있었다. 문 열리는 소리가 들렸다. 이제 그는 엄마가 누운 욕조 옆에 서 있을 것이다. 벌거벗은 엄마.

도서관에서 엘리너는 자기 아빠의 집 전화번호를 적어주었다. 주말 내내 거기 있을 거야, 그애가 내게 말했다. 아빠가 나를 영화관이나 어디 데려가려고 하지 않는다면. 아빠는 아직도 내가 〈아기 곰 구출단〉 같은 영화를 재미있어한다고 생각할지도 몰라.

전화를 걸었다. 그애 아빠가 받으면 끊어야지.

하지만 그애가 받았다. 네가 전화했으면 했어, 그애가 말했다. 어떤 여자애가 내게 이런 말을 해주었던가?

나랑 얘기 좀 할래? 내가 말했다.

16장

그날 오후, 기온이 35도까지 올라갔다. 공기가 무거워졌다. 거리마다 사람들이 잔디밭에 물을 뿌리고 있었다. 우리는 아니었다. 우리집 잔디는 벌써 다 말라죽었다.

그날 아침 신문에는 매미나방에 대한 기사와, 교복을 입으면 또래 집단으로부터 받는 압박이 줄어들고 십대들의 부적절한 옷차림도 개선될 것이라는 이론에 따라 공립학교에서 교복 착용 정책을 도입하자는 캠페인을 시작한 여성의 인터뷰가 실렸다. 청소년들은 학교에서 수학 숙제 생각을 해야지요, 그 여자의 말이었다. 미니스커트 밑으로 내놓은 여자아이들 다리 생각이 아니고요.

여자아이들한테 교복을 입히는 게 문제가 아니에요, 라고 그녀에게 말해주고 싶었다. 그들의 옷에 대해서는 생각하지 않는다. 그 밑에 있는 것에 대해서 생각한다. 레이철 매캔이 새들 슈즈를 신고 발목까지 내려오는 킬트 치마를 입어도 상관없다. 그래도 여전히 그애의 가슴을 그려볼 수 있다.

엘리너는 하도 말라서 몸을 그려보기가 힘들었다. 도서관에 있을 때 벙벙한 스웨트셔츠를 입고 있어서 가슴을 상상해보기도 쉽지 않았다(스웨트셔츠라, 이 무더위에).

그래도 안경을 벗으면 어떤 모습일지 생각했다. 땋은 머리에서 고무줄을 풀고 머리카락을 어깨까지 늘어뜨린 모습을 상상했다. 발가벗고 몸을 서로 바짝 붙이고 선다면 그녀의 가슴은 아마도 내 것과 그리 다르게 느껴지지 않을 것이다. 젖꼭지를 마치 전기 접속 배선처럼 맞대고 선 우리 둘 모습이 떠올랐다. 키는 둘이 비슷했다. 우리 몸의 모든 곳이 다 비슷할 것이다. 딱 하나, 달라야 할 부분만 빼고.

여자아이들은 자신의 섹슈얼리티를 회피하는 방법의 하나로 식이장애를 겪는다는 이론이 있다고 그녀가 나에게 말해주었다. 어떤 심리학자들의 주장에 따르면, 식이장애는 어린 시절에 계속 머물러 있으려는 노력의 일환이다. 다음 단계가 어떤 모습일지 두렵기 때문이다. 예를 들어 삐쩍 마르면 생리를 하지 않는다. 대부분의 사람들은 남자아이에게 그런 얘기를 하지 않겠지만, 서로 이야기할 때는 늘 정직해야 한다고 생각한다. 마찬가지로 엄마가 남자친구와 단둘이 있고 싶었다면 그렇다고 나한테 그냥 말해주면 되었다. 그러면 그냥 내가 친구 집에 가서 자고 오든지 할 수 있었을 것이다. 둘이 섹스를 하기 위해 나라를 반쯤 가로질러 갈 필요는 없을 것이다.

그날 오후 통화에서 엘리너는 나에게 어떤 음악을 좋아하는지 물었다. 그녀는 시드 비셔스라는 가수와 비스티 보이스를 좋아했다. 짐 모리슨이 제일 멋지다고 생각했다. 그애는 언젠가 파리에 있는 그의 무덤에 찾아가고 싶어했다.

나는 짐 모리슨이 누구인지 알아봐야겠다고 생각했으므로 아무 말도 하지 않았다. 우리집에 있는 거라곤 AM 라디오가 나오는 엄마의 카세트 플레이어뿐이었다. 대개 내가 아는 음악은 엄마가 듣는 것뿐이었다. 프랭크 시내트라의 발라드곡이나 〈아가씨와 건달들〉의 오리지널사운드트랙, 〈블루〉라는 조니 미첼 앨범, 이름은 모르지만 아주 낮고 졸린 목소리를 가진 남자 가수였다. 그의 노래 한 곡을 엄마는 틀고 또 틀었다. 노래에 이런 가사가 있었다. 그리고 당신은 그녀가 반쯤 미쳤지만 바로 그 때문에 당신이 거기 있고 싶어한다는 걸 알아요.

그녀는 마음으로 당신의 완벽한 몸을 어루만졌어요, 그가 노래했다. 딱히 노래한다고 할 수도 없었다. 그보다는 읊조림에 가까웠다. 그의 이름을 기억해낸다면 엘리너가 좋아하는 가수일지도 모른다고 생각했지만 기억이 나지 않았다.

알잖아, 다들 듣는 거. 나는 그녀가 음악에 대해 물었을 때 이렇게 대답했다.

난 다들 듣는 건 안 좋아해. 남들 다 하는 건 뭐든 싫어. 그녀가 말했다.

엘리너가 자전거가 있느냐고 물었다. 있기는 했지만 여덟 살 짜리나 타는 것이었고 타이어 바람이 빠졌는데 펌프가 없었다. 그래도 자전거가 없었지만 아빠 것을 빌릴 수 있었다. 아빠는 골프를 치러 갔는지 하여튼 나가고 없었다. 자기 딸을 세상에서 제일 좋은 학교에 보내줄 돈은 없다면서 매주 주말마다 공을 쳐서 구멍에 넣는 데 50달러씩 돈을 쓰는 사람이 다 있다니.

내가 너희 집으로 갈 수도 있는데, 그녀가 말했다.

그러면 정말 좋겠는데, 우리 엄마랑 그 남자가 집에 콕 박혀 있어. 프레드 말이야.

그럼 시내에서 만날까. 커피나 마시러 가자.

나는 그녀에게 커피를 마시지 않는다는 말은 하지 않았다. 그게 좋겠다고 했다. 스타벅스 같은 곳이 생기기 전이었지만 노니스라는 식당이 있었다. 칸막이 좌석이 있고 각 좌석마다 옆에 상자가 하나씩 설치되어 있었다. 거기에 있는 주크박스에서 온갖 노래들을 찾아 들을 수 있었다. 대개는 컨트리음악이었지만 그 애가 좋아할 만한 것도 있을지 모른다. 기분이 울적해질 아주 슬픈 노래 같은 거.

시내까지는 걸어서 이십 분이 걸렸다. 내가 집을 나설 때에도 엄마와 프랭크는 여전히 위층 욕실에 있었다. 프랭크가 엄마 몸의 물기를 말려주거나 몸에 로션을 발라주고 있겠지. 난 그저 네 엄마를 돌봐주고 싶을 뿐이야, 그가 말했다. 그걸 그런 식으로 표현했다.

아빠가 올 시간에 맞춰서 돌아오겠다는 메모를 남겨놓았다. 친구랑 만나기로 했어요, 이렇게 써놓았다. 엄마가 보면 기뻐할 것이다.

식당에 들어섰을 때 엘리너는 벌써 칸막이석에 앉아 있었다. 반바지를 갈아입고 머리는 내가 상상 속에서 그렸던 대로 풀어서 내렸다. 실제로는 내가 상상했던 것처럼 곱슬머리가 아니라 직모이고 뻗쳐 있기는 했지만. 화장을 했다—자줏빛 립스틱을 바르고 아이라인을 그려서 실제보다 훨씬 더 눈이 커 보였다. 검은색 매니큐어를 발랐지만 손톱을 물어뜯어서 기묘한 조합을 이루었다.

그녀가 말했다. 아빠한테 남자애를 만나러 간다고 말했어. 내가 너랑 곧장 침대에 뛰어들기라도 할 것처럼 조심하라고 일장 연설을 늘어놓더라.

부모님들이 섹스에 대해 늘 그런 얘기를 한다니 웃기지 뭐야. 마치 우리 삶에서 중요한 건 그거밖에 없다는 식으로 말이야. 자기들 머릿속에 섹스 생각밖에 없다보니 남들도 다 그런 줄 아는 가보지. 그녀가 말했다.

엘리너는 커피에 설탕 대용 감미료를 한 개 넣었다. 두 개를 더 넣었다. 우리 아빠는 여자친구가 없지만 사귀고 싶어해, 그애가 나에게 말했다. 살만 좀 빼면 매력 있을지도 모르는데. 안됐지 뭐야. 너희 엄마는 그 프레드라는 남자가 나타나기 전에는 데이트를 안 하셨다고 그랬지. 너랑 남매가 될 수도 있었을 거야. 물론 우리가 결혼한다면 근친상간 비슷하게 되겠지만 말이야.

우리 엄마는 보통은 데이트를 하지 않아. 그 남자랑은 정말 어쩌다보니 그렇게 된 거야. 내가 말했다.

우리는 잠시 아무 말도 없이 앉아 있었다. 그녀가 커피에 설탕 대용 감미료를 대여섯 개 더 집어넣었다. 나는 얘깃거리를 생각해내려고 머리를 쥐어짰다.

탈옥수 얘기 믿어져? 그녀가 물었다. 우리 아빠가 주 경찰관인 이웃집 아저씨랑 그 얘기를 하더라. 경찰은 연휴 때문에 온 도로에 다 바리케이드를 쳤으니까 탈옥수가 아직 이 지역에 있을 거라고 보나봐. 탈옥수가 마을을 빠져나가려 시도했다면 이미 발각되었을 거라면서. 물론 누군가의 트렁크 속이나 뭐 그런 데 숨어 있었을 수도 있지만, 부상에서 회복될 때까지 어딘가에 머물러 있을지도 모른대. 창문으로 뛰어내릴 때 최소한 다리 하나 정도는 틀림없이 부러졌을 거라고 굳게 믿고 있거든.

그 사람이 주변에 있다 하더라도 그리 나쁜 사람은 아닐지도 몰라, 내가 말했다. 어쩌면 그저 자기 앞가림하느라 바쁠지도 모르지.

그가 우리 엄마를 훔쳐갔다고 나쁜 감정을 품게 된 지금조차도 누가 프랭크를 무시무시한 사람인 양 얘기하는 것을 듣고 있는 건 불편했다. 그가 사라져버리기를 바라게 되었다 할지라도, 우리 엄마와 사귀고 싶어한다고 해서 진심으로 그를 비난할 수는 없었다. 그가 엄마랑 하고 있는 짓 모두 나야말로 여자아이랑 할 수 있게 되기를 간절히 바라는 것이었다.

왜 사람들이 그렇게 흥분하는지 모르겠어, 내가 말했다. 위험한 사람이 아닐지도 모르는데.

너 신문 안 읽은 모양이구나. 그 사람이 죽인 여자의 언니랑 한 인터뷰가 나왔어. 게다가 자기 아기까지 죽였대. 엘리너가 설명했다.

신문에 실린 것 말고 다른 이야기가 있는 경우도 있어, 내가 대꾸했다. 맨디가 프랭크를 비웃은 일이며, 그를 속여서 결혼하고 프랜시스 주니어를 그의 아들이라고 꾸며댔는데도 그와 관계없이 결국 그 아이를 사랑하게 되었던 것을 다 설명해줄 수만 있다면 얼마나 좋을까. 그런 얘기를 다 해줄 수도 없으니, 그저 앉아서 분위기를 잡을 만한 노래를 찾아 주크박스 페이지만 뒤적거렸다.

프라이스마트의 한 계산대 직원이 그 사람을 봤대. 그의 사진을 보고 나서 직통 신고 전화를 걸었다는 거야. 그는 한 여자랑 어린아이와 함께 있었대. 아마도 인질이겠지. 직원은 현상금을 받고 싶어했지만 그를 목격한 정도로는 충분치 않대. 우리 엄마가 나를 여기로 쫓아낸 후로 이 동네에서 생긴 첫번째로 흥미로운 일이야.

난 그가 어디 있는지 알아. 우리집이야. 내가 그애에게 말했다.

계산을 한 후—내 것과 그애 것 모두—우리는 식당을 나와 비디오 가게로 갔다. 그애는 내가 〈보니와 클라이드〉라는 영화를 꼭 봐야 한다고 했다. 아름다운 여인을 납치해서 자기와 함께 은행을 털도록 끌어들이는 범죄자의 이야기였다. 패티 허스트와 달리 보니는 부자가 아니었지만, 프랭크가 나타났을 때 우리 엄마가 틀림없이 그랬을 것처럼 마음 붙일 데가 없고 지루해하는 인물이었다. 아마 우리 엄마처럼 섹스를 해본 지도 꽤 오래되었을 것이다. 그리고 클라이드는 패티 허스트의 사례에서 그 남자가 그랬듯이 카리스마가 있었다.

워런 비티야, 엘리너가 말했다. 지금은 나이가 아주 많이 들었지만 이 영화가 나왔을 당시만 해도 역대 최고 미남이었어. 우리 엄마 말이 실제로도 사람들에게 카리스마를 휘두르는 타입이었대. 할리우드에서 여자들이 그가 다른 여자들하고도 잔다는 사실을 알면서도 같이 잤대. 어쩔 수가 없었던 거지.

영화에서 보니와 클라이드는 사랑에 빠졌다. 그들은 차를 타고 돌아다니며 은행과 상점들을 털고 차에서 살았다. 이상하게도 클라이드는 보니와 섹스를 할 수 없었다. 그는 섹스에 대해 공포증 비슷한 것이 있었다. 하지만 실제로 섹스를 하지 않고서도 보니는 그의 성적 매력만으로도 계속 정신을 못 차렸다. 끝에 가서 그들은 살해당했다. 친구라 믿었던, 같은 패거리였던 사람이 감옥에 가지 않으려고 그들을 배신한 것이다.

영화 끝에 연방 수사 요원들이 그들 뒤를 쫓아와서 매복하는 장면이 있어, 엘리너가 말했다. 보니가 살해당하는 장면에서 하도 유혈이 낭자해서 우리 엄마는 화면을 보지도 못했지만 나는 봤어. 심지어 한 발만 맞은 것도 아니야. 그들에게는 기관총이 있었거든. 총탄이 여기저기 쏟아지면서 그녀의 몸이 차 좌석에서 온 사방으로 튀어오르며 경련을 일으키는데, 드레스가 피로 물들어.

보니 역은 페이 더너웨이가 맡았어. 그애가 계속 설명했다. 정말 매력적이야. 영화에서 기가 막히게 근사한 옷을 입고 나와. 총에 맞을 때 입고 있던 드레스만은 못하지만 다른 옷들도 근사해.

그 비디오를 빌리는 건 그다지 좋은 생각 같지 않아, 엘리너에게 말했다. 내가 이 영화를 보고 있는 모습을 우리 엄마랑 프랭크가 본다면 오해할지도 몰라.

사실 나는 그 영화를 보고 싶지 않았다. 그애가 설명해준 보니가 총을 맞는 장면을 생각하면, 나는 엘리너의 엄마보다 더할 것 같았다. 더군다나 지금 상황을 떠올리게 할 수도 있으니까.

네 엄마가 매복에 당해 죽을지도 모른다는 거 상상할 수 있니? 엘리너가 물었다. 그리고 너는 그걸 바로 눈앞에서 지켜보고 있고. 아마 아이니까 너까지 쏘지는 않을지도 모르지만, 그 모든 것을 다 보게 될 거야. 엄청난 트라우마가 될 수도 있어.

우리는 여전히 비디오 가게 앞에 서서 그런 이야기를 나누고 있었다. 한 여자가 유모차를 밀며 옆을 지나갔다. 한 남자가 반납함에 비디오를 넣고 있었다. 아직도 보도에서 열기가 뿜어져 나오는 것 같았다. 얼마나 뜨거운지 계란 프라이를 해도 되겠네. 언젠가 누가 그렇게 말하는 것을 들은 적이 있다. 라스베이거스 쇼걸 젖꼭지처럼. 마약을 한 뇌. 에어컨이 켜진 실내에 있다 나온 지 몇 분밖에 안 되었는데 벌써 셔츠가 땀에 젖어 몸에 달라붙었다.

엘리너는 선글라스를 쓰고 있었다—얼굴 절반을 가릴 만큼 아주 크고 둥근 선글라스였다. 그애는 잠시 그저 나를 보기만 했다. 선글라스가 너무 진해서 눈은 보이지 않았지만. 그러더니 길고 가느다란 팔을 내밀어 내 얼굴을 쓰다듬었다. 그애의 손목은 빗자루처럼 가늘었다. 볼펜으로 피부에 점선을 그리고 여기를 자르시오라고 적어놓았는지도 모르겠다.

정말로 묘한 기분이 들어, 엘리너가 말했다. 계속 하고 싶었던 게 하나 있는데, 넌 내가 이상하다고 생각할 거야. 하지만 그래도 상관없어.

네가 이상하다고 생각하지 않아, 내가 대답했다. 거짓말은 되도록 하지 않으려고 했지만 이번만은 예외였다.

그애는 안경을 벗고 접어서 숄더백에 넣었다. 잠깐 주변을 둘러보았다. 입술을 핥았다. 그러고는 몸을 앞으로 숙여 나에게 키스했다.

넌 틀림없이 전에는 이런 거 한 번도 안 해봤을 거야, 그애가 말했다. 이제 넌 언제나 기억하게 될 거야. 난 네가 난생처음 키스한 여자아이야.

*

집에 돌아오니 다섯시가 거의 다 되었다. 엄마와 프랭크는 뒤쪽 현관에 앉아 레모네이드를 마시고 있었다. 엄마는 신발을 벗고 매니큐어 병을 들고 있었다. 다리를 그의 무릎 위에 쭉 폈고, 그가 엄마의 발톱을 빨간색으로 칠해주고 있었다.

아빠한테서 전화 왔다, 엄마가 나에게 말했다. 삼십 분 후에 도착할 거래. 네가 시간 맞춰 돌아올지 슬슬 걱정이 되던 참이었는데.

나는 엄마에게 준비가 다 되었고 위층에 올라가 샤워를 하겠다고 말했다. 이제 거기에는 프랭크의 면도기가 있었다. 면도크림도 있었다. 물이 빠진 곳에 둥그렇게 말린 검은 머리카락 몇 가닥이 있었다. 집안에 남자가 있다는 기분이 났다.

내가 없는 동안 둘이 같이 샤워를 했을까 궁금했다. 영화에서 보면 그러던데. 그가 엄마 뒤로 가서 엄마의 목에 팔을 감고 자국을 남겼던 그 자리에 입맞추는 모습을 상상했다. 엘리너가 내 입속에 혀를 넣었듯이 엄마 입속에 혀를 넣는 모습도.

엄마의 얼굴에서 물이 흘러내린다. 가슴을 타고 흐른다. 엄마가 그에게 손을 가져간다. 내가 지금 내 몸에서 만지고 있는 바로 그 부분으로.

나는 엘리너와 레이철과 작년부터 사회를 가르친, 상의 단추 두 개를 풀어놓는 이븐러드 선생님을 생각했다. 〈미녀 삼총사〉에 나오는 케이트 잭슨을 생각하고, 마을 수영장에서 아이를 돌보던 여자애가 두 살짜리 아기와 함께 물에서 나오면서 수영복 상의가 흘러내려 젖꼭지 일부가 드러난 것을 알아차리지 못했던 일을 생각했다.

프랭크와 엄마가 밤에 내는 소리들. 엄마 침대가 아니라 내 침대가 벽에 쾅쾅 부딪는 상상. 침대에는 좀 덜 말랐을 뿐인 엘리너가 있다. 많이는 아니고 살짝 풍만한 가슴이다. 가슴을 만지면 엄마가 항상 부르는 노래가 벽을 통해 들려온다.

수잰이 당신을 강 근처 그녀의 집으로 데려가줘요.

음악을 듣다보면 사실 모든 노래가 다 섹스에 관한 것이다. 세상을 보다보면 사실 일어나는 일 하나하나에 다 숨은 의미가 있다.

밖에서 프랭크가 페인트 붓을 씻는 소리가 들렸다. 아빠가 오자 그는 눈에 띄지 않게 숨었다. 아빠는 우리집에 오래 머무른 적이 없었다. 나는 그 둘—엄마와 아빠—이 서로 말 섞을 일이 없도록 아빠가 도착하기 전에 문밖에 나가 있으려 했다. 아니면 서로 아무 말도 않는데, 보통 그렇지만 그거야말로 최악이었다.

평소에는 허리에 수건을 두르고 복도를 지나 내 방으로 가곤

했다. 하지만 프랭크가 있으니 내 깡마르고 근육이라곤 없는 가슴과 좁은 어깨가 창피했다. 그는 마음만 먹으면 나를 번쩍 들어 으스러뜨릴 수도 있을 것이다.

내가 그를 으스러뜨릴 수도 있다. 다른 식으로.

언제 연락할 거니? 엘리너가 물었다. 경찰 말이야.

아마 나중에. 생각 좀 해보고.

그러고 싶지 않았지만, 엄마가 부엌 식탁에 앉아 있고 그가 엄마 옆에 커피를 놓아주는 그림을 머릿속에서 지울 수가 없었다. 별것 아니었다. 그는 그저 엄마를 위해 비스킷에 버터를 발라주고 있을 뿐이지만 아주 조심스럽다. 그렇게 하면서 우리에게 비스킷은 칼로 자르는 게 아니라 손으로 뜯어야 한다는 걸 보여주었다. 그래야 겉에 버터가 스며들 자리가 더 생긴다. 엄마가 비스킷을 한입 깨물자 뺨에 잼이 작은 점처럼 묻었다. 그가 냅킨을 물에 적셔 닦아내주었다. 그가 뺨을 닦아줄 때 엄마의 눈은 이런 표정이었다. 오랫동안 사막을 헤매다가 마침내 물을 찾은 사람 같은 얼굴.

아침이에요, 그가 말했다. 이거면 됐지 뭐가 더 필요하겠어요?

이 순간을 기억해야 해요, 엄마가 말했다.

17장

아빠와 마저리가 미니밴을 샀다. 뒷문이 우리 옛날 스테이션 왜건처럼 앞으로 열리는 게 아니라 옆으로 밀어서 열리는 것이었다. 이런 유형의 차량이 이제 막 시장에 나왔다. 그러니까 아빠랑 마저리는 차가 나오기 두어 달 전부터 대기자 명단에 이름을 올려놓았을 것이다. 다지 대리점에 들어온 모델은 마저리가 싫어하는 고동색이었다. 마저리는 어디선가 흰색 차들이 사고가 날 확률이 가장 적다는 기사를 읽은 적이 있어서 흰색을 원했다.

리처드와 클로이는 나의 소중한 화물이란 말이야, 그녀가 말했다. 그녀는 잠깐 쉬었다가 다음 말을 덧붙였다. 물론 헨리도.

결국 그들은 고동색을 가져왔다. 네 아빠의 운전 기록은 흠 하나 없이 깨끗하단다. 마저리가 마치 우리 중 누군가가 고속도로에서 죽음을 맞게 될까 걱정하고 있기라도 한 듯 콕 집어 말했다. 내 경우에는 차를 타고 외출하지 못하게 되는 것이 더 걱정이었다. 늘 집에만 있어야 하는 것이 걱정이었다. 아빠와 마저리와 함께 프렌들리스에 가는 것이 대단한 외출이라고 생각하는 건 아니다.

그들은 항상 정확히 다섯시 반에 엄마의 집 앞에 와서 섰다. 나는 현관 앞 계단에서 그들을 기다리고 있었다. 특히 이번에는 아빠가 문까지 걸어와 안을 보게 될 위험을 피하고 싶었다.

리처드는 뒷좌석 카시트에 앉은 클로이 옆에서 헤드폰을 끼고 CD를 듣고 있었다. 그애는 내가 올라타도 고개를 들지 않았지만 클로이는 쳐다보았다. 클로이는 이제 겨우 몇 마디 말을 하기 시작했다. 손에 바나나 조각을 들고 있었는데 먹은 건 조금이고 대부분은 얼굴에 뭉개 발랐다.

형이랑 오빠한테 뽀뽀해야지, 얘들아. 마저리가 말했다.

됐어요, 내가 그녀에게 말했다. 받은 셈 쳐도 된다.

정말 덥지 않니, 아들? 아빠가 말했다. 캐러밴에 에어컨을 설치하길 잘했어. 오늘 같은 주말에는 차 안에서 나가기가 싫구나.

잘 생각하셨어요, 내가 말했다.

엄마는 잘 계시니, 헨리? 마저리가 물었다. 엄마에 대해 물어볼 때 마저리의 목소리는 암에 걸린 사람에 대해 묻는 것 같았다.

아주 잘 지내세요, 내가 대답했다.

이 세상에 엄마를 화제로 삼아 시간을 때우고 싶지 않은 상대가 한 명 있다면 그게 바로 마저리다.

곧 개학을 할 테니 네 엄마도 구직에 나서기에 딱 좋겠구나, 마저리가 말했다. 대학생들이 모두 학교로 돌아갈 테니 한 주에 두어 번 밤에 웨이트리스 일 따위를 할 수도 있을 거야. 바깥바람도 쐬고 좋잖니. 돈도 좀 벌고.

엄마는 벌써 하시는 일이 있어요, 내가 말했다.

안다. 비타민 말이지. 좀더 믿을 만한 구석이 있어야지.

그러니까, 아들, 이제 7학년이구나. 기분이 어때? 아빠가 물었다.

딱히 할말이 없어서 대답하지 않았다.

리처드는 이번 시즌에 라크로스*를 할 생각이던데, 그렇지, 리치? 아빠가 말했다.

내 옆에 앉은 리처드는 우리한테는 들리지 않는 노래에 맞추어 고개를 까딱거리고 있었다. 아빠가 질문한 줄 아는지 모르는지, 아무 반응도 보이지 않았다.

너는 어떠니, 얘야? 아빠가 말을 계속했다. 라크로스 하면 좋

---

* 끝에 그물이 달린 크로스라는 스틱을 이용한 구기 경기.

을 텐데. 그다음에는 축구도 하고. 풋볼은 네가 좀더 살이 붙어야 되겠지만, 응?

다음 세기쯤에는 풋볼 같은 건 없을지도 몰라요. 라크로스도 없을지 모르고요. 내가 대꾸했다.

현대무용 강좌에 등록할까 생각중이에요, 아빠에게 말했다.

단지 아빠가 어떻게 나오나 보려는 것이었다.

그리 좋은 생각 같지는 않구나, 아빠가 말했다. 네 엄마가 춤을 얼마나 좋아하는지는 알지만, 남들이 너에 대해 잘못된 생각을 할 수도 있잖니.

잘못된 생각이라뇨?

아빠 말씀은, 사람들이 너를 게이로 볼지도 모른다는 거야. 마저리가 대신 대답했다.

아니면 제가 레오타드를 입은 여자아이들 주변을 얼쩡거리고 싶어한다고 생각할 수도 있고요, 내가 그녀에게 말했다. 그렇게 말하자 리처드가 고개를 들었다. 어쩌면 다 듣고 있었을지도 모른다는 생각이 들었다. 그저 대화에 끼고 싶지 않았던 것이다. 이해가 가기는 했다.

드디어 프렌들리스에 도착했다. 리처드가 밴에서 뛰어내렸다.

아기 좀 나 대신 데려가줄래? 마저리가 말했다.

나는 얼마 전에 이것이 나와 클로이 사이를 가까워지게 하려는 전략의 일부라는 것을 알아차렸다.

직접 데려가셔야 할 것 같은데요. 기저귀에 뭔가 싼 것 같아요. 내가 말했다.

나는 언제나 같은 것을 주문했다. 햄버거와 프렌치프라이였다. 리처드는 치즈버거를 먹었다. 아빠는 스테이크를 먹었다. 몸무게에 신경쓰는 마저리는 샐러드와 생선 요리로 구성된 특별 건강 코스를 먹었다.

그래서, 우리 귀염둥이들은 학교로 돌아갈 날을 고대하고 있니? 마저리가 물었다.

딱히 그렇지는 않아요.

하지만 일단 학기가 시작되면 금세 적응할 거야. 친구들도 다시 만나고.

네.

너희 두 사내 녀석들은 그게 뭔지 알기도 전에 아마 데이트를 하러 나가게 되겠지, 그녀가 말했다. 너희는 둘 다 인기남이니까. 내가 아직도 7학년이라면 너희가 제일 귀엽다고 생각할 거야.

오글거려요, 엄마. 리처드가 쏘아붙였다. 엄마가 7학년이면 나는 태어나지도 않았을 거 아니에요. 아님 내가 태어났고 엄마가 나를 그렇게 귀엽다고 생각한다면 그건 근친상간이에요.

어머, 얘네가 이런 말은 어디서 배웠을까? 마저리가 말했다.

그녀는 아빠한테 말할 땐 리처드와 클로이와 내게 말하는 목소리와는 전혀 다른 목소리를 썼다. 우리 엄마 얘기가 나올 때 쓰는 목소리와도 또 달랐다.

네 엄마 말이 맞다, 아빠가 거들었다. 너희 둘 다 인생에서 그런 단계까지 왔어. 사춘기의 거칠고도 멋진 세계에 온 거지. 그 모든 것에 대해 남자 대 남자로 얘기해야 할 때가 온 것 같구나.

전 벌써 제 친아버지랑 얘기했어요, 리처드가 말했다.

그럼 너랑 나만 남았구나, 얘야. 아빠가 말했다.

됐어요, 알 거 다 알아요. 내가 대꾸했다.

네 엄마한테서 대강은 들었으리라 믿는다만, 사내아이는 남자한테서 들어야 할 것도 있는 법이야. 집안에 남자가 없으면 좀 곤란할 수도 있지.

한 명 있어요, 고함을 쳤지만 머릿속으로만이었다. 집안에 남자가 있다면, 그 남자가 매일 밤 엄마의 침대 머리판을 벽에 쾅쾅 부딪는다면, 엄마와 함께 샤워를 한다면, 역시 곤란해질 수도 있다. 아마 그들은 지금 이 순간에도 집에서 그 짓을 하고 있을 것이다.

웨이트리스가 디저트 메뉴판을 갖다주고 접시를 치웠다.

근사하지 않니? 마저리가 말했다. 이렇게 온 가족이 다 같이 식탁에 둘러앉는다는 거 말이야. 남자아이들끼리 같이 시간을 보내고.

리처드는 다시 헤드폰을 썼다. 클로이는 내 귀로 손을 뻗었다. 귀를 잡아당겼다.

선디 먹을 사람? 아빠가 물었다.

아빠랑 아기만 먹기로 했다. 아기는 대개 선디를 얼굴에 온통 칠하는 것으로 끝났지만. 집으로 돌아갈 때 내가 아기에게 작별 키스를 해주기를 바랄 텐데. 뒤통수라든가 팔꿈치처럼 어딘가 초콜릿 소스가 묻지 않은 곳을 찾아내야 할 것이다. 그리고 되도록 빨리 해치워야지.

집에 돌아오니 프랭크는 설거지를 하고 있었다. 엄마는 의자에 발을 올리고 부엌 식탁에 앉아 있었다.

네 엄마는 대단한 무용수야, 그가 말했다. 도저히 엄마를 따라갈 수가 없더라. 이런 날씨에 린디*를 추려고 할 사람은 없을걸. 하지만 네 엄마는 다르지.

엄마의 신발—댄싱 슈즈—이 식탁 아래 바닥에 놓여 있었다. 머리카락은 젖어 있었다—춤을 추어서일 수도 있고, 아닐 수도

* 격렬한 지르박 춤의 일종.

있다. 엄마는 와인을 마시고 있었지만 내가 부엌에 들어가자 내려놓았다.

이리 오렴. 할 얘기가 있다.

엄마가 내 생각을 읽었나 싶었다. 오랫동안 단둘이 지내왔으니 내가 생각하는 것, 내 계획을 다 알아챘지도 모른다. 어쩌면 내가 엘리너와 한 이야기며, 직통 신고 전화를 걸려는 것도 알고 있을지 모른다. 나는 다 딱 잡아뗄 생각이지만 엄마는 진실을 알고 있을 것이다.

잠시 동안 그다음에 무슨 일이 벌어질지 상상해보았다. 프랭크가 나를 꽁꽁 묶는다. 스카프 따위로가 아니라 밧줄이나 강력테이프, 아니면 둘 다 쓸 수도 있다. 프랭크가 그런 짓을 하도록 엄마가 내버려둘 거라고는 상상할 수 없었지만, 엘리너는 일단 섹스가 개입되면 모든 것이 바뀐다고 말했다. 집으로 돌아가면 부유한 부모님이 있는데도 은행을 털었던 패티 허스트를 보라. 찰스 맨슨과 한패가 되었던 그 히피 여자들을 보라. 순식간에 그들은 돼지를 도살하고 사람들을 죽였다. 그들을 그렇게 극단까지 밀어붙인 것도 다 섹스다.

프랭크가 나더러 결혼하자는구나, 엄마가 말했다.

당연히 말도 안 되는 얘기였다. 문제가 있었다. 삶이 복잡하다는 것은 우리 둘 다에게 새로운 소식이 아니었다.

네가 나를 안 지 얼마 안 되었다는 건 이해한다, 헨리. 프랭크가 말했다. 뭔가 잘못되었다는 느낌이 들 수도 있어. 그런다고 너를 비난하지는 않으마.

엄마가 말했다. 네 아빠가 떠나고 나서 영원히 혼자 살려고 생각했었어. 다시 누군가를 좋아하게 될 거라고는 생각지 않았지. 너 말고는 아무도. 다시 한번 뭔가에 희망을 갖게 되리라고는 기대하지 않았어.

프랭크가 말했다. 너와 엄마 사이에 끼어들 생각은 결코 없단다. 하지만 우리가 가족이 될 수도 있지 않을까.

그들은 프린스에드워드 섬에 살고 나는 아빠와 마저리와 흰색이 아니면 어느 차에도 태우기 아까울 만큼 소중한 그녀의 화물들과 함께 매일 밤 저녁을 먹을 텐데 어떻게 그게 가능할지 묻고 싶었다. 이 남자에게 가족이 있었을 때 어떤 일이 일어났는지 생각 좀 해보라고 말하고 싶었다. 가족 담당 부서에 있는 그의 기록은 그리 훌륭해 보일 것 같지 않다.

하지만 그때조차도, 겁이 날 뿐 아니라 화가 나면서도 이런 생각은 공정하지 않다는 것을 알고 있었다. 프랭크는 살인자가 아니었다. 내가 바라는 건 단지 그가 엄마를 데리고 떠나가지 않았으면 하는 것뿐이었다.

우린 떠나야 해, 엄마가 말했다. 정체를 바꾸고 살아가야 할 거야. 다른 이름으로 새롭게 시작해야 돼.

다시 말하면 엄마와 그의 얘기다. 그들 둘. 사라진다는 건.

사실 난 그런 것을 꿈꾸어왔다. 가끔은 학교의 시베리아 벌판 같은 테이블에 앉아서, 나사에 자원해 어딘가 완전히 다른 행성에 가서 살기로 한다거나, 평화봉사단에 참여해 인도에서 테레사 수녀와 함께 일하게 된다거나, 증인 보호 프로그램에 따라 성형수술로 외모를 바꾸고 새로운 이름이 박힌 신분증을 갖게 된다면 어떨까 상상해보았다. 그들이 아빠에게는 내가 비극적인 화재로 죽었다고 말할 것이다. 아빠는 슬퍼하겠지만 잘 이겨낼 것이다. 마저리는 행복해하겠지. 더는 아이를 부양하지 않아도 될 테니까.

캐나다가 좋을 것 같아, 엄마가 말했다. 거기서도 영어를 쓰고, 여권 없이도 국경을 넘어갈 수 있으니까. 나한테 돈이 좀 있어. 사실 프랭크도 할머니의 유산으로 받은 돈이 있고. 돈을 찾으려고 했다가는 발각될 테니 건드릴 수 없는 돈이기는 하지만.

내내 나는 한마디도 하지 않았다. 엄마의 손을 쳐다보고 있었다. 우리가 함께 소파에 앉아 있을 때 내 머리를 쓰다듬어주던 엄마의 손길을 떠올리면서. 지금도 엄마는 내 머리카락으로 손을 뻗었지만 나는 엄마를 밀쳐냈다.

근사하군요, 내가 입을 열었다. 여행 잘하세요. 언젠가 다시

볼 수 있겠죠. 먼 미래에요, 그렇죠?

무슨 소리니? 우리 다 같이 떠나는 거야, 이 멍청아. 너 없이 내가 어떻게 살 수 있겠니? 엄마가 말했다.

그러니까 그들이 나를 두고 떠나리라는 내 생각은 틀린 것이었다. 엄마가 하는 말을 들으니 우리는 이 엄청난 모험을 다 같이 할 예정이었다. 우리 셋이서. 엘리너가 내 머릿속에 정신 나간 생각을 잔뜩 집어넣은 것이다. 내가 바보였지.

이게 속임수가 아니라면, 만약 그렇다면 엄마 본인조차 속고 있는 것일지도 모른다. 엄마를 따라나서게 하려고 프랭크가 속임수를 쓴 것일 수도 있다—나는 나중에 간다고 해놓고는 데려가지 않는 것이다. 갑자기 이제 무엇을 믿어야 좋을지 알 수가 없어졌다. 무엇이 진짜인지 알 수가 없었다. 하지만 한 가지만큼은 확실했다. 엄마의 손은 평소와 달리 떨리지 않았다.

학교를 떠나야 해, 엄마가 말했다. 마치 그게 나한테 힘든 일일 거라는 투로. 네가 어디로 가는지 아무한테도 말해서는 안 돼. 우린 차에 짐을 꾸려 싣고 길을 떠날 거야.

바리케이드는 어쩌고? 고속도로 순찰대는? 신문이며 뉴스에 사진이 다 나왔는데?

그들은 혼자 이동하는 남자를 찾고 있어. 가족일 거라고는 예상 못할 거야. 엄마가 말했다.

항상 가족이라는 말을 들으면 마음이 움직였다. 거짓말하는 낌새가 보이는지 확인하려고 엄마의 얼굴을 자세히 살폈다. 그 다음에는 설거지를 하는 프랭크를 보았다.

방금 전까지는 눈치채지 못했었지만 그는 평소와 달라 보였다. 물론 똑같은 얼굴에 똑같이 키가 크고 야위고 근육질의 몸이었다. 그러나 갈색과 회색이 섞인 그의 머리카락은 새까맸다. 염색을 한 것이다. 눈썹까지도. 약간 조니 캐시를 닮아 보였다. 에벌린 아주머니와 배리가 놀러오던 시절에 그의 레코드를 알게 되었다. 무슨 까닭에서인지 배리가 〈폴섬 교도소에서〉 라이브 공연 앨범을 무척 좋아해서 우리는 줄곧 그것을 들었다.

이제 어딘가 섬에 있는 우리 셋을 그려보았다—그러고 보니 프린스에드워드 섬이었다. 엄마는 꽃밭을 가꾸고 첼로를 연주한다. 프랭크는 사람들 집에 페인트칠을 해주고 물건들을 수리한다. 밤에는 그가 우리를 위해 요리를 해주고, 저녁을 먹고 나면 우리의 작은 농가에 둘러앉아 카드 게임을 한다. 두 사람이 같이 자도 괜찮을 것이다. 나도 나이를 먹을 테니. 내게도 여자친구가 있어서 그애랑 같이 숲으로 나가거나 멕시코만류가 흐르는 바닷가 절벽에 간다. 그녀가 벌거벗은 채 물에서 나오면 나는 수건을 들고 물기를 말려준다.

네 허락이 필요하단다, 프랭크가 말했다. 너는 네 엄마의 유일한 가족이니까. 네가 괜찮다고 해줘야 돼.

그가 말하는 동안 엄마는 그의 손을 잡고 있었다. 하지만 내 손도 잡고 있었다. 적어도 그 순간만큼은 어떤 사람이 연인과 자신의 아들을 동시에 사랑할 수 있을 것 같았다. 누구든 해낼 수 있을 것처럼 보였고, 심지어 말이 되는 것 같았다. 우리 모두 행복해질 것이다. 엄마가 행복해지는 것이야말로 나에게는 좋은 일이다. 우리가 서로를 찾아낸 것—그가 엄마를 찾아낸 것뿐 아니라 우리 셋 모두가 서로를 찾아낸 것—은 오랜 시간 동안 우리 삶에 찾아온 첫번째 진짜 행운이라 할 만했다.

네, 저는 좋아요. 캐나다요. 내가 대답했다.

18장

기온이 거기에서 더 오르리라고는 상상 못했겠지만, 실은 그랬다. 그날 밤은 너무 더워서 나는 시트 한 장도 덮지 않은 채 사각팬티 바람으로 배 위에는 젖은 천을 올려놓았고 침대 옆에는 얼음물 한 잔을 두고 누웠다. 엄마와 프랭크가 평소 하던 일을 하룻밤은 쉴 거라 생각했지만 오히려 열기 탓에 그 어느 때보다도 더 불타오르는 것 같았다.

예전 같으면 내가 잠들었다고 생각될 때까지 기다렸다가 시작하는 듯했지만, 내게 결혼하겠다고 털어놓고 우리 셋이 다 함께 캐나다로 떠나기로 한 마당이어서 그랬는지—내가 그들의 관계를 인정해주었기 때문일지도—내가 불을 끄기도 전에 시작했다.

아델. 아델. 아델.

프랭크.

그의 낮은 목소리가 조니 캐시처럼 그르렁거렸다. 부드럽고 숨가쁜 엄마의 목소리. 처음에는 부드럽다가 점점 더 커져갔다. 그러더니 침대 머리판이 벽에 쿵쿵 부딪혔다. 엄마의 새 울음소리 같은 비명. 개가 예전에 받은 적이 있는 뼈다귀를 쪽쪽 빨아 먹는 꿈을 꾸며 그 맛을 생생하게 느끼면서 내는 소리 같은 그의 목소리.

커튼조차 움직이지 않는 습한 더위 속에 누워 나는 정신을 딴 데로 돌리려고 엘리너 생각을 했다. 너무 말라빠진 것만 제외하면 예쁘장했다. 예쁘지 않다고 할 수도 있지만 그애 주위에는 뭔가 에너지장 같은 것이 있었다. 그애를 만지기만 해도 전기 충격을 받을 것 같았지만, 그게 꼭 나쁘다는 의미는 아니었다. 그애가 나에게 키스했을 때 빅스 바포럽* 맛이 났다. 유칼립투스. 그애는 내 귀에 혀를 넣었다.

그애는 조금 미쳤지만 좋은 소식일지도 모른다. 보통 여자아이라면 나와 친구가 되는 것이 우리 학교에서 사회적 지위를 얻는데 전략적으로 좋은 행동이 아니라는 사실을 알았을 것이다—아직은 몰라도 곧 알게 될 것이다. 내가 도서관에서 그 점을 이

* 바르는 기침 완화제.

미 일러주었지만 그애는 나를 바라보기만 했다.

일단 개학하면 남들 보는 앞에서는 나한테 말 걸고 싶지 않을지도 몰라, 내가 그애에게 말했다. 인기 있는 아이들은 너를 루저 취급할 거야.

그애가 말했다. 어째서 내가 그런 애들이랑 친구가 되고 싶어 하겠니?

이제 나는 키스하는 우리 둘을 좀더 상상했다. 이번에는 서서만이 아니었다. 누워서였다. 그애는 내 머리에 손을 얹고 손가락으로 내 머리카락을 훑어내렸다. 그애는 제대로 먹지도 못하고 겁먹었지만 숲의 야성 같은 것을 지닌 떠돌이 고양이 같았다. 그애는 도망갈지도 모른다. 아니면 나를 확 덮칠지도. 얼굴을 핥아줄지 아니면 발톱을 세우고 피가 나도록 할퀼지 절대 알 수가 없다.

그애가 셔츠를 벗는 모습을 그려보았다. 브라도 입지 않았다. 그럴 필요가 없었다. 하지만 완전히 절벽일 거라 생각했던 그애의 가슴은 사실 약간 봉긋했고 분홍빛 젖꼭지는 생각했던 것 이상으로 압정처럼 삐죽 솟아 있었다.

거기에 키스해도 돼, 그애가 말했다.

옆방에서 아마 프랭크와 엄마가 그렇게 하고 있겠지만, 그 생각은 하고 싶지 않아서 엘리너 쪽으로 다시 채널을 돌렸다.

어디에 키스해주면 좋겠어? 그애가 물었다.

아침이 되자 커피 향이 났다. 프랭크가 우리 마당 끝 덤불에서 야생 블루베리를 좀 찾아내서 그것으로 팬케이크를 구웠다. 메이플 시럽이 없어서 너무 아쉽구나, 그가 말했다. 조부모님과 농장에서 살던 시절, 그들은 매년 3월이면 나무에서 채취한 수액을 오두막에서 끓였다. 졸여서 메이플 크림으로 만든 것을 비스킷에 발라 먹기도 했다.

캐나다에 가면 난 아주 열심히 일할 거예요, 그가 말했다. 당신에게 뭐든 다 해주고 싶어요. 멋진 부엌이랑. 현관이랑. 창문으로 완만하게 굽은 들판이 내다보이는 높은 침대도. 다음 여름에는 정원을 가꿀 거예요.

너랑 나랑, 얘야. 그가 말했다. 야구 연습도 제대로 해보자. 봄이 오면 연습을 시켜서 네 글러브로 들어온 공을 총알처럼 날릴 수 있게 해주마.

*

영화에는 사람들이 사랑에 빠진 것을 보여주려고 넣는 그런 장면들이 있다. 〈내일을 향해 쏴라〉가 좋은 예가 되겠지만, 그 밖에도 많다. 세세한 장면들을 하나하나 보여주기보다는 귀에 쏙 박히는 로맨틱한 노래를 깔고, 그동안 두 사람이 서로 즐거운 시간을 보내는 모습을 보여주는 식이다. 자전거를 타고 손을 잡고 들판을 달리고 아이스크림을 먹고 회전목마를 타고 빙글빙글 돈다. 식당에서 자기 포크에 스파게티를 감아 상대에게 먹여준다. 보트를 타고 노를 젓다가 배가 뒤집히지만 물속에서 고개를 내밀고 웃음을 터뜨린다. 빠져 죽는 사람은 아무도 없다. 모든 것이 완벽하다. 심지어 보트가 뒤집히듯 일이 꼬일 때조차도 역시 완벽한 점이 있다.

그날의 우리를 놓고 그런 영화 장면들을 찍을 수 있었을 것이다. 사랑에 빠진 두 사람이 아니라 가족이 된 세 사람이라는 점만 달랐다. 팬케이크로 시작해서 죽 이어진 장면들은 진부하지만 진실하다.

프랭크와 나는 설거지를 하고 나서 다시 잠시 캐치볼을 했다. 그는 내가 아주 많이 나아졌다고 했는데 사실이었다. 그러다가 엄마가 나왔고, 우리는 다 함께 세차를 했다. 세차를 다 마쳐갈 즈음 엄마가 프랭크와 내 쪽으로 호스를 돌려서 우리는 흠뻑 젖어버렸지만 워낙 무더운 날씨 때문에 기분이 좋았다. 프랭크가 호스를 빼앗아 엄마에게 물을 뿌렸다. 엄마도 흠뻑 젖어서 안으로 들어가 옷을 갈아입어야 했다. 엄마는 우리에게 들어와 아래층에서 기다리라고 하고는 패션쇼를 벌였다. 사실 프랭크를 위한 패션쇼였지만 나도 즐겁게 구경했다—엄마는 옷을 하나씩 갈아입고 런웨이 위의 모델이나 미스아메리카 선발대회에 나온 아가씨처럼 방안을 뽐내며 걸었다.

엄마가 프랭크에게 보여주려고 입은 많은 옷이 다 내가 처음 보는 것들이었다. 아마 입을 일이 없어서였을 것이다. 그는 무척 좋아했고, 그와는 다른 식이기는 하지만 나도 그랬다. 엄마가 너무 예뻐서 자랑스러웠다. 엄마가 행복해 보이니까 나도 좋았다. 엄마가 행복하기를 바라기 때문이기도 하지만, 그런 엄마를 보고 있자니 나 역시 마음이 편해졌던 것이다. 걱정할 필요도 없고 엄마의 기운을 북돋워줄 방법을 찾아내려 머리를 쥐어짜지 않아도 되었다.

점심때에는 프랭크가 감자와 양파로 근사한 수프를 만들었는데, 차게 내어서 더운 날씨에 딱 어울렸다. 그런 다음 엄마는 그의 머리를 잘라주기로 했다. 프랭크는 나도 머리를 잘라야 한다며 자기가 해주겠다고 했다. 그는 놀랄 만큼 머리를 잘 잘랐다. 감옥에서 그가 사람들 머리를 다 잘라주었다고 했다. 가위를 소지하는 것은 허락되지 않았지만, 마당에 떨어진 무른 시멘트 조각 속에 가위를 숨겨둔 사람이 있었다.

프랭크는 지난 십팔 년간 있었던 곳에 대해서는 거의 얘기하지 않았지만, 교도관 한 사람에게 가위가 발각되는 바람에 죄수들 모두 예전의 짧게 바짝 깎은 머리로 돌아가게 되어, 다들 프랭크가 머리를 잘라주던 좋았던 옛 시절을 그리워하곤 했다는 이야기는 우리에게 들려주었다.

엄마는 그에게 텍사스 투스텝 추는 법을 가르쳐주었다. 그는 다리 때문에 아직 춤을 제대로 추기 힘들었지만.

내가 다 나으면, 아델, 당신을 시내에 데려가줄게요. 그가 엄마에게 말했다.

캐나다에서를 말하는 거겠지.

너무 더워서 저녁 먹을 생각이 들지 않았고, 엄마가 버터를 녹여 팝콘을 만들었다. 우리는 텔레비전 앞 바닥에 베개를 깔고 누워서 영화 〈투씨〉를 보았다.

국경선을 넘을 때 저렇게 하면 되겠어요, 엄마가 프랭크에게 말했다. 당신이 여장을 하는 거예요. 내 옷을 입으면 돼요.

엄마의 말에 우리는 다시 우리가 처한 현실로 돌아왔다. 하루 동안 우리는 걱정거리라고는 싱크대의 막힌 음식 찌꺼기 처리기를 뚫는 정도뿐인 속 편한 사람들처럼 굴었지만, 이 세상에서 가진 모든 것, 예전 삶의 모든 것을 한 차 가득 싣고, 도망가야 한다는 생각뿐 어디로 가야 할지도 모른 채 국경을 넘어 다른 나라로 향하는 모습이 눈앞에 떠오르자 침묵이 깔렸다.

침묵을 깨려는 의도였는지 엄마가 말했다. 더스틴 호프먼은 여장을 해도 꽤 괜찮더라.

저는 제시카 랭 타입에 더 가까운데요, 내가 말했다.

난 아델 타입에 더 가깝지, 프랭크의 말이었다.

영화가 끝난 후 나는 피곤하다고 하고 위층으로 올라갔지만 잠자리에 들지는 않았다. 잠시 책상 앞에 앉아 있었다. 아빠에게 편지를 써야겠다고 생각했다. 오랫동안 아빠를 못 볼지도 모른다. 아빠를 만날 때 좋았던 적은 거의 없었지만 그래도 슬퍼졌다.

아빠에게, 이렇게 썼다. 지금 어디로 가는지는 말씀 못 드리지만 아빠가 걱정하지 않으셨으면 좋겠어요.

아빠에게, 다시 시작했다. 한동안 연락 못 드릴지도 몰라요.

꼭 말씀드리고 싶은데, 저녁 외식에 데려가주신 거 정말로 감사해요.

제 과학 숙제 도와주신 것도 감사해요.

우리 모두를 디즈니월드에 데려가려고 얼마나 열심히 일하셨는지 알아요.

아빠한테 다른 아이들이 있어서 계속 바쁘실 테니 다행이에요.

어떤 일로도 아빠를 원망하지 않아요.

때로는 한동안 서로 못 보게 되는 것도 괜찮은 것 같아요. 다시 만나면 서로 할 얘기가 많을 테니까요.

제 걱정은 하지 마세요. 잘 지낼 거예요.

리처드와 클로이에게도 인사 전해주세요. 마저리에게도요.

나는 편지 끝머리에서 오래 망설였다. 아들 올림이라고 쓰기로 했다. 그러다 올림이라고만 썼다. 다시 줄을 그어 지웠다. 줄을 긋다니 바보 같아 보인다는 생각이 들었다. 아빠가 자세히 본다면 내가 처음에 썼던 글자가 보일 것이다. 다시 아들 드림이라고 썼다. 사랑을 담아라고 썼던 것보다는 그게 더 낫기는 하다.

19장

화요일 아침. 내일이 개학이다. 엄마는 냉장고를 청소했다. 차에 실을 것을 상자에 넣기 시작했지만 놀라울 정도로 실을 것이 없었다. 우리 접시는 굿윌*에서 산 것이었다. 냄비와 팬 두어 개도 대단치 않은 것들이었다. 커피포트도.

엄마의 카세트 플레이어는 가져가고 텔레비전은 가져가지 않기로 했다. 나는 아래층으로 내려와서 텔레비전을 켜고 시리얼을 먹으면서 보았다. 제리 루이스가 드디어 방송을 끝냈지만 이번에는 리지스와 캐시 리가 나왔다.

저 소리는 그립지 않을 것 같아, 엄마가 텔레비전을 보며 말했

* 쓰지 않는 물건을 기증받아 다시 저렴하게 판매하는 사회단체.

다. 프린스에드워드 섬에서는 새소리를 들을 수 있을 거야.

우리가 뭘 할지 아니, 헨리? 엄마가 물었다. 너한테 바이올린을 시킬 거야. 늙은 캐나다인 바이올린 연주자를 찾아서 너한테 연주하는 법을 가르쳐달라고 해야지.

사실 첼로는 엄마 것이 아니었기 때문에 가져가지 않기로 했다. 우리가 프랭크와 함께 국경을 넘는 것으로 깨려고 하는 다른 중요한 법을 생각하면, 빌린 첼로 한 대 훔치는 것쯤이야 일도 아니라는 생각이 들었지만. 신경쓰지 마, 거기에서 또 구하면 되지. 이번에는 큰 걸로. 네가 바이올린을 배우면 같이 연주하자. 엄마가 말했다.

한 가지 엄마가 아쉬워한 것은 우리가 비축해둔 물건들을 버리고 가야 한다는 점이었다—일 년 치의 화장실용 휴지와 키친타월, 캠벨 수프였다. 프랭크는 차에 그것들을 실을 공간이 없다고 했고, 어쨌든 국경을 넘으면서 검문을 받을 때 의심을 사게 될 것이다. 엄마 옷은 좀 가져갈 수 있지만 다는 아니었다. 엄마의 근사한 무용복—반짝반짝 빛나는 치마와 스카프—실크 꽃 장식이 달린 모자, 탭 슈즈와 부드러운 가죽 발레화, 탱고를 출 때 신던 하이힐. 엄마는 제일 좋아하는 몇 가지만 골라야 했다. 더는 실을 자리가 없었다.

엄마는 우리 사진첩도 빼놓지 않고 챙겼다. 엄마가 어릴 때 찍은 사진은 거의 없었지만, 내 사진은 가죽 장정 앨범으로 대여섯 권은 되었다. 아빠가 같이 찍힌 사진마다 엄마가 면도칼로 아빠 얼굴을 도려내기는 했지만. 내가 나온 사진 몇 장—두 살, 세 살, 네 살 때—에서 엄마는 임신한 티가 나는 헐렁한 상의를 입고 있었다. 페이지를 더 넘겨보면 아기는 나오지 않는다. 한 앨범의 뒤쪽에 우표만한 크기의 발자국 도장이 있을 뿐이다. 편이었다.

나로 말하면 꾸릴 만큼 아끼는 것이 별로 없었다. 『나니아 연대기』와 『마술 대백과』, 어릴 때 보던 『꼬마 강아지 포키』와 『호기심 많은 조지』 정도였다. 혓바닥을 내민 알베르트 아인슈타인 포스터도.

짐을 꾸리다보니 내가 가장 좋아하는 것은 바로 조였다. 애완동물 가게에서 집으로 데려왔던 때를 제외하고 조는 한 번도 차를 타본 적이 없었지만, 조가 겁을 먹는다면 우리에서 꺼내 내 셔츠 속에 안고 심장 고동을 느낄 수 있게 해주면 될 것 같았다. 아무데도 가지 않을 때도 가끔 그렇게 하고 있으면 조가 좋아했다. 나도 조의 실크처럼 보드라운 털 밑에서 내 것보다 빨리 뛰는 심장을 느낄 수 있었다.

조는 무더위에 잘 지내지 못했다. 쳇바퀴를 돌리는 일에도 관심을 보이지 않은 지가 며칠 되었다. 그저 우리 바닥에 드러누워 멍한 얼굴로 숨을 할딱일 뿐이었다. 먹이도 건드리지 않았다. 일어나서 물을 먹는 것조차 너무 힘겨워 보여서 내가 점안기로 조에게 물을 좀 먹여주었다.

조가 걱정이에요, 그날 아침 엄마에게 말했다. 날씨가 시원해질 때까지는 차에 태우고 싶지 않은데.

그 얘기를 좀 해야겠구나, 헨리. 햄스터는 국경 너머로 데리고 갈 수가 없어. 엄마가 말했다.

몰래 들여가면 되잖아요, 내가 말했다. 제 옷 속에 숨기면 돼요. 안 그래도 그렇게 데려갈 생각이었어요. 그러면 겁먹지 않을 테니까요.

조가 발견되면 다른 것도 전부 확인할 거야. 프랭크도 금세 발각될 테고. 경찰이 그를 체포할 거야. 우리는 돌려보내겠지.

조도 우리 가족이에요. 조를 두고 갈 수는 없어요.

조에게 좋은 집을 찾아주자. 저비스 씨네라면 손주들이 있으니 조를 좋아할 거야.

나는 프랭크를 보았다. 그는 바닥에 무릎을 꿇고 앉아 리놀륨을 닦고 있었다. 모든 것을 다 좋은 상태로 남겨두고 가고 싶어, 엄마가 그렇게 말한 적이 있었다. 엄마는 사람들이 엄마를 놓고 이러쿵저러쿵하는 것이 싫었다. 그는 손에 칼을 들고 타일과 석고보드가 만나는 자리를 따라 더께 진 먼지를 긁어냈다. 고개를 숙인 채 나와 눈을 마주치지 않았다. 엄마는 철수세미로 오븐 토스터의 같은 자리를 닦고 또 닦기만 했다.

조가 못 간다면 나도 안 갈래요. 내가 이 집에서 좋아하는 건 조 하나뿐이에요. 내가 엄마에게 말했다.

엄마는 다른 햄스터를 사주겠다고 할 정도로 무신경하지는 않았다. 아니면 내가 늘 키우고 싶어했던 개를 사주겠다든가 하지도 않았다.

내가 말했다. 엄마는 제가 아빠를 다시는 못 만나게 되어도 괜찮은지 단 한 번도 물어보지 않았어요. 형제자매가 있는 사람들도 있어요. 저한테는 조뿐이란 말이에요.

그 말이 엄마에게 어떻게 들릴지 잘 알고 있었다. 겉으로는 흔들림 없는 얼굴 그대로였지만 그 순간 누가 이상하고 끔찍한 독성을 지닌 화학물질을 엄마에게 주사한 것이나 마찬가지였다. 엄마의 피부가 얼어붙는 것처럼 보였다.

그럼 일을 다 그르치게 될 수도 있어, 엄마가 말했다. 엄마의 목소리가 하도 조용해서 잘 들리지 않을 정도였다. 햄스터 한 마리 때문에 내가 사랑하는 사람을 위험에 빠뜨리라고 하는구나.

엄마가 그렇게 우스꽝스럽게 들릴 소리를 하는 것이 싫었다. 마치 내 삶 전부가 사소한 농담 한마디에 뿌리를 둔 것처럼.

엄마가 좋아하는 것만 중요하죠, 내가 말했다. 엄마랑 프랭크요. 엄마가 원하는 건 프랭크랑 같이 침대에 들어가 그 짓 하는 것뿐이잖아요.

전에는 한 번도 써본 적이 없는 말이었다. 우리집에서 들어본 적도 없는 말이었다. 내 입에서 그 말이 나가기 전까지는 어떤 말이 그렇게 큰 힘을 지닐 수 있다고는 믿지 않았을 것이다.

엄마가 바닥에 우유를 쏟아붓던 때가 기억났다. 또 어느 땐가—아주 오래 전이라 낡은 폴라로이드 사진처럼 거의 빛바랜 기억이었다—엄마가 눈을 무슨 천 같은 것으로 가리고 벽장 속에 앉아서 죽어가는 짐승 같은 소리를 내던 일도 기억났다. 훨씬 나중에야 깨달았지만 아마 아기가 죽은 직후였을 것이다. 마지막 아기였다. 지금까지 잊고 있었지만 이제 엄마가 금방이라도 주위에 겨울 부츠와 진공청소기 호스와 우산이 어지러이 뒤섞여 있는 마룻바닥에 웅크리고 앉아 코트를 뒤집어쓸 것 같았다. 전에 한 번도 들어본 적이 없는 소리였지만 나는 그 소리를 들었을 때 마치 막을 수 있다는 듯이 엄마 위로 몸을 던졌다. 엄마의 입을 손으로 막고 엄마의 얼굴을 내 셔츠로 문질렀다. 하지만 그 소리는 멈추지 않고 계속해서 나왔다.

그러나 이번에는 아무 소리도 없었다. 그게 더 나빴다. 히로시마를 상상한다면 그럴 것이다. 언젠가 핵폭탄이 떨어진 후의 히로시마에 관해 리포트를 쓴 적이 있었다. 그 일이 터졌을 때 어디에 있었건 모두들 그 자리에 그대로 얼어붙은 채 눈을 뜨고 지켜보았고 얼굴에서 피부가 녹아내렸다.

엄마는 그 자리에 서 있었다. 여전히 오븐 토스터를 잡고 있었다. 맨발이었고 손에는 빵 부스러기를 털어낼 행주를 들고 있었다. 엄마는 움직이지 않았다.

나서서 입을 연 사람은 프랭크였다. 그는 칼을 내려놓고 바닥에서 일어나 긴 팔로 엄마의 어깨를 감싸안았다.

괜찮아요, 아델. 그가 말했다. 잘 해결할 수 있어요. 햄스터를 데려갑시다. 하지만 헨리, 네가 엄마에게 사과했으면 좋겠구나.

내 방으로 올라왔다. 서랍장에서 옷을 끄집어내기 시작했다. 관심 없는 스포츠 팀의 티셔츠. 아빠가 리처드와 나를 데려가서 보여주었던 레드삭스 게임에서 얻은 야구 모자. 나는 7회에 퍼즐북을 꺼냈었다. 아프리카의 펜팔 친구 아라크한테서 온 편지 두어 통, 몇 년 전 그와 연락이 끊어졌다. 어릴 때 금이라고 믿었던 황철석 한 조각. 언젠가는 그것을 팔아서 큰돈을 마련해 엄마에게 근사한 여행을 시켜줘야겠다는 생각을 했었다. 뉴욕이나 라스베이거스 같은, 어딘가 춤추는 사람들이 있는 곳으로. 프린스에드워드 섬은 아니었다.

엄마의 방으로 가니 카세트 플레이어가 있었다. 플러그를 뽑아 내 방으로 가져와서 테이프를 넣었다. 건스 앤드 로지스를 최대 볼륨으로 틀었다. 그리 좋은 카세트 플레이어는 아니어서 볼륨을 키웠더니 저음부에서 지지직대는 소리가 났지만 그건 중요하지 않았다.

오후 내내 방에 틀어박혀 있었다. 내가 가진 것은 죄다 쓰레기봉지에 넣었다. 봉지에 물건을 던져넣으면서 두어 번은 그냥 둘까 망설이기도 했지만 다 태워버리고 싶었다. 일단 돌려놓기 시작해도 전과 같지 않다.

오후 늦게 마지막 물건까지 봉지에 집어넣고는 아래로 가져가서 쓰레기통에 전부 버린 다음, 엘리너의 전화번호를 꺼냈다. 선반에서 책을 꺼내 상자에 넣고 있는 엄마와 프랭크 곁을 천천히 지나 거실을 가로질러 전화기까지 걸어갔다. 책 대부분은 처음부터 도서관의 25센트 세일에서 사 온 것이었고 이제 다시 거기로 보낼 것이다.

어디 궁금해해보라지.

나는 수화기를 집어들고 다이얼을 돌렸다. 신호음이 울리자마자 그애가 전화를 받았다.

우리 만날래?

다른 때 같았으면 엄마는 나에게 어디 가느냐고 물었을 것이다. 이번에는 엄마가 아무 말도 하지 않았지만 어쨌거나 내가 말해주었다.

아는 여자애를 좀 만나러 가요. 혹시 궁금해하실까봐.

엄마는 고개를 돌려 나를 보았다. 엄마의 얼굴에 떠오른 표정은 클로이가 태어난 후 아빠가 처음 나를 데리러 왔을 때를 상기시켰다. 우리는 마당에 있었고 차 창문이 열려 있어서 아기 우는 소리를 들을 수 있었다. 바로 그때 나는 꼭 주먹으로 때려야만 사람을 쓰러뜨릴 수 있는 게 아니라는 사실을 깨달았다.

엄마가 안 할 짓은 우리도 안 해요. 나는 그렇게 말하고 문을 쾅 닫고 나왔다.

*

나는 엘리너를 공원 놀이터에서 만났다. 우리 말고는 아무도 없었다. 너무 더웠다. 우리는 그네에 앉았다. 그애는 원피스를 입고 있었는데 길이가 너무 짧아서 옷을 다 입지 않은 것처럼 보일 정도였다.

우리 엄마가 무슨 짓을 했는지 믿지 못할 거야. 햄스터를 두고 가는 건 일도 아니라고 생각해. 내가 말했다.

엘리너가 땋은 머리를 만지작거렸다. 그러고는 머리끝을 잡아

마치 그 붓으로 입술에 칠을 하듯 입가로 가져갔다.

넌 그런 데 익숙하지 않을 수도 있겠지만 심리학자들 말로는 사람들이 동물을 어떻게 다루는지 보면 많은 것을 알 수 있대. 네 엄마가 나쁜 사람이라는 얘기가 아니야. 하지만 사이코패스 살인자들을 보면, 대부분 애완동물을 괴롭히는 것으로 시작했어. 존 웨인 게이시나 찰스 맨슨을 봐. 사람들 쪽으로 관심을 돌리기 전에 그들이 고양이한테 무슨 짓을 했는지 들어보라고.

내가 말했다. 둘 다 꼴도 보기 싫어. 엄마나 프랭크나. 엄마는 내가 뭘 원할지는 생각조차 하지 않아. 프랭크는 관심을 보이는 척하지만 그가 원하는 건 엄마 기분을 맞춰주는 것뿐이야.

내가 그랬잖아, 섹스는 마약이라니까. 엘리너가 말했다.

그들은 자기들이 나를 책임지고 있다고 생각해.

그걸 이제 알았니? 부모들은 늘 그런 식이야. 우리가 아기일 때는 좋아하지만, 부모가 원하는 것과 다른 식으로 우리 나름대로 생각을 하게 되면 우리 입을 다물게 한다니까. 어제 내가 가고 싶은 학교에서 전화가 와서 아빠한테 등록금을 납부할 방법이 있느냐고 물었거든. 난 듣고 있었어.

아빠가 뭐랬는지 알아? 실은 제 전처와 저는 지금 이 시점에서 엘리너에게는 가족과 함께 사는 것이 가장 좋다고 판단했습니다. 딸아이는 식이장애로 문제를 겪어왔고, 아무래도 집에서 제일 잘 살필 수 있겠다는 결론을 내렸지요.

아빠가 나만 생각하고 있다는 듯이 말이야. 내놓기 아까운 1만 2000달러하고는 아무 상관도 없다는 듯이. 그녀가 말했다.

엄마가 아빠에게 나를 데려가라고 한 적은 한 번도 없었어. 나하고는 그 문제를 의논한 적도 없고. 내가 말했다.

사실 캐나다 동부 해안 계획에서 한 가지 마음에 들었던 부분은 더이상 아빠와 마저리와 함께 토요일 밤에 프렌들리스에 가지 않아도 된다는 것이었다. 그러나 엄마가 먼저 그렇게 생각해 버려서는 안 되었다. 나와 상의를 했어야 했다.

부모들은 뭐든 다 마음대로 쥐고 흔들어야 직성이 풀린다니까, 엘리너가 말했다. 네가 그 남자를 경찰에 알려서 잡혀가게 한다면 엄마한테 제대로 한 방 먹이는 거야. 네가 주도권을 쥐게 된다고.

그때까지는 내가 정말 화가 났다는 생각뿐이었다—화가 난 외에도 다른 여러 감정이 교차했지만 그중에서 좋은 것은 하나도 없었다. 처음에는 엄마와 프랭크가 나를 두고 떠날지도 모른다는 생각에 무서웠다. 그다음에는 내가 더는 엄마의 세상에서 가장 중요한 사람이 아니라는 소외감 비슷한 기분을 느꼈고, 앞으로 어떻게 될지 몰라 겁이 났다. 하지만 내가 어떤 기분을 느끼든—아무리 화가 났더라도—엄마한테 한 방 먹이고 싶지는 않았다. 사실 엄마가 행복하기를 바랐다. 단지 나와 함께 행복했으면 했다.

엘리너가 한 말의 또다른 부분—프랭크가 잡혀가게 하는 것—에 나는 몸서리를 쳤다. 나도 모르게 그와 함께 캐치볼을 하던 것을 떠올렸다. 우리 둘이 부엌에 있는 모습, 엄마를 위해 그가 하트 모양으로 구워준 블루베리 팬케이크, 배리를 욕조에서 번쩍 들어올리던 순간과 침대에 앉히고 손톱을 잘라주던 일을 생각했다. 그가 접시를 닦으며 속삭이던 말도. 미국에서 제일가는 부자도 오늘밤 우리만큼 맛있는 파이를 먹지는 못할걸. 또는 공이 보이니, 헨리?

네가 말한 아이디어에 대해서 좀더 생각해봤어, 내가 말했다. 엄마랑 프랭크가 아무리 심한 짓을 했다 해도 차마 그를 다시 감옥으로 보내지는 못하겠어. 지금 잡혀가면 그는 아마 감옥에 꽤 오래 있게 될 거야. 탈옥을 했으니 훨씬 더 심한 벌을 받겠지.

바로 그거야, 헨리. 그를 없애버리라고, 기억 안 나? 그를 네 삶에서 쫓아버리란 말이야. 엘리너가 말했다.

그렇지만 그는 영원히 감옥에서 썩어야 할 사람은 아닐지도 몰라, 내가 말했다. 그는 좋은 사람인 것 같아. 우리 엄마를 뺏어가고 싶어하는 것만 빼면. 그리고 그가 다시 감옥에 가게 된다면 엄마는 정말로 슬퍼할 거야. 극복하지 못할지도 모른다고.

엘리너가 말했다. 한동안은 슬퍼하시겠지. 그래도 결국은 너에게 고마워하실 거야. 그리고 돈에 대해서도 잊지 마.

내가 말했다. 난 어린애일 뿐인데. 사실 그렇게 큰돈 필요 없어.

너 장난하니? 그 정도 보상금이면 뭐든 다 할 수 있다는 거 알면서. 차를 사서 면허를 따기 전에 미리 준비해놓을 수도 있어. 멋진 스테레오 장비들도 살 수 있고. 뉴욕에 가서 호텔에 묵을 수도 있어. 내가 다녔던 웨더베인 학교에 지원할 수도 있단 말이야. 너도 틀림없이 거기가 마음에 쏙 들 거야.

그건 공정하지 않은 것 같았다. 고자질쟁이가 되는 것 같았다. 그런 짓을 한 사람에게 보상을 해주어서는 안 된다.

엘리너는 고개를 휙 들어 흘러내린 앞머리를 넘기고 부자연스럽도록 큰 눈으로 나를 보았다—내가 본 사람들의 눈 중 유일하게 홍채 주위가 온통 흰자로 가득했는데, 그 때문에 카리스마를 풍겼지만 한편으로는 약간 만화 속의 인물처럼 보이기도 했다. 그애는 손을 뻗어 내 뺨에 갖다 댔다. 내 목을 어루만졌다. 영화에서 보았을 법한 식으로 내 셔츠 앞섶으로 손을 뻗었다. 전에는 미처 몰랐지만 그애의 손톱은 하도 물어뜯어서 끝에 피가 보일 정도였다.

그애가 말했다. 너한테서 참 마음에 드는 점 한 가지는, 헨리, 무지 다정하다는 거야. 그럴 가치가 없을지도 모르는 사람들한테까지도. 넌 사실 내가 아는 대부분의 여자애들보다도 훨씬 더 예민해.

난 그저 아무에게도 상처 주기 싫을 뿐이야, 내가 말했다. 나는 그네에서 일어나 잔디밭으로 걸어가 앉았다. 그애가 내 뒤를 따라왔다. 내 어깨를 잡더니 나를 홱 돌려세워, 우리 얼굴은 그애의 숨결이 느껴질 만큼 가까워졌다.

그애가 나에게 키스했다. 이번에는 내가 꿈꾸었던 장면에서처럼 서 있지 않고 누워 있었다. 그애가 내 위로 올라와 다시 내 입속에 혀를 넣었는데 이번에는 더 깊이 넣었고, 그애의 다른 손은 내 가슴을 더듬으며 더 아래까지 내려갔다.

어떻게 되었나 봐봐. 내가 너를 발기시켰어. 그애가 말했다.

그애는 이런 식으로 말했다. 못하는 말이 없었다.

우리 섹스할 수도 있어. 사실 아직 한 번도 안 해봤지만 우리 사이에 재미난 화학반응이 일어나고 있잖아.

그애가 제 팬티를 끌어내렸다. 빨간 하트 무늬가 있는 자주색이었다.

실제로 그럴 가망도 없으면서 줄곧 상상만 하다가 드디어 진짜로 그런 상황이 되었는데, 할 수가 없었다. 주위에는 아무도 없었다. 하지만 안전하게 느껴지지 않았다.

우리 먼저 서로를 더 잘 알아야 하지 않을까, 내가 말했다. 그 말을 할 때 새롭게 얻은 저음 대신 예전 6학년 때의 고음이 나와서 당황스러웠다.

내가 임신할까봐 걱정이 되어서라면 그럴 필요 없어. 생리를 안 한 지 여러 달 됐거든. 그러니까 지금 내 몸속에는 한창인 난자 같은 건 없다는 얘기지.

그애가 이제 내 페니스에 손을 댔다. 마치 오스카상을 탄 영화배우처럼 그것을 움켜쥐었다. 아니면 그애는 자동차 사고 현장의 지역 방송 진행자이고 이건 마이크든가. 그 이상이었다.

그를 경찰에 신고하지 않으면 어떻게 될지 알아? 그애가 말했다. 네가 잡혀갈 거고 우리는 다시는 서로 보지 못하게 될 거야. 그리고 나는 친구도 없이 홀턴밀스 중학교로 돌아가게 되겠지. 난 아예 음식을 끊어버릴지도 몰라. 그렇게 되면 나를 다시 식이장애 클리닉에 보낼지도 모르지.

내가 말했다. 난 못해. 난 너무 어려. 내가 말해놓고도 믿을 수가 없었다.

엄마와 프랭크는 할 수 있는 한 최선을 다하고 있다고 생각해. 그들 잘못이 아니야. 그애에게 말했다.

넌 현실을 모르는구나. 그애가 일어서서 도로 속옷을 올리며 말했다. 깡마른 다리를 보니 닭 날개가 떠올랐다.

네가 얼간이인 줄은 진작 알았지만 숨은 힘이 있다고 생각했어. 그런데 이제 보니 그냥 바보로구나.

그애가 원피스를 다 입었다. 이제 내 위에 서서 가슴팍에서 먼지를 털어내고 엉망이 된 머리를 땋고 있었다.

네가 멋진 애일지도 모른다고 생각했던 내가 바보지, 그애가 말했다. 네 말이 맞기는 맞구나. 네가 완전히 루저라고 그랬지.

*

그날 밤 엄마는 캡틴 앤디로 상을 차렸다. 생선 요리가 너무 많이 남아서 조금이라도 먹어치우는 편이 좋을 듯했다.

우리는 말 한마디 없이 식탁에 둘러앉았다. 엄마는 자기 몫으로 와인을 한 잔 따르고 또 한 잔 더 따랐지만 프랭크는 전혀 마시지 않았다. 식사 중간쯤 나는 자리에서 일어나 거실로 갔다. 건포도 복장을 한 한 무리의 배우들이 거대한 시리얼 그릇 주변에서 춤을 추고 있었다.

프랭크와 엄마는 차에 짐을 거의 다 실었다. 계획은 아침에 은행에 들렀다가 떠나는 것이었다. 한 가지 문제는 엄마가 의심을 사지 않고 현금을 얼마나 찾을 수 있느냐였다. 계좌의 돈을 다 찾을 수도 있겠지만, 그렇게 많이 인출하면 위험할 수도 있다.

하지만 일단 떠나면 엄마의 계좌에서 돈을 더 찾을 수 없게 될지도 모른다. 캐나다에서 돈을 찾으려고 하다가는 관계 당국에 제보가 들어갈 것이다.

나는 피곤하지 않았지만 일찍 위층으로 올라갔다. 이제 내 방은 거의 텅 비어 있었다. 벽에 붙은 낡은 〈스타워즈〉 포스터와 이년 전 리틀리그에 참가했음을 알리는 증서 말고는 아무것도 없었다. 가져가지 않을 옷가지조차 대부분 상자에 넣어 굿윌 수거함 옆에 놓아두었다. 엄마는 우리가 떠난 후 모르는 사람들이 우리 물건을 건드리는 것이 싫다고 했다. 어디서 왔는지 아무도 모를 곳에 보내는 편이 더 낫다는 것이었다.

책을 읽으려고 했지만 읽을 수가 없었다. 엘리너를 생각했다. 내 몸 위에서 무릎 꿇었던 그애의 가느다란 갈색 다리, 날카로운 갈비뼈, 내 가슴을 누르던 앙상한 팔꿈치를 생각했다. 머릿속에 다른 장면을 떠올리려 해보았다—올리비아 뉴턴존이나 〈해저드 마을의 듀크 가족〉에 나오는 소녀, 〈미녀 삼총사〉의 질이나 〈해피 데이스〉의 누이까지. 더 친근한 부류의 소녀들이었지만 계속 엘리너의 얼굴이 보이고 그애의 목소리가 들렸다.

내가 너를 발기시켰어.

얼간이. 바보. 루저.

잠시 후 엄마와 프랭크가 계단을 올라오는 소리가 들렸다. 다른 날에는 밤에 그들이 속삭이는 소리와 함께 간간이 숨죽인 웃음소리가 들려오곤 했다. 엄마가 머리를 빗거나, 아니면 그가 엄마의 머리를 빗겨주곤 했다. 그리고 샤워를 했다. 물소리. 그 소린 들리지 않았지만 피부에 닿는 손을 상상했다. 한번은 찰싹 때리는 소리에 뒤이어 웃음소리가 들리기도 했다.

그만해요.

좋으면서.

그래요.

그날 밤에는 엄마 침실에서 아무 소리도 들려오지 않았다. 두 사람이 침대에 오르는 소리, 매트리스 위에 누울 때 스프링이 삐걱거리는 소리 뒤에는 아무 소리도 없었다. 침대 머리판이 부딪는 소리도. 신음 소리도. 새의 비명도.

벽을 통해 사랑의 속삭임이 들려오기를 기다렸지만 아무 소리도 나지 않았다. 숨을 참아보아도 들리는 소리라고는 내 심장 고동뿐이었다. 그들의 목소리가 그리웠다.

아델. 아델. 아델.

프랭크. 프랭크.

아델.

창문이 열려 있었지만 주말 바비큐와 이웃들의 파티는 끝났다. 야구 게임도 없었다. 레드삭스의 경기도 끝난 것이 틀림없다. 온 거리의 집집마다 불도 다 꺼졌다. 에드워즈 씨네 집에 켜 놓은 살충등의 파르스름한 형광 불빛만이 유일한 빛이었다. 모기가 등에 부딪힐 때면 희미하게 지글거리는 소리가 들려왔다.

20장

수요일. 그날 아침에는 커피가 없었다. 엄마가 커피포트를 짐에 꾸렸다. 레인지 위에 달걀도 없었다. 가다가 먹자. 일단 고속도로를 타면. 엄마가 말했다.

잠에서 막 깨면 잠시 동안 주변 상황이 어떻게 돌아가고 있는지 잊을 때가 가끔 있는데, 지금이 바로 그때였다. 모든 것이 사라진 내 방에서 깨어나니 내가 있는 곳이 어디인지 생각해내는 것조차 시간이 좀 걸렸다. 그러다가 생각이 났다.

우리 떠날 거야, 내가 말했다. 누군가에게 한 말이 아니었다. 그저 그 말을 듣고 싶었다. 깔개를 말아놓고 물건을 다 치운 텅 빈 방안에서 내 목소리가 낯설게 울렸다. 책상 위에는 아빠에게 쓴 편지를 넣은 봉투가 있었다. 봉투를 주머니에 넣었다. 그것 말고는 아무것도 없었다.

비가 내리고 있어서 하늘은 흐리고 짙은 회색빛이었다. 어젯밤 굿윌 창고 옆에 내다놓은 책과 옷 상자들을 떠올렸다. 이제는 쓸모없게 되어버렸다. 하지만 드디어 열기가 가시게 되어 다행스러웠다.

누군가 샤워를 하고 있었다. 소리를 들어보니 프랭크였다. 휘파람 소리가 들려왔기 때문이다. 아래층으로 내려갔다. 아직 새벽 여섯시밖에 안 된 이른 시간이었지만 엄마가 움직이는 소리가 들려왔다.

엄마는 다용도실로 이어지는 문가에 서 있었다. 언제부터 입었는지 기억도 나지 않는 오래된 체크무늬 바지를 입고 있었다. 그러고 보니 엄마가 요즘 들어 살이 빠졌다는 생각이 들었다.

나쁜 소식이 있어.

나는 엄마를 쳐다보았다. 엄마에게 나쁜 소식이란 뭘까 상상해보려 했다. 보통 사람들이 생각하는 것과 같지는 않을 것이다.

조 말이야, 엄마가 말했다. 우리를 차로 옮기려고 가봤더니 움직이지를 않았어. 그냥 그대로 누워 있더라.

나는 다용도실로 달려갔다.

피곤해서 그런 것뿐이에요, 내가 엄마에게 말했다. 더울 때는 뛰어다니는 걸 싫어해요. 어젯밤에 잘 자라고 인사하려고 들어올렸을 때도 내 손을 물었단 말이에요.

조는 신문지 위에 누워 있었다. 눈을 뜨고 있었지만 빤히 앞만 보았고, 발은 슈퍼맨이 하늘을 나는 자세로 앞으로 뻗고 있었다. 꼬리는 몸 아래 돌돌 말려 있고 입은 무슨 말인가 하려는 듯 살짝 벌어져 있었다.

엄마가 죽였죠, 내가 쏘아붙였다. 당신 둘이. 조가 우리와 같이 가는 게 싫어서, 그래서 없애버릴 생각을 한 거야.

내 말을 믿지 않는구나. 내가 그런 짓을 할 사람이 아닌 거 알잖니. 프랭크도 그렇고. 엄마가 말했다.

아 그래요? 내 기억이 맞다면 그는 자기 아이를 죽게 놔두었다.

마당은 여전히 어둑했다. 비 탓에 땅을 삽으로 파기가 쉽지 않았다. 바닥은 진흙으로 무거웠다.

조를 묻을 무덤을 파면서 경찰에 신고하지 않기로 했던 내 결심을 되짚어보았다. 이제 스카이몰 카탈로그에 있는 물건 따위는 상관없었다. 단지 그 둘에게 벌을 주고 싶었다. 프랭크를 경찰에 신고하면 그럴 수 있을 것이다.

정말이라니까, 엄마가 말했다. 엄마는 내 뒤를 따라 마당으로 나왔다. 네가 사랑하는 것은 그게 뭐든 절대 해치지 않아.

나는 땅을 파기 시작했다. 엄마가 예전에, 내가 어릴 때 해주었던 이야기를 생각했다. 엄마는 왜 내가 외동인지 설명해주었다. 엄마가 우리 옛집, 아빠의 집 마당에 모종삽으로 구멍을 파고 손수건에 싼, 내 남동생이나 여동생이 되었을 핏덩이를 묻는 모습을 상상해보았다. 그리고 또다른 것도. 편의 재를 넣은 담뱃갑.

프랭크도 와 있었지만, 그가 내게 가까이 다가오려 하자 엄마가 그를 밀어냈다.

헨리는 혼자 있고 싶을 거예요, 엄마가 말했다.

처음에 거리로 나왔을 때에는 어디로 가는지도 몰랐지만, 한참을 계속 걸었다. 걷다가 문득 정신을 차려보니 아빠 집 쪽으로 가고 있었다.

마당에 서자 위층 창문에 켜진 등이 보였다. 아빠가 벌써 일어나서 홀로 부엌에 앉아 커피를 마시며 스포츠 면을 읽고 있을지도 모른다. 마저리는 곧 내려와 클로이의 우유를 탈 물을 데울 것이다. 일어나면 제일 먼저 하는 일이니까.

아빠는 아내의 뺨에 입을 맞출 것이다. 신문에서 눈을 떼고 비에 대해 뭔가 한마디 할 것이다. 별 얘기는 아니지만 부엌에서 나누기에 좋은 대화겠지. 프렌들리스에 간다거나 분위기가 별로 좋지 않아서 리처드와 나를 레드삭스에서 우리가 제일 좋아하는 선수들에 대한 대화로 끌어들이려 할 때와는 다를 것이다. 나를 제외하면 그들은 정상적인 가족이었다.

가는 내내 아빠 집에 가서 문을 열고 들어서는 상상을 했다. 아빠에게 이렇게 말하는 내 모습을 그려보았다. 엄마가 정신이 이상하다고 늘 그러셨죠? 저, 제 얘기 좀 들어보세요.

저녁때쯤에는 그들이 나를 그 집으로 옮겨오게 해줄 것이다. 짐도 벌써 다 싸놓았다. 리처드와 한방을 써야겠지. 그애는 싫어하겠지만. 이층 침대를 놓아줄지도 모른다.

아빠도 밤이면 똑같은 짓을 할까 궁금했다. 아마 아빠를 발기시킬 수 있는 사람은 호세 칸세코* 정도일 것이다. 우리 둘이 그런 문제를 놓고 얘기하는 모습은 상상이 되지 않았다. 마저리가 빨래를 하면서 아빠한테 이렇게 말할지도 모른다. 당신, 당신 아들이랑 얘기 좀 해야겠어요.

과거에는 아빠한테 늘 화가 나 있던 때도 있었지만, 그날 아침 빗속에 서서 창문 너머 비치는 아빠의 그림자를 보고, 아빠가 고양이를 내보내느라 뒷문을 여는 소리를 듣고, 아기 침대에서 자기를 꺼내달라고 엄마 아빠를 부르는 클로이의 목소리를 듣고 있으니—클로이를 단 한 번도 내 여동생이라거나 내 이복동생이라

* 쿠바 출신의 미국 야구 선수.

고 불러본 적이 없다. 그러면 엄마 기분이 어떨지 아니까—그저 슬프기만 했다. 여기는 그들의 집이었다. 내 집은 아니었다. 누구의 잘못도 아니었다. 그냥 일이 그렇게 되었을 뿐이다.

우편함에 편지를 넣었다. 아빠의 일과를 잘 알고 있었다. 아빠는 퇴근해서 진입로로 들어설 때 우편물을 챙겼다. 가끔은 저녁때가 되어서야 읽어보기도 한다. 그때쯤이면 나는 캐나다 국경 언저리에 있을 것이다.

집으로 걸어가는데 경찰차가 길옆에 서 있었다. 아직 이른 새벽이었고 나는 비옷을 입지 않아 젖어 있었다. 비가 점점 더 거세어졌다. 바지가 너무 젖어서 웅덩이에 질질 끌렸고, 셔츠는 몸에 딱 달라붙었다. 비가 얼굴을 때려서 앞도 제대로 보이지 않았다.

좀 도와줄까? 경찰이 창문을 내렸다.

괜찮아요.

어디까지 가는지 말해줄래? 그가 물었다. 네 나이 또래 아이가 재킷도 안 입고 길에 나오기에는 너무 이른 시간인데. 오늘이 학교 개학 날 아니니?

산책하러 나온 거예요, 내가 대답했다. 이제 집으로 돌아가는 길이에요.

타라. 태워다주마. 부모님이 걱정하시겠다.

엄마뿐이에요. 하지만 걱정 안 하실 거예요.

걱정이 되어서 하는 말인데, 너희 엄마와 얘기 좀 해야겠다. 나도 너만한 아들이 있단다.

우리는 프라이스마트와 도서관, 우리 학교를 지나쳤다. 주차장에 차가 두어 대 서 있었다. 교실을 마무리 손질하는 아주 열성적인 선생님들이겠지만, 나는 그 교실에 없을 것이다.

은행을 지나쳤다. 언덕 쪽으로 우회전해 우리 거리로 들어섰다. 에드워즈 씨네 집과 저비스 씨네 집을 지나 끝까지 죽 갔다. 아무리 엄마한테 화가 났다 해도, 엄마에게 길가에 나와서 상자들을 차에 싣고 있지는 말라고 텔레파시를 보냈다. 무엇보다도 프랭크가 나와 있지 않기를 바랐다. 그에게 실버 서퍼처럼 텔레파시의 힘으로, 집으로 도로 들어가 위층으로 올라가서 숨으라는 메시지를 보냈다.

엄마는 체크무늬 바지를 입고 우비를 쓰고 밖에 나와 있었지만 상자는 없어서 다행이었다. 엄마는 경찰차가 집 앞에 서는 것을 보자 한 손을 눈 위로 들어올렸지만 비를 막으려는 것으로 보일 수 있었다. 이제 비가 너무 거세게 내리고 있었다.

존슨 부인, 경찰이 불렀다. 아드님을 고속도로 부근에서 발견했습니다. 집으로 데려다주어야 할 것 같아서요. 사십오 분 후면 등교를 해야 한다는 점을 생각하면 더욱 그렇지요. 게다가 흠뻑 젖었고요.

엄마는 그저 그 자리에 서 있기만 했다. 가게 계산대 앞에 줄을 설 때면 엄마의 손이 어떻게 되는지 봐왔으므로 지금 엄마 손이 덜덜 떨리고 있을 거라 짐작할 수 있었다. 엄마는 손을 주머니에 넣고 있었다.

몇 학년이니? 그가 물었다. 6학년? 어쩌면 우리 아들을 알지도 모르겠구나.

7학년이에요, 내가 대답했다.

그렇구나. 그렇다면 6학년 조무래기들보다 여자애들한테 훨씬 더 관심이 많겠구나. 그렇지, 헨리?

데려다주셔서 감사해요, 엄마가 말했다. 엄마는 고개를 돌려 집 쪽을 보았다. 엄마가 무슨 생각을 하는지 알 수 있었다.

천만에요, 경찰관이 대답했다. 착한 아이 같은데요. 죽 그렇게만 키워주세요. 그는 엄마와 악수를 하려고 손을 내밀었다. 엄마가 왜 주머니에서 손을 꺼내지 않는지 알고 있었다. 그가 의아해하지 않도록 내가 대신 악수를 했다.

*

전날 밤 굿윌 박스에 물건을 내다놓던 중—세번째로 내가는 길이었다—에벌린과 배리가 사는 집 앞에서 발을 멈추었다. 엄마는 배리에게 내가 예전에 쓰던 장난감을 주고 싶어했다. 배리가 그다지 써먹을 데가 있을 것 같지 않은 루빅 큐브와 매직스크린, 들어올리면 작은 플라스틱 창을 통해 바닥에 메시지가 나타나는 매직 에이트 볼—살면서 무엇을 해야 하는지 알려주는 내용—이었다. 그게 배리한테 무슨 쓸모가 있을까 싶었지만 엄마는 그애의 방에 두면 평범한 아이가 사는 방처럼 보일 테니 마음에 들어할지도 모른다고 생각했다. 내키지는 않았지만 라바 램프도 주기로 했다. 엄마는 국경을 넘을 때 그런 것을 가지고 가면 곤란해질 수도 있다고 했다. 우리가 마약을 한다고 생각할지도 모른다고.

에벌린은 운동복 차림으로 나왔다. 리처드 시먼스 테이프를 틀어놓고 운동하던 중이었나보다. 그녀는 뭔가를 한다고 할 때는 늘 배리도 같이 하는 것처럼 주어를 우리라고 말했지만, 실제로 배리는 의자에 앉아 음악에 맞추어 팔을 휘저으며 시끄럽게 소리만 질러댔다. 제일 좋아하는 음악은 물론 조니 캐시였지만 리처드 시먼스도 좋아했다.

배리는 우리를 보자 흥분한 듯 소리를 질러대기 시작했다. 그애는 텔레비전 화면을 마주보고 있었는데, 스웨트밴드를 두른 여자들 한 무리가 점프하면서 머리 위로 양손을 들어올려 박수

치는 동작을 하는 모습을 보고 의자에서 통통 튀어올랐다. 그러다가 나를 보자 화면을 가리키고 나를 가리키며 소리를 질러대기 시작했다. 다른 사람은 알아듣지 못했을지 몰라도 나는 이번만큼은 그가 뭐라고 하는지 알아들을 수 있었다. 그는 프랭크라고 외치고 있었다. 프랭크가 어디 있는지 궁금해하고 있었다.

집에 갔어, 배리에게 말해주었다. 말해준대서 해될 일은 없으니까. 그애의 엄마는 무슨 말인지 모를 것이다. 배리는 수화기를 들고 1만 달러를 챙길 사람은 아니었다.

엄마는 에벌린에게 우리가 곧 떠난다는 말은 하지 않았다. 그저 내 방을 청소하는 중이라고만 했다. 이제 개학을 할 테니까.

에벌린에게 작별 인사를 했더라면 좋았을걸. 엄마가 집으로 차를 몰고 돌아오면서 말했다. 에벌린은 친구로서 최고는 아닐지 모르지만 유일한 친구였는데. 아마 다시는 못 보겠지.

하지만 또 만났다. 경찰관이 나를 데려다주고 간 직후 에벌린이 문을 두드렸다.

이번에는 에벌린이 나타났을 때 프랭크가 거실에 있었다. 전등인지 뭔지를 고치는 중인 듯 돌아서 있어서 등만 보였지만, 누가 보아도 우리가 이사 나가는 것이 뻔한 상황이었다. 게다가 우리집에 남자가 있다는 사실을 숨길 도리가 없었다.

오 세상에, 에벌린이 중얼거렸다. 내가 때를 잘못 맞춰 왔나봐요. 일전에 배리를 돌봐줘서 고맙다는 인사를 하려고 왔어요, 아델. 얼마나 큰 힘이 됐는지 몰라요.

에벌린은 시나몬롤을 들고 있었다—예전에 에벌린이 구운 빵을 맛본 적이 있어서 기대가 되지는 않았다. 엄마는 엄마가 아는 사람들 중에서 필즈베리의 슬라이스앤드베이크* 롤도 망치는 사람은 에벌린뿐이라고 했다. 물론 엄마가 아는 사람 또한 에벌린뿐이기는 했다.

내가 방해가 되었나봐요, 그녀가 말했다. 손님이 있는 줄도 모르고.

그녀의 뒤 계단에서 배리가 정글에 사는 새처럼 미친듯이 고함을 지르며 팔을 휘둘렀다. 나는 경험으로 그가 외치는 말이 프랭크라는 것을 알았다. 프랭크는 우리에게 등을 돌리고 있었지만.

인사시켜드릴 시간이 없어서 미안해요, 엄마가 말했다. 여기 계신 분은 우리를 위해 뭘 좀 고쳐주시는 중이에요. 헨리와 제가 여행을 떠나려고 해서요.

에벌린은 거실을 유심히 살펴보았다. 러그가 치워지고 없었다. 우리 책도, 무릎 위에 아기를 안은 어머니를 그린 그림 액자

---

* 이미 완성된 반죽 형태로 나와 잘라서 굽기만 하면 되는 베이킹 제품.

도 없고, 우리가 늘 걸어두었던 어항 속 금붕어와 연습중인 한 쌍의 발레리나가 그려진 박물관 포스터도 없었다. 문틈으로 들여다보이는 부엌에도 찬장이 접시 없이 텅 비어 있었다.

알겠어요, 에벌린이 말했다. 그녀는 어차피 물어봤자 진짜 이야기는 듣지 못할 거라는 걸 다 안다는 듯이 어디로 가느냐고도 묻지 않았다.

하여간 롤 고마워요, 엄마가 인사했다. 맛있어 보이네요.

접시를 지금 가져가는 게 나을지도 모르겠군요. 여행이 길어질지도 모르니. 에벌린이 말했다.

우리집에는 이제 롤을 담을 접시가 없어서, 엄마는 롤을 머리기사가 눈에 확 들어오는 조간신문 위에 놓았다. 주지사는 지난주 탈옥 사건에 따른 조치로 감옥의 보안 규정을 강화하겠다고 발표했다. 혹시 그 사건을 잠시 잊었을지도 모를 사람들에게 상기시켜주기 위해 가슴팍에 수감 번호를 단 프랭크의 사진을 다시 실었다.

그럼 잘 지내요, 에벌린. 엄마가 그녀에게 말했다.

당신도요.

*

우리는 은행 문을 여는 아홉시에 맞춰 은행에 갔다. 엄마와 나만 갔다. 프랭크는 집에 남았다. 계획은 일단 돈을 찾으면 곧장 집으로 돌아와서 그를 데리고 국경선을 향해 북쪽으로 출발하는 것이었다.

예전에 현금이 필요할 때면 엄마는 차에서 기다리고 내가 들어가서 돈을 찾아왔다. 내가 찾는 액수는 그리 크지 않았고, 창구 직원들은 나를 알았다. 이번에는 계좌의 돈을 싹 다 찾아야 하니 엄마는 자기가 직접 가야 할 것 같다고 했다. 찾을 엄두가 나는 만큼 다 찾을 생각이었다.

엄마가 통장을 들고 있었다. 엄마는 계좌에서 1만 1300달러를 찾을 사람이 입을 만한 옷이라고 생각했음이 분명한 식으로 차려입었다. 우리 앞에는 두 사람이 줄을 서 있었다. 나는 엄마 옆에 섰다. 한 사람은 손에 동전 무더기를 잔뜩 든 노파였다. 또 한 사람은 수표 두어 장을 맡기려는 남자였다.

이윽고 우리 차례가 되었다. 카운터 위에 통장을 놓는 엄마의 손이 떨렸다.

오늘은 학교에 가 있어야 할 텐데, 얘야. 창구 직원이 말했다. 그녀의 이름표에는 뮤리얼이라고 적혀 있었다.

우리 아이가 치과 예약이 있어서요, 엄마가 말했다. 얼마나 우스꽝스럽게 들릴지 뻔했다. 아무리 우리 엄마 같은 사람이라도 개학 날 치과 예약을 잡지는 않을 것이다.

실은 그래서 돈을 찾으려고 해요, 엄마가 말했다. 치아교정 때문에요.

세상에, 치과 치료가 비싸기도 하네요. 뮤리얼이 말했다. 아직 정하신 게 아니면 우리 딸의 치과 교정 전문의한테 한번 가보시면 어때요. 우리한테 맞는 결제 방식을 찾아주던데.

치과 말고 또다른 것도 있거든요. 맹장수술이요. 엄마가 말했다.

나는 엄마를 쳐다보았다. 엄마 머리에서 나올 수 있는 수술은 틀림없이 그뿐이었을 테지만, 그것은 엄마가 선택할 수 있는 것 중에서 가장 멍청한 답이었다.

곧 돌아올게요, 뮤리얼이 우리에게 말했다. 이렇게 큰 액수는 감독자에게 승인을 받아야 하거든요. 물론 전혀 문제없을 거예요. 다 아는 사이인데요 뭘. 아드님도 알고요.

한 여자가 포대기에 싼 아기를 앞쪽으로 안고 은행으로 들어왔다. 나는 엄마 쪽을 보았다. 엄마는 종종 이런 순간을 견디기 어려워했지만 이번만큼은 눈치채지도 못한 것 같았다.

그렇게 많이 찾지는 말걸 그랬나봐, 엄마가 소곤거렸다. 반만 내달라고 할걸.

괜찮을 거예요, 내가 엄마에게 말했다. 아마 원래 다 그렇게 하는 걸 거예요.

뮤리얼은 돌아오면서 한 남자를 데리고 왔다.

남자가 말했다. 물론 아무 문제 없습니다. 단지 뭔가 곤란한 일을 겪고 계신 건 아닌지 확인해보고 싶어서요. 이렇게 큰돈을 현금으로 인출하는 분은 드물어서요. 보통 고객분들이 이만한 액수의 자금을 찾으실 때는 자기앞수표로 받으시거든요.

현금이 더 편할 것 같아요, 엄마가 말했다. 엄마는 재킷 주머니에 손을 넣고 있었다. 요즘은 항상 온갖 신분증을 다 요구하잖아요. 시간이 너무 낭비될 수 있죠.

자, 그럼. 감독자가 뮤리얼에게 말했다. 우리 친구분들을 여기에서 더 기다리시게 하지 맙시다.

그는 종이에 뭔가를 휘갈겼다. 뮤리얼이 서랍을 열고 지폐를 세기 시작했다. 100달러짜리 지폐를 열 장씩 세어 묶었다. 엄마는 지폐 뭉치를 확인하면서 세어보았다.

뮤리얼이 지폐를 다 세고 나자 엄마에게 돈을 넣을 것을 가져왔는지 물었다. 우리는 그 부분은 미처 생각하지 못했다.

차에 있어요, 엄마가 대답했다. 엄마는 내가 전날 밤 갖다놓았던 햄스터 먹이 봉지를 가지고 돌아왔다. 봉지에 돈을 넣기 전에 마지막 남은 먹이 부스러기를 사람들이 입출금 용지를 버리는 통에 털었다.

뮤리얼은 놀란 기색이었다. 지퍼 달린 지갑을 몇 개 드릴 수 있는데요, 그걸 가져가시겠어요?

실은 이게 좋아요, 엄마가 말했다. 누군가 총구를 들이대더라도 애완동물 먹이랑 같이 돈을 넣어두었으리라고는 꿈에도 생각 못할 것 아니에요.

우리 주위에 범죄자들이 그리 많지는 않으니 다행이지요, 그렇지 않아요, 아델? 뮤리얼이 말했다. 그녀는 엄마가 거래 내역을 기입한 출금 용지를 보고 엄마의 이름을 안 것이다. 아마 은행 직원 학교에서 그런 것도 가르치나보다—사람들과 거래를 할 때는 실명으로 불러주는 것이 좋다고.

지난주에 탈옥한 그 남자만 빼면 말이지요, 그녀가 덧붙였다. 아직도 못 잡았다니 이게 말이 돼요? 하지만 틀림없이 오래는 못 갈걸요.

집에 도착하자 전화기에 메시지가 있다는 표시등이 켜져 있었다. 프랭크가 문 바로 뒤에 서 있었다.

전화를 받지 않았어요, 프랭크가 말했다. 하지만 메시지는 들었어요. 헨리의 아버지가 당신이 헨리를 데리고 동네를 떠나려 한다는 얘기를 어디선가 들었다는군요. 이리로 오겠대요. 여기에서 빠져나가는 편이 좋겠어요.

나는 위층으로 달려올라갔다. 한번 더 천천히 방들을 둘러보고 싶었지만 이제 빨리 떠나야 했다. 지금 아빠가 여기로 오고 있는 중인지도 모른다.

헨리, 엄마가 나를 불렀다. 이제 오렴. 떠나야 해.

한번 더 창밖으로 펼쳐진 집들의 지붕 너머 거리를 내다보았다. 안녕, 나무야. 안녕, 마당아.

빨리, 헨리. 어서 오라니까.

네 엄마 말씀 들으렴. 가야 해.

그때 사이렌 소리가 들려왔다. 또다른 사이렌 소리. 자동차 한 대가 급회전을 하고 있었다. 우리 거리였다.

나는 계단을 내려갔다. 이번에는 더 천천히였다. 아무도 어디로도 가지 않을 것이다. 이제 알았다. 머리 위에서 헬리콥터 소리가 들렸다.

그때까지 평생을 살아오면서—엘리너와 있었던 일만 제외하고—모든 일이 너무 천천히 일어났지만 지금은 마치 우리가 영화 속에 있는 것 같았다. 빨리감기를 해서 내용을 쫓아가기 힘든 기분이었다. 엄마만 제외하고. 엄마는 움직일 수가 없었다.

엄마는 햄스터 먹이 봉지를 들고 거의 텅 빈 거실에 서 있었다. 프랭크는 총살형 집행대를 마주한 사람처럼 엄마 옆에 서 있었다. 그는 엄마의 손을 잡고 있었다.

괜찮아요, 아델. 겁먹지 말아요.

이해가 안 돼요. 어떻게 찾아냈지? 엄마가 말했다.

나는 심장이 터질 것 같았다.

내가 아빠한테 편지를 써서 아빠가 우리가 떠난다는 걸 알게 됐을 거예요, 내가 말했다. 프랭크에 대해서는 한마디도 하지 않았어요. 아빠가 그렇게 일찍 편지를 가져갈 거라고는 생각 못했어요. 보통때는 저녁이 되어서야 가져가거든요.

밖에서 날카롭게 급정거하는 소리가 울렸다. 차들 중 한 대가 우리 잔디밭에 섰다. 엄마가 야생화 정원을 가꾸려 했지만 꽃이 자라지 않았던 자리였다. 일하러 나가지 않는 이웃들 두엇—저비스 부인, 템플 씨—이 현관 앞에 나와 무슨 일인지 지켜보고 있었다.

휴대용 확성기 소리가 들렸다. 프랭크 체임버스. 네가 거기 있는 거 다 안다. 손들고 나오면 안전은 보장하겠다.

그는 등을 곧게 쭉 편 채 문을 마주보고 서 있었다. 그를 처음 만난 날 보았던 것처럼 그때 역시 아주 살짝 움찔거리던 그의 목 근육만 제외하면, 공원에서 가끔 보는, 변장을 한 채 동상처럼 포즈를 취하고서 행인들로부터 여행 가방에 돈을 받는 사람이라고 해도 좋을 정도였다. 그 정도로 꼼짝도 않고 있었다. 움직이는 것이라고는 그의 눈동자뿐이었다.

엄마는 그를 팔로 감싸안았다. 엄마의 손이 그의 목, 그의 가슴, 그의 머리카락을 어루만졌다. 엄마는 마치 그가 점토이고 자신은 그 점토를 조각하는 사람인 듯이 그의 얼굴 피부 위로 손가락을 움직였다. 그의 입술, 그의 눈꺼풀 위로 엄마의 손가락이 움직였다. 당신을 데려가게 놔둘 수는 없어요, 엄마가 말했다. 엄마의 목소리는 속삭이듯 낮았다.

캐나다에서의 새로운 삶을 위해 가져가려고 했던 물건들을 꾸린 상자를 묶는 데 썼던 밧줄이 조리대 위에 놓여 있었다. 서랍 속에는 밧줄을 자르기 위한 칼도 있었다.

저 의자에 앉아요, 그가 엄마에게 말했다. 그의 목소리가 달라졌다. 거의 알아듣기 힘들 정도였다. 손을 등뒤로 돌려요. 발은 앞으로 내밀고. 너도, 헨리.

그는 엄마의 오른쪽 손목을 밧줄로 묶었다. 그가 묶을 때 엄마의 손이 떨리는 것이 보였다. 이제 엄마는 울고 있었지만 그는 엄마의 얼굴을 쳐다보지 않았다. 그는 한 가지 일, 매듭 묶는 데에만 온 정신을 집중하고 있었다. 그는 매듭을 짓고 나서 잽싸고 힘있게 홱 당겼다. 피부가 당겨지는 것이 보일 정도로 엄마 손을 단단히 조였다. 다른 때 어떤 식으로든 엄마를 아프게 했다면 그 자리를 손가락으로 문질러주었겠지만, 눈치채지도 못한 것 같았다. 눈치챘더라도 신경쓰지 않는 듯했다.

그러고는 엄마의 다른 손으로 옮겨갔다. 그다음에는 엄마의 발이었다. 제대로 묶기 위해 엄마의 신발을 벗겨야 했다. 엄마의 발가락에는 빨간색 페디큐어가 칠해져 있었다. 엄마의 발목에 그가 키스하는 것을 본 적이 있다.

밖에서 경찰 무전기 소리가 들렸다. 사람들이 워키토키로 떠들어대고 바로 머리 위에서 헬리콥터가 날고 있었다. 확성기의 목소리가 말했다. 삼 분이다. 손들고 나와라.

앉아라, 헨리. 프랭크가 말했다.

그가 말한 대로, 우리가 함께 캐치볼을 한 줄은 아무도 모를 것이다. 그가 한때 나와 같이 계단에 앉아서 카드 마술을 가르쳐주던 사람이었다는 걸 아무도 모를 것이다. 그는 이제 내 가슴에 밧줄을 감고 있었다. 하나씩 매듭을 묶을 시간이 없어서 내 몸통을 한 번만 단단히 묶고 헉하고 숨을 몰아쉴 정도로 세게 당겼다. 하지만 매듭은 한 개밖에 못 지었다. 한 번밖에는 묶을 시간이 없었다. 나중에 일부 기자들이 엄마가 프랭크를 도운 것이 아니냐는, 우리가 예상했던 의문을 제기할 때 이 점을 언급하게 된다. 누군가가 이런 말을 했다. 아들 묶은 것 좀 보라고요. 그리고 그 둘—희생자라고요? 공범 아닌가요?—이 은행에 갔을 때 프랭크는 같이 있지도 않았어요.

그들이 말했다. 그 여자는 자의로 그 돈을 찾았어요. 그게 그 여자도 연루되었다는 증거가 아니면 뭐겠어요?

하지만 프랭크는 엄마를 묶었다. 그건 사실이었다. 대충이나마 나도.

더 많은 차들이 우리집 앞길에서 끼익 소리를 냈다. 다시 확성기 소리가 들렸다. 최루탄까지 쓰고 싶지는 않다. 이제 뭐든 할 시간이 없었다. 이번이 건물 밖으로 평화롭게 나올 수 있는 마지막 기회다, 체임버스. 목소리가 외쳤다. 그때 이미 프랭크는 문으로 향하고 있었다. 한 번에 한 걸음씩. 그는 돌아보지 않았다.

명령받은 대로 그는 머리 위로 양손을 쳐들었다. 부상 탓에 여전히 절뚝거렸지만 문으로 신중하게, 천천히 움직여서 계단을 내려가 그들이 수갑을 들고 그를 기다리고 있는 잔디밭으로 갔다.

그다음에 무슨 일이 벌어졌는지는 보지 못했다. 곧이어 경찰관 둘이 문을 박차고 들어와 우리를 풀어주기는 했지만. 여경 한 명이 엄마에게 물을 주고 구급차가 대기하고 있다고 말했다. 여경은 엄마에게 본인은 잘 모를 수 있어도 충격에 빠진 상태일 거라고 했다.

겁먹지 마라, 얘야. 남자 경찰관 한 명이 나에게 말했다. 엄마는 괜찮으셔. 이제 그놈을 잡았어. 너나 네 어머니에게 다시는 아무 짓도 할 수 없을 거다.

엄마는 여전히 신발을 벗은 채 의자에 앉아 있었다. 엄마는 마치 밧줄을 그리워하듯 손목을 문지르고 있었다. 자유로워졌다고 생각해도 그 자유로 무엇을 하나?

이른 아침보다는 수그러들어 부드럽게 가랑비가 뿌리는 정도였지만 여전히 비가 내리고 있었다. 거리 건너편에 저비스 부인이 사진을 찍고, 템플 씨가 기자와 인터뷰를 하는 모습이 보였다. 헬리콥터가 우리 마당 뒤쪽 평평한 곳에 내려앉아 있었다. 프랭크와 내가 캐치볼을 하던 곳, 그가 우리의 로드아일랜드레드종 닭에 대해 이야기해주던 곳, 오늘 아침에 조의 시체를 묻어준 곳이었다.

무슨 일이 생긴 줄 알았다니까요, 저비스 씨가 말하고 있었다. 며칠 전에 복숭아를 갖다주러 갔을 때 부인이 뭔가 암호로 나한테 말하고 싶어하는 것 같았어요. 하지만 그놈이 내내 매처럼 노려보고 있었겠지.

고동색 미니밴이 다가와서 섰다. 아빠였다. 아빠가 나를 보자 달려왔다. 대체 이게 무슨 일입니까? 아빠가 한 경찰관에게 물었다. 난 단지 전처가 자제력을 잃고 무슨 짓을 할지 모른다고 생각했던 것뿐이에요. 여기에서 당신들을 보게 되리라고는 기대도 안 했단 말입니다.

전화로 제보해준 사람이 있었습니다, 경찰관이 아빠에게 말했다.

그들은 이제 프랭크를 경찰차 뒷좌석에 태우고 있었다. 양손은 등뒤로 묶였고, 카메라를 피하려는 듯 고개를 푹 숙이고 있었다. 차에 올라타기 직전에 그는 한번 더 고개를 들어 엄마를 바라보았다.

다른 사람은 아무도 보지 못했을 테지만 나는 보았다. 소리 없이, 그는 입 모양만으로 그 말을 했다. 아델.

21장

프랭크는 엄마와 나를 납치한 죄로 기소됐다. 이번에는 그를 가둔 곳의 열쇠를 없애버렸다고 했다.

우리 엄마—이제는 어디로도 차를 몰고 가는 일이 거의 없어진 여자—는 그 소식을 듣고 엄마의 증인이 되어줄 나를 데리고 검사를 만나러 주도州都까지 차를 몰고 갔다. 엄마는 검사에게 어떤 불법적인 억류도 없었다고 말했다. 엄마는 자의로 프랭크를 우리집에 들였다. 그는 아들에게 잘해주었다. 엄마를 돌봐주었다. 그들은 캐나다 동부 해안 지방 어딘가에서 결혼할 계획이었다. 서로 사랑하는 사이다.

검사는 주지사의 범죄와의 전쟁을 지지하며 최근 공직에 선출된 강경파였다. 아드님이 어째서 무슨 일이 있었는지에 대해 절대 말하지 않았는지, 그 문제를 고려해봐야 할 겁니다. 그가 엄마에게 말했다. 아드님 나이를 참작은 하겠지만, 확률은 낮다 해도 중범죄를 공모한 것으로 볼 소지가 있습니다. 열세 살짜리가 소년원에 수용된 사례가 없지는 않습니다. 일 년 형 정도에 그치겠지만요. 길어야 이 년이겠지요.

반면 엄마는 훨씬 더 심한 판결을 받을 수도 있다고 했다. 도망자를 숨겨주고 미성년자의 비행을 방조했다. 양육권도 물론 잃게 될 것이다. 그 점에 대해서는 벌써 아빠에게 말해두었다. 이번 일이 있기 전에도 엄마 편에 불리한 판결을 내놓은 사건들이 있었다.

이번만큼은 엄마도 집으로 운전해 돌아오면서 아무 말도 하지 않았다. 그날 밤 우리는 차 뒷좌석에서 도로 가져온 그릇 두 개에 수프를 담아 말없이 먹었다. 다음 며칠 동안 컵이나 접시, 숟가락, 수건 등이 필요할 때마다 그런 식으로 했다. 그것들을 가지러 차에 갔다.

이제 학교가 시작되었다. 7학년이 된 나는 인기라고 부를 만한, 예상치 못한 새로운 명성을 누리게 되었다. 어떤 아이가 체육관에서 나에게 물었다—우리 둘 다 샤워를 하느라 발가벗은 채 물을 뚝뚝 흘리고 있었다. 그가 너를 고문했다는 게 사실이야? 네 엄마가 그의 성노예였다면서?

여자아이들에게는 나의 최근 모험이 일종의 성적 매력으로 받아들여지는 듯했다. 어느 날 서둘러 집으로 돌아가려고 사물함에서 책을 챙기고 있는데 레이철 매캔—몇 년 동안 내 공상의 주된 대상이었던—이 다가왔다.

꼭 알아줬으면 좋겠는데, 난 네가 정말 용감하다고 생각해. 그녀가 말했다. 그 일에 대해 얘기하고 싶으면 언제든 들어줄게.

그 기묘한 연휴가 남긴 많은 유감스러운 점 중 하나는, 2학년 때부터 줄곧 꿈꾸어왔던 소녀의 주목을 드디어 받게 된 바로 그 순간에 내가 바란 것이 오직 혼자 있는 것뿐이었다는 사실이다. 처음으로 나는 수년 전 집에 틀어박히기로 한 엄마의 결정을 이해하게 되었다. 나로서는 그런 선택을 할 수 없었지만.

그 무렵 엄마는 신문 구독을 끊었지만, 나는 도서관에서 신문을 읽으며 그 사건의 추이를 좇았다. 엄마는 어떻게 자신이 기소 압박을 전혀 받지 않았고 재판도 아예 없었는지 충분히 알았을지 모른다. 그렇다 해도 엄마는 그에 대해 아무 말도 하지 않았고, 나도 그 일을 끄집어내지 않았다. 지방 검사가 그 문제를 추적하기로 마음먹었다면, 에벌린으로부터 문제의 엿새 동안 엄마가 협박을 받고 있는 듯이 보이지는 않았으며, 하고 싶지 않은 일은 아무것도—에벌린의 아들을 돌봐준 일만 빼고—하지 않은 것 같다는 증언을 얻어내기란 어렵지 않았을 것이다(배리로 말하자면 그애가 뭔가를 제공하리라 기대한 사람은 아무도 없었다).

하지만 나는 사람들이 열세 살짜리가 이해하리라 기대하는 것보다 더 많은 것을 이해하고 있었다. 프랭크가 거래를 한 것이다. 전부 자백했다. 재판받을 권리를 포기했다. 엄마와 나를 건드리지 않겠다는 확답을 받는 조건으로. 그리고 그들은 약속을 지켰다.

프랭크는 탈옥한 죄로 십 년 형을, 납치를 시도한 죄로 십오 년 형을 받았다. 그자가 십팔 개월 뒤면 가석방되었으리라는 점을 생각하면 아이러니한 일이지요, 검사의 말이었다. 하지만 우리가 여기에서 얘기하는 사람은 폭력적인 범죄자입니다. 미친듯이 날뛰는 정신을 통제하지 못하는 사람이지요.

난 아무것도 후회하지 않아요. 프랭크는 형을 받은 후 엄마에게 보낸 유일한 편지에 이렇게 썼다. 그 창문으로 뛰어내리지 않았다면 절대 당신을 만나지 못했을 테니까요.

탈옥을 한 탓에 프랭크는 우리 주에도, 그 근처에도 없는 경비가 가장 삼엄한 교도소에 투옥해야 하는 고위험 죄수로 지정되었다. 그는 잠깐 북부 뉴욕에 보내졌는데, 딱 한 번 엄마가 그를 만나려고 먼길을 운전해 갔으나, 도착하니 그는 독방에 감금되어 있다고 했다. 그러고 나서는 아이다호의 어딘가로 이감되었다.

그 일이 있고 나서 한동안 엄마는 손이 너무 심하게 떨려서 캠벨 수프 캔을 딸 수도 없을 지경이 되었다. 엄마는 자진해서 아빠에게 내 양육권을 넘겼다. 아빠가 나를 데리러 오기 바로 전, 아빠와 마저리와 귀염둥이들과 함께 살 집으로 나를 데려가기 직전, 나는 엄마에게 절대 용서하지 않겠다고 말했지만 결국은 용서했다. 엄마는 내가 했던 일들, 훨씬 더 나쁜 일들을 지적할 수도 있었지만 나를 용서해주었다.

*

그래서 나는 아빠의 집, 아빠가 마저리와 함께 사는 집으로 옮겨갔다. 예상했던 대로 그들은 이층 침대를 샀고 리처드와 나는 더 쉽게 리처드의 작은 방을 함께 쓸 수 있게 되었다. 리처드는 아래층을 썼다.

밤이면 위층에 누워서 더이상 예전 집에서 했던 대로 내 몸을 더듬지 않았다. 그 새롭고 신비스러운 감각을 사랑했던 만큼, 이제는 그것을 사람의 마음을 아프게 하는 모든 것과 연결했다. 어둠 속의 속삭임과 키스, 느리고 깊은 한숨, 잠깐 고통으로 오해했던 짐승 같은 울부짖음. 땅 자체가 열리고 빛이 홍수처럼 모든 것을 지워버리는 듯하던 프랭크의 거칠고 환희에 찬 신음 소리.

그 모든 일이 다른 육체를 만지는 육체, 피부 위의 손으로부터 시작되었다. 그래서 나는 양팔을 옆구리에 딱 붙이고, 숨을 고르게 쉬고, 혀를 쏙 내민 알베르트 아인슈타인의 얼굴이 있는, 내 딱딱하고 좁은 매트 위의 천장만을 응시했다. 그는 아마도 지금까지 살았던 이들 중 가장 똑똑한 사람일 것이다. 모든 것이 하나의 큰 농담이라는 사실을 알았을 것이다.

이제 벽 건너편에서 유일하게 들려오는 쿵 소리는 매일 새벽 다섯시 반쯤 내 여동생 클로이가 또 하루가 시작되었음을 세상에 알리는 소리뿐이었다(원래부터 그랬으니까, 이제는 그애를 내 여동생으로 받아들였다). 많은 말로 하는 것은 아니었지만, 그애의 울음소리는 와서 자기를 안아달라는 뜻이었다. 시간이 좀 흐른 후에는 내가 가서 안아주었다.

마저리는 최선을 다했다. 내가 그녀의 아들이 아닌 것은 그녀의 잘못이 아니었다. 나는 마저리와 아빠가 그들 자신과 그녀의 두 아이를 위해서 꾸린 아주 정상적인 삶에서 정상적이지 않은 모든 것을 상징했다. 그녀는 나를 그리 좋아하지 않았지만, 그건 나도 마찬가지였다. 피차일반이다.

리처드와는 예상한 것보다 훨씬 잘 지냈다. 우리에게 어떤 차이—나니아에서 사는 쪽을 좋아하는 내 취향과 레드삭스를 위해 야구 하는 걸 좋아하는 그애의 취향—가 있건 우리가 공유하는 한 가지가 있었다. 각각 이 집 아닌 다른 곳에 사는 다른 부모가 있었다—우리 혈관을 흐르는 피를 물려준 누군가가. 그의 생부에 얽힌 사연이 무엇인지 나는 알지 못했지만, 열세 살은 이 세상에 각기 다른 모습의 수많은 슬픔과 회한이 있다는 정도는 알 만한 나이였다.

틀림없이 리처드의 아버지도 한때는 우리 엄마처럼, 팔에 어린 아들을 안고 아이 어머니의 눈을 들여다보며 자신들이 사랑으로 함께 미래로 나아가리라 믿었을 것이다. 그들이 그러지 못했다는 사실은, 제 부모와 한 지붕 아래 살지 않는 아이들이 다 그렇듯이 우리가 짊어지고 가야 할 짐이었다. 자기 가정을 어디에 꾸리건 항상 우리를 부르는 다른 장소, 다른 사람이 있게 마련이다. 나에게 와. 돌아와.

우리 옛집으로 돌아온 후 아빠와 함께 보낸 처음 몇 주 동안 아빠가 나에게 무슨 말을 해야 좋을지 몰라한다는 느낌을 받았다. 그래서 아빠는 아무 말도 하지 않는 때가 많았다. 아빠가 소송을 제기하고, 최근 사건으로 드러난 엄마의 미심쩍은 양육 능력에 대해 법정에서 진술한 것을 알았지만, 아빠는 내게 그와 관련한 어떤 일에 대해서건 한마디도 하지 않았다. 신문들은 하여간 온갖 얘기를 다 떠들어댔다.

아빠와 마저리와 살게 된 지 몇 주 후—라크로스를 할지 축구를 할지 시험을 보지 않기로 했을 때쯤—아빠가 같이 자전거를 타자는 아이디어를 내놓았다. 어떤 집에서는—가족이라고는 할 수 없다. 우리가 가족이라고는 생각지 않았으니까—이런 일이야 대단치 않게 보일 수도 있다. 하지만 과거에 아빠가 점수를 내는 일도 없고, 트로피를 주지도 않고, 승자와 패자가 나오지도 않는 체육 활동은 아예 인정도 하지 않았던 것을 생각하면 대단한 일이었다.

내 자전거를 이 년 가까이 타지 않고 방치해두었다고 말하자, 아빠는 새것을 사주겠다고 했다—21단 기어의 산악자전거였다. 아빠가 탈 자전거도 샀다. 그 주말, 우리 둘은 버몬트로 차를 몰고 갔다—연중 가을 단풍이 가장 장관을 이루는 때였다. 거기서 같이 자전거를 타고 여러 마을을 지나 색슨스 강변의 한 모텔에 묵었다. 자전거를 타니 한 가지 좋은 점이 있었다. 자전거를 타는 동안에는 말을 그리 많이 하지 않아도 된다는 것. 특히 그 긴 버몬트 산악 지대에서는.

그날 밤, 우리는 소갈비 특별 요리를 하는 식당에 밥을 먹으러 갔다. 식사 내내 별로 말을 하지 않았다. 하지만 웨이트리스가 커피를 가져왔을 때쯤, 아빠에게서 뭔가 변화가 일어난 것 같았다. 우습지만 아빠는, 그때 엄마의 집에서 경찰차들이 몰려들고, 헬리콥터가 머리 위를 날고, 확성기가 요란하게 울리던 순간의 프랭크 같았다. 시간이 얼마 남지 않았음을 아는 사람 같았다. 지금이 아니면 영영 기회가 없다. 조금은 프랭크처럼, 아빠는 그때 굴복했다.

과연 아빠는 우리가 그때까지 피해왔던 주제를 끄집어냈다. 엄마 얘기였다. 이번만은 엄마가 제대로 된 일자리를 얻지 않는다거나, 엄마가 정신적으로 나를 돌볼 수 있을 만큼 안정되어 있는지 아닌지 그런 얘기가 아니었다. 아마도 이미 드러난 정황으로 보아 어차피 엄마가 그렇지 않다는 것은 확실했기 때문일 것이다. 아빠가 꺼낸 이야기는 엄마 아빠가 함께 살았던 시절 초반의 이야기였다.

너도 엄마가 얼마나 멋진 여자인지 알지, 아빠가 말했다. 재미있고. 아름답고. 브로드웨이 북쪽 무대에서 네 엄마처럼 춤추는 사람은 없었을 거야.

나는 그저 앉아서 라이스푸딩을 먹고 있었다. 건포도를 골라냈다. 아빠를 보지는 않았지만 이야기는 듣고 있었다.

캘리포니아로 여행 갔던 때가 최고의 시절이었어. 무일푼이다시피 해서 보통 차에서 잤단다. 그러다 네브래스카를 지날 때 한 마을에서 작은 부엌이 딸린 모텔 방을 빌렸단다. 핫플레이트에서 스파게티를 만들었지. 할리우드에 대해서 실제로 아는 건 아무것도 없었어. 우리는 시골 촌뜨기들이었어. 네 엄마가 웨이트리스로 일하던 시절에 언젠가 어떤 여자의 식사 시중을 든 적이 있는데, 그 여자가 재키 글리슨과 활동하던 준 테일러 댄서들 중 한 명이었어. 그녀는 아델에게 전화번호를 적어주며 로스앤젤레스에 오면 자기를 찾으라고 했어. 그래서 우리가 떠났던 거야. 그 준 테일러 댄서에게 연락을 하려고. 전화를 걸었더니 그녀의 아들이 받았어. 그녀가 양로원에 있다고 했어. 노망이 났다는 거야. 네 엄마가 어떻게 했을 것 같니? 우리는 그녀를 찾아갔단다. 엄마는 쿠키를 가져갔지.

나는 그때 그릇에서 얼굴을 들었다. 아빠의 얼굴이 달라져 있었다. 내가 아빠를 조금이라도 닮았다는 생각은 한 번도 해본 적이 없었다—진짜 내 아빠가 맞을까 의심한 적도 있었다(사실 엘리너가 내놓은 추측이었다). 그만큼 우리는 서로 너무나 달랐다. 그리고 아빠는 우리 엄마랑 결혼할 것 같지 않은 사람이었다. 하지만 지금 식당 테이블 너머의 머리숱이 줄어가고 아마 다시는 입지 않을 새로 산 스판덱스 자전거 셔츠를 입은 이 창백하고 약간 과체중인 사내를 보자니, 기이하게도 친밀감이 들었다. 아빠의 젊은 시절을 상상해보았다. 아빠를 엄마가 묘사했던 젊은이의 모습으로 상상했다. 댄스 플로어를 가로질러 움직일 때 여자의 등을 얼마나 힘주어 눌러주어야 하는지를 제대로 아는 남자, 엄마가 빨간 속옷을 입고 360도로 휙 돌 때 쓰러지지 않도록 잡아줄 거라 믿을 수 있었던 열광적인 젊은 남자. 나는 아빠의 얼굴 속에서 실제로 내 얼굴을 볼 수 있었다. 울고 있지는 않았지만 아빠의 눈은 촉촉이 젖어 있었다.

엄마는 그 아기들을 잃으면서 소진되어갔어. 마지막 아기. 네 엄마는 결코 극복할 수가 없었지.

내 그릇에는 아직 푸딩이 남아 있었지만 이제 먹기를 그만두었다. 아빠도 커피를 건드리지조차 않았다.

더 나은 사람이었다면 네 엄마가 극복하도록 옆에서 도와줄 수도 있었을 텐데, 아빠가 말했다. 하지만 시간이 지나자 그 모든 슬픔을 내가 어찌할 수가 없었단다. 난 정상적인 삶을 살고 싶었어. 그만두고 싶었지.

그러다 마저리와의 사이에 클로이가 생겼어. 그렇게 해서 전에 있었던 일을 지우려는 것은 아니었지만, 그 일을 생각하지 않는 편이 더 쉬웠단다. 네 엄마에게는 그 이야기가 결코 사라지지 않았지만.

아빠는 그 일에 대해 그 정도까지만 얘기했고, 우린 다시는 그

화제를 입에 올리지 않았다. 아빠가 계산을 하고 우리는 모텔로 돌아왔다. 다음날 아침 함께 조금 더 자전거를 탔지만, 나는 미니밴이 아닌 다른 수단으로 버몬트 산악 지대를 따라 이동하는 것이 아빠에게 얼마나 말도 안 되는 일인지를 깨닫고 있었다. 두어 시간 후 나는 아빠에게 이쯤에서 그만하자고 제안했고, 아빠도 반대하지 않았다. 집으로 돌아오는 길에는 거의 내내 잤다.

*

나는 7학년의 대부분을 아빠 집에서 보냈다. 아빠와 마저리와 함께 사니 토요일 주말마다 프렌들리스에 외식하러 가는 고통스러운 전통을 계속하지 않아도 된다는 것 한 가지는 좋았다. 집에서 식사하는 편이 더 쉬웠다. 우선 한 가지 이유로 텔레비전이 있었다.

우리 엄마가 나를 만나기 위해 열심히 로비를 했을 거라 생각할지도 모르지만, 실제로는 정반대였다. 어쨌든 한동안은 그랬다. 엄마는 내가 오지 못하게 하려는 듯했다. 내가 새 자전거를 타고 들르면(식료품이나 도서관 책이나 나 자신을 배달하면서) 엄마는 분주해 보였고 딴 데 정신이 팔려 있었다.

전화를 좀 걸 데가 있어서, 엄마가 말했다. 비타민 고객들에게. 해야 할 집안일이 많아. 먼지를 털 가구도 없고 진공청소기로 밀 러그도 없고, 요리를 하는 일도 없고 찾아오는 손님도 없는 집에서 무슨 집안일을 한다는 건지 콕 집어 말하지는 않았다.

책을 많이 읽고 있어, 엄마가 말했다. 그건 사실이었다. 예전에 캠벨 수프가 쌓여 있던 식으로 책들이 무더기로 쌓여 있었다. 예상 밖의 주제들에 관한 책들이었다. 삼림 관리와 축산업, 닭, 야생화, 모판 재배 등에 관한 책이었다. 하지만 우리 정원은 그 어느 때보다도 황량했다. 엄마가 제일 좋아하는 책은 헬렌과 스콧 니어링이라는 부부가 1950년대에 낸 한 권짜리 책 『조화로운 삶』이었는데, 내가 들를 때마다 부엌 식탁 위에 있었던 것 같다—하던 일과 코네티컷인가 그 비슷한 곳에 있던 집을 뒤로하고 메인 주의 시골로 옮겨가서 먹을거리를 직접 재배하며 전기와 전화 없이 살았던 경험에 관해 쓴 책이었다. 책에 실린 사진에서 스콧 니어링은 항상 작업복이나 낡은 청바지 차림이었다. 중년을 훌쩍 넘겨 괭이를 잡고 허리를 구부린 채 흙을 고르고 있었다. 체크무늬 셔츠를 입은 아내가 옆에서 함께 괭이질을 하고 있었다.

엄마는 그 책을 하도 많이 읽어서 외웠을 것이다. 그 두 사람에게는 서로가 전부였어, 엄마가 말했다. 그것으로 충분했어.

내가 결정을 내린 데에는 죄책감도 어느 정도 작용했을지 모르지만—엄마에게는 내가 필요하지만 아빠는 그렇지 않다는 느낌—사실은 나에게 엄마가 필요했다. 저녁식사를 하면서 나누던 대화가 그리웠고, 엄마가 동년배에게 하듯 나에게 이야기하던 식—스무 살 이하면 누구에게든 완전히 다른 목소리를 쓰는 듯한 마저리와는 달리—이 그리웠다. 몇 가지 예외가 있기는 해도—가끔 방문하는 외판원, 엄마의 메가마이트 고객들, 석유 배달원—엄마가 이야기하는 상대는 오로지 나뿐이었다.

이듬해 봄, 아빠에게 엄마 집으로 돌아가서 살고 싶다고 말하자 아빠도 반대하지 않았다. 다음날 나는 엄마와 살던 우리집으로 돌아갔다.

야구 팀에 들어갔다. 나는 우익에 배치되었다. 한번은 리처드가 있는 팀과 경기를 했는데, 그애가 친 공이 외야 깊숙이 날아가 다들 삼루타는 될 거라 예상했지만 내가 잡아냈다. 타석에 설 때마다 의식을 치르듯 이렇게 말했다. 공을 봐, 포수도 듣기 힘들 만큼 나지막이 중얼거렸다. 나는 예상보다 더 자주 안타를 쳤다.

엄마와 나는 아무것도 없는 집에서 그렇게 내 고등학교 시절을 보냈다. 영영 떠난다고 생각했던 바로 그날 남겨두었던 가구 몇 점뿐이었다. 상자에 넣어 차에 실었던 것들을 제외하고는 전부, 북쪽에서 새로운 삶을 시작하기 위해 가지고 가려고 보관하던 것들까지도 내놓았다. 커피메이커와 옷가지 몇 점 빼고는 상자에서 아무것도 꺼내지 않았다. 엄마의 무용복이나 근사한 신발과 스카프, 부채, 벽에 걸어두었던 그림, 덜시머, 카세트 플레이어조차 꺼내지 않았다. 결국 내가 직접 돈을 벌게 되어서야 워크맨을 사서 음악을 들을 수 있었다.

프랭크 시내트라와 조니 미첼과 레너드 코언(이제는 그의 이름을 안다)의 목소리를 더는 우리집에서 들을 수 없었다. 〈아가씨와 건달들〉의 사운드트랙도. 어떤 음악도 들리지 않았다. 음악도, 춤도 없었다.

모든 일이 끝나고 시간이 좀 흘러 굿윌에 갔다. 거기에서 엄마는 딱 우리 둘이 식사를 하는 데 필요한 접시와 포크, 컵을 샀다. 주로 냉동식품과 수프를 먹으니 식기가 그리 많이 필요하지는 않았지만. 그래도 10학년 때 나는 가정 수업을 들었다—그 무렵에는 남자아이들을 위해서도 그런 종류의 수업이 개설되기 시작했다. 내가 요리를 좋아한다는 사실을 알게 되었고, 무슨 까닭에서인지, 엄마는 요리에 대해 아무것도 몰랐지만 나는 꽤 솜씨가 있었다. 가정 시간에 배운 것은 아니지만 내 주특기 중 하나는 파이였다.

고등학교 시절 내내 특별한 경우를 제외하고 아빠와 나는 토요일 저녁마다 외식을 하는 전통을 이어갔다. 다만 내 사회생활이 나아지면서 주중으로 요일이 바뀌었고, 모두에게 다행스럽게도 마저리는 더이상 나오지 않았다. 나는 리처드와 잘 지냈고, 가끔은 여동생 클로이와 시간을 보내는 것도 즐거웠지만 레스토랑에서 먹는 저녁은 대개 나와 아빠만이었다. 내 제안으로 우리는 장소를 프렌들리스에서 아크로폴리스라는 마을 외곽의 그리스 식당으로 바꾸었다. 거기가 더 나았다. 언젠가 마저리가 여동생을 방문하러 시외로 나갔을 때는 그 집에 가서 잡지에서 보았던 치킨 마르살라를 요리해준 적도 있었다.

어느 날 밤, 아빠는 아크로폴리스에서 스파나코피타*를 앞에 두고—레드 와인을 두어 잔 마신 기운에—어쩔 수 없는 현실을 알려주려고 예전에 처음 시도한 후로는 웬만해선 건드리지 않았던 섹스 문제를 솔직하게 끄집어냈다.

다들 미친 듯한 열정에 대해 얘기를 하지, 아빠가 말했다. 노래에도 그런 가사만 나오고 말이야. 네 엄마가 꼭 그랬단다. 사랑과 사랑에 빠졌어. 중간이란 게 없었어. 뭐든 너무 깊이 느꼈고, 세상이 엄마한테는 너무 버거운 것 같았어. 어떤 아이가 암에 걸렸다거나 어떤 노인의 부인이 죽었다거나 하다못해 개가 죽었다거나 하는 얘기만 들어도 마치 자기에게 닥친 일처럼 느

* 시금치가 들어간 그리스식 파이.

꼈단다. 사람들이 내내 줄줄 피를 흘리지 않고 하루를 살 수 있게 해주는 외피가 없는 것 같았어. 세상이 네 엄마에게는 너무 버거웠지.

난, 나는 그저 좀 무감각해지는 편이 낫더구나. 내가 잃어버린 것이 무엇이건 간에 나는 괜찮아.

*

어느 날 도서관에서 집으로 돌아오는 길이었다—아빠와 마저리와 함께 살던 시절, 도서관에서 자주 시간을 보내곤 했다. 연휴가 낀 주말이었다. 아마 콜럼버스의 날이거나 재향군인의 날이었을 것이다. 나뭇잎이 다 떨어졌을 즈음으로 기억한다. 해가 일찍 져서, 저녁을 먹으러 집으로 돌아갈 때쯤이면 동네에 불이 다 켜져 있곤 했다. 자전거를 타고 집으로 가면서—혹은 그날 밤은 걸어가고 있었든가—창문으로 안에 사는 사람들이 보통 집에서 하는 온갖 일들을 하는 모습을 볼 수 있었다. 불을 환히 밝힌 디오라마들에 사람들의 생활상이라든가 미국의 가정 같은 표제를 붙여 줄줄이 전시해놓은 박물관 안을 걸어가는 듯했다. 싱크대에서 채소를 써는 여자. 신문을 읽는 남자. 위층 침실에서 트

위스터 게임을 하는 아이들. 침대에 누워 전화기를 들고 수다 떠는 여자아이.

이 거리에는 아파트가 하나 있었는데—아마도 콘도미니엄으로 개조한 듯한 낡은 집이었다—나는 늘 그 건물을 올려다보았다. 그중 내가 즐겨 살피는 어느 창문 안의 한 가족은 항상 매일 같은 시간, 우연히도 내가 그 모퉁이를 지나는 딱 그 시간에 저녁식사를 하러 식탁에 둘러앉는 듯했다. 그것은 내게 일종의 미신 같은 것이 되었는데, 여느 때처럼 그들 세 사람—아버지, 어머니, 어린 아들—이 식탁에 둘러앉은 모습을 보면 그날 밤은 나쁜 일 없이 무사히 넘어갔다. 그 당시 밤을 어떻게 보내고 있을지 내가 걱정하던 사람은 엄마였다. 그때 홀로 식탁에 앉던 사람. 와인잔을 놓고, 『조화로운 삶』을 읽으면서.

그 가족은 늘 행복하고 편안해 보였다. 사람들의 생활상 박물관 디오라마의 다른 어떤 가족보다도 그 집이 내 집이었으면 좋겠다고 생각했다. 그 사람들의 말소리는 당연히 들을 수 없었지만, 그 부엌에서는 매사가 순조로우리라는 것을 듣지 않아도 알 수 있었다. 아마도 그 대화는 딱히 대단한 내용은 아닐 테지만(오늘 하루는 어땠어, 자기? 좋았어, 당신은?), 그 식탁을 둘러싼 분위기에서 무언가—부드러운 노란 불빛, 고개를 끄덕이는 모습, 여자가 남자의 팔을 만지는 손길, 아들이 수저를 휘두르면 다 같이 웃음을 터뜨리는 모습—그 순간만큼은 다른 어떤 곳도, 서로 말고는 그 누구도 존재하지 않는 듯한 인상을 주었다.

내가 어디 있는지도 잊고 그저 그 자리에 서 있었던 것 같다. 추운 밤이었다. 어찌나 추운지 내 입김이 보이고, 목줄을 맨 조그만 개를 끌고 아파트 건물 계단을 내려오는 사람의 입에서 나오는 숨결이 보였다. 그 개는 하도 작아서 걸어다니는 먼지떨이로 보일 정도였다. 제일 작은 푸들보다도 더 작았다.

얼굴을 알아보기도 전에 개를 산책시키는 사람이 내가 아는 사람이라는 생각이 들었지만 어디에서 봤는지는 떠오르지 않았다. 보이는 것이라고는 큼직한 검은 외투 아래로 뻗은 마른 다리와 하이힐 부츠였다. 이런 동네에서는 여간해선 잘 신지 않는 신발이었다. 실은 아무도 신지 않았다.

그날 밤 이전에는 그 개를 데리고 그리 자주 산책을 나오지 않은 것이 확실했다. 혹 산책을 나온 적이 있었다면 보기 드물게 멍청한 개를 데리고 나왔든가. 개는 계속 목줄을 그녀의 다리에 휘감고 이리저리 팔짝팔짝 뛰어다녔으니까—목줄을 팽팽히 당겼다가 이내 풀고는 꼼짝도 않고 앉아 있었다.

따라와, 짐. 그 목소리가 말했다.

그 말은 내가 엄마에게 늘 하던 말과 맞먹는 효과를 냈다. 외출 좀 하세요. 새 친구를 사귀세요. 여행을 다녀오세요. 목소리가 그 말을 하자 작은 개는 전보다도 더 미친듯이 뛰었다. 개가 그녀의 다리를 물거나 한 것이 틀림없었다. 그녀가 개줄을 놓쳤거나 통제력을 완전히 잃었기 때문이다. 이제 개는 보도를 쏜살같이 달려서—짐? 개 이름이 짐이 뭐람?—곧장 모퉁이 쪽으로 향했는데 마침 트럭이 그 앞으로 질주해 왔다.

내가 뛰어들어 개를 잡았다. 어쨌거나 해냈다. 마른 다리의 소유자가 커다란 핸드백을 질질 끌고 하이힐 부츠 때문에 비틀거리며 내 쪽으로 달려왔다. 모자를 쓰고 있었다—챙이 넓고 맨 위에 깃털 같은 것이 달려 있었다. 모자가 벗겨져서 얼굴이 잘 보였다. 바로 그때 상대가 엘리너임을 알아보았다. 바로 그녀가 넘어질 듯 휘청거리며 내 쪽으로 똑바로 달려오고 있었다.

세상이 핑핑 돌아가던 그 레이버 데이 이후 첫 주에는 아무것도 제대로 생각할 수가 없었다. 분노를 느꼈다면—정말 그랬다—그건 다 나 자신을 향해서였다. 그 분노는 결코 사그라지지 않았다. 시간이 좀 지나자 분노를 돌릴 다른 대상이 떠올랐는데 그게 바로 엘리너였다.

커피를 마시려고 만났다가 그애가 내 몸을 타고 앉았던 그날 이후로 처음이었다. 그해 가을 그애는 우리 학교에 등록하지 않았다. 그애를 아는 이가 아무도 없으니 그애에 대해 묻고 싶어도 물어볼 사람이 없었다. 그애가 시카고로 돌아가서 또 말썽을 피우고 있겠거니 생각했다. 아마도 지금쯤이면 섹스를 할 상대를 찾아냈을지도 모를 일이다. 우리의 짧았던 만남으로 보아 단 십 분도 처녀 상태로 있지 않겠다고 단단히 마음먹은 것이 분명했다.

내가 그애의 개를 데리고 있지만 않았다면, 그애는 나를 못 본 척할 수도 있었다—허리를 굽혀 모자를 집어들고 계속 걸어갈 수도 있었다. 개가 내 가슴에 꼭 매달려 있어서, 햄스터 조가 뛰어다니던 시절 그랬듯이, 재킷 천을 통해서도 빠르게 뛰는 심장을 느낄 수 있을 정도였다.

그거 내 개야. 그애가 잔돈을 달라는 쇼핑객처럼 이렇게 말하며 개를 향해 손을 내밀었다.

내가 개를 인질로 잡고 있어, 내가 말했다. 평소 같으면 그런 말은 절대 하지 않았을 것이다. 그냥 말이 나와버렸다.

무슨 소리 하는 거야? 내 개라니까.

네가 경찰한테 프랭크에 대해 불었지, 내가 추궁했다. 지금까지 그 사실을 나 자신조차 절대 인정한 적이 없었지만 갑자기 깨달았다.

넌 두 사람의 인생을 망쳐놨어.

개 달라고.

아, 그래. 내가 시작했으니 내 마음이다. 뭘 하든 내 마음대로다.

이 개가 너한테 얼마나 소중한 거길래 그래? 그애에게 물었다.

네가 알아둬야 할 게 있는데, 짐은 순종 시추야. 주삿값을 제하더라도 425달러나 한다고. 하지만 중요한 건 그게 아니지. 내 개라고. 돌려줘.

그때까지 엘리너가 한 짓을 떠올리면 그애가 나에게 엄청나게 화가 났었다는 것에만 생각이 미쳤었다. 그애가 팬티를 벗었던 그날 그네 옆에서 미친듯이 열정적으로 섹스를 해주지 않아서. 멍청이 소리를 들어도 할말이 없다. 현상금에 대해서까지는 미처 생각하지 못했다. 이제—그 일이 있고 일 년, 어쩌면 이 년 후—차에 치일 뻔한 것을 막 구한 강아지가 425달러짜리라는 그애의 말을 듣고 있으니 그 생각이 떠올랐다.

남의 엄마를 밀고해서 1만 달러를 받은 사람이라면 이따위 털뭉치에다가 몇백 달러도 쓸 수 있겠구나, 내가 말했다.

아빠가 주신 거야. 내가 학교에 가고 없을 동안 아빠가 짐을 돌봐주셔.

그러니까 어찌되었건 너는 네가 꿈꾸던 예술 학교에 다니고 있단 말이지. 나는 여전히 조그만 개의 배를 잡고 있었다. 이제 이 개의 이름이 어디서 왔는지 알겠다. 어쩌면 개는 자기와 이름이 같은 사람이 간 길을 따라 자살하려 했던 걸지도 모르지, 내가 말했다. 여주인공이 없었다면 트럭에 깔려 으깨져도 괜찮았을 텐데.

넌 너무 역겨워, 엘리너가 말했다. 보나마나 친구도 하나 없겠지.

네가 상관할 바 아니야. 하지만 그날 경찰이 잡아간 남자는 내가 아는 사람들 중에서 가장 좋은 사람이었어.

그애에게 들으라고 한 말이었지만 그 말을 하고 나니 정말로 그렇다는 사실을 깨달았다. 그 말을 듣자마자 하기 싫었던 행동을 하고 있었다. 나는 울기 시작했다.

그애가 예전처럼 나를 루저 취급하며 응수하기 딱 좋은 때였다. 그애가 이제 개를 되찾으리라는 것은 의심의 여지가 없었다. 그 순간 나는 위협적인 상대라고 할 만한 존재가 아니었다.

그애는 움직이지 않았다. 하이힐을 신고 분장 소도구 상자에서 꺼내 온 듯한 우스꽝스러운 모자와 지나치게 큰 핸드백을 들고 그대로 서 있었다. 이전보다 훨씬 더 마른 것도 같았다—외투를 입고 있어서 확실히는 알 수 없었다. 눈 밑에 검은 그늘이 져 있고 입가는 초췌했다. 누구하고든 그애가 섹스를 할 수 있을성싶지는 않았다. 살짝 건드리기만 해도 탁 부러질 사람처럼 보였다.

몰랐어, 그애가 말했다. 난 단지 무슨 일이든 일어나기를 바랐어. 그애도 울고 있었다.

그래, 그렇게 되었어, 좋아. 내가 말했다. 개를 건네주었다. 잠깐 안고 있었을 뿐인데도 개는 내 손을 핥기 시작했다. 개가 나와 있는 편을 더 좋아할지도 모르겠다는 느낌을 받았다. 개조차도 알 것이다—어쩌면 그 누구보다 개가 더 잘 알 것이다—엘리너는 필요 이상으로 오래 같이 시간을 보내고 싶은 사람은 아니라는 것을.

*

몇 년 후 우리 학교의 어떤 아이가 연 파티에서 그애를 다시 보았다. 그애는 연극을 하는 무리 속에 있었다. 속에 코카인을 넣은 은으로 된 작은 부적 같은 것을 목에 걸고 거울 위에 코카인을 좀 올려놓은 뒤 코로 빨아들였다. 다른 사람들도 그렇게 했지만 나는 하지 않았다. 그애는 여전히 말랐지만 이전만큼은 아니었다. 전과 마찬가지로 온통 흰자가 보이는 눈이었다. 나를 모르는 척했지만 그애가 나를 기억한다는 것을 알고 있었다. 하지만 그애에게 더는 할말이 없었다. 나는 이미 충분히—너무 많이—말했다.

고등학교 3학년 때 드디어 여자와 잠자리를 갖게 되었다. 어쩌면 더 빨리 할 수 있었을지도 모른다. 엘리너와의 경우처럼 기회가 왔었지만 사랑하지 않는다면 여자와 해서는 안 된다는, 당시에는 좀 구식인 생각을 가지고 있었다. 여자도 나를 사랑하기를 바랐고, 베키는 그랬다. 우리는 졸업할 때까지 사귀게 되었고, 대학에서 1학년 첫해의 절반을 함께 보냈다. 결국 그녀는 다른 남자에게 푹 빠졌고 그와 결혼했다. 한동안 그녀를 결코 잊지 못할 줄 알았지만, 물론 아니었다. 열아홉 살 때는 많은 것이 사실일 거라 생각한다.

엄마는 계속해서 가끔 부엌 식탁에 앉아 메가마이트를 팔았고, 내가 꾸준히 일정량을 복용한 덕분에 엄마 아빠 둘 다 큰 편이 아닌데도 내 키가 185센티미터까지 컸다고 믿었다.

내가 아는 사람 중에서 네가 제일 키가 커, 언젠가 엄마가 그런 말을 나에게 했다.

사실은, 아니야, 엄마가 바로잡았다. 그렇지 않아. 그때 둘 다 그 이름은 입 밖에 내지 않았지만 엄마가 누구를 생각하는지는 알고 있었다.

*

내가 집을 떠나고 나서 엄마는 마저리가 진짜 일자리라고 부를 법한 직업을 갖게 되었다. 비타민을 파는 일보다 벌이가 나은 것은 아니었지만 엄마는 그 덕분에 드디어 집밖으로 나오게 되었다. 어쩌면 내가 떠났기 때문에 엄마가 더욱 밖으로 나가야 한다는 것을 깨달았을지도 모른다.

엄마는 우리 동네 노인 복지관으로 출근했다. 그곳에서 춤을 가르쳤다. 폭스트롯, 왈츠, 투스텝, 스윙. 모두 파트너와 추는 옛날 춤들이었다. 복지관에 오는 여자 대 남자의 비율을 고려하면 많은 여자들이 남자 역할을 해야 했지만. 엄마는 훌륭한 선생이었다. 노인 복지관의 장점 또 한 가지는 아기를 볼 일이 거의 없다는 것이었다.

엄마는 학생들에게 인기 폭발이어서 곧 복지관의 모든 활동 프로그램을 전담하게 되었다. 그중에는 공예 수업과 게임의 밤 행사도 있었다. 엄마는 종종 휠체어를 탄 남자 노인들도 할 수 있는 아주 익살맞은 물건 찾기 게임을 고안해냈다. 노인들과 함께 일하니 엄마가 다시 젊어 보이는 효과도 있었다. 엄마가 그들과 함께하며 왈츠의 턴이나 린디의 멋진 동작을 시범으로 보여줄 때면 여전히 날씬해 보였다. 엄마는 조금도 몸매가 망가지지 않았다. 내가 열세 살 때 그 짧았던 며칠 동안 기억하는 모습의 흔적을 희미하게나마 볼 수 있었다. 프랭크 체임버스가 와서 머물렀던 그 길었던 레이버 데이 연휴.

22장

열여덟 해가 흘렀다. 나는 서른한 살이 되었고—머리숱이 빠졌거나 빠지기 시작했다—북부 뉴욕에 살고 있었다. 그때도 지금처럼 여자친구 어밀리어와 살고 있었는데, 내가 그해 가을에 결혼하게 된 여자다. 우리는 허드슨 강이 내다보이는 작은 셋집에서 살았다—단열 처리가 안 되어 있어서 겨울에 강에서 바람이 불어올 때면 온기를 유지하기 위해 불을 피우고 담요를 두르고 서로 꼭 붙어 있는 수밖에 없었다. 그래도 아무 상관 없어, 어밀리어가 말했다. 몸이 닿는 것도 싫은 상대라면 왜 같이 있고 싶어하겠어?

운좋은 생활이었다. 어밀리어는 유치원에서 아이들을 가르치고, 놀랍게도 내 이복동생 리처드가 스탠드업 베이스로 참여하는 작은 블루그래스 밴드에서 밴조를 연주했다. 나는 사 년 전 요리 학교를 마쳤다. 근처 작은 동네에 있는, 최근 들어 깜짝 놀랄 만큼 주목받기 시작한 레스토랑에서 제빵사로 일했다. 그해 여름 우리는 결혼식을 치르러 뉴햄프셔로 향할 예정이었다—가족들과 친구들 십여 명이 전부였다.

그 전해 여름, 요리를 할 시간이 거의 없는 사람들이나 사볼 여력이 있을 고급 음식 잡지 제작진인 뉴욕 출신의 한 작가가 레스토랑을 찾아왔다. 그 잡지는 사과 과수원이나 메인 주의 섬 또는 몬태나의 호숫가 같은 곳에서 여는 파티에 관한 기사를 전문적으로 다루는 것 같았다. 그런 곳에서는 주인이 직접 물고기를 잡는데, 어쩐 일인지 기적처럼 하나같이 키가 크고 뛰어난 외모의 흠잡을 데 없이 근사한 친구들이 있어서, 주인을 찾아와 물고기를 잡은 송어 하천의 둑에 커다란 나무 테이블을 놓고 요리한 생선을 함께 나눈다.

유기농 농장에서 재배한 근사한 음식들이나 실제로는 아무도 가져본 적이 없는 어떤 증조할머니가 장작으로 불을 지피는 오래된 오븐으로 준비했을 법한 요리들을 찍은 아름다운 사진을 보여주자는 아이디어였다. 비록 그들이 주로 사진에 담아내는 사람들은 내가 아는 그 누구의 친척과도 닮지 않았거나, 실제로 그런 농산물을 재배하고 그런 요리를 만들어내는 사람들과는 다른 삶을 살기는 했지만.

이 작가는 내가 디저트 담당으로 있는 레스토랑에 대한 소문을 듣고 찾아왔다. 그녀가 잡지에 싣기로 결정한 요리법—한 페이지 전면에 실릴 사진—은 나의 라즈베리 복숭아 파이였다.

그 파이 요리법의 몇 가지는 내가 창안해낸 것이었다. 예를 들자면 설탕에 절인 생강을 소로 쓴 점이 그러했다. 신선한 라즈베리를 추가한 점도. 하지만 파이크러스트는 프랭크의 것이었다. 혹은 내가 기사에서 설명한 대로 프랭크의 할머니 것이었다. 크러스트를 더 두껍게 만들기 위해서 옥수숫가루 대신 타피오카 가루를 쓴 점도 그랬다.

〈누보 구르메〉 지면에 내가 어떻게 파이크러스트를 만드는 기술을 익혔는지 설명하지는 않았다. 그저 친구한테서 배웠고, 그 친구는 어릴 때 자란 크리스마스트리 농장에서 자기 할머니의 어깨너머로 그것을 배웠다고만 해두었다. 처음 파이 만드는 법을 배웠을 때가 열세 살이었다고 했다. 어느 날 우연찮게 복숭아 한 바구니를 선물 받는 바람에 푹푹 찌는 무더운 날씨에 파이크러스트를 준비하게 되었다고 했다.

재료를 차갑게 유지하는 것이 중요해요, 내가 설명했다.

물은 빼는 것보다 더하는 것이 더 쉽지요. 절대 반죽을 너무 많이 치대면 안 됩니다.

카탈로그에서 파는 온갖 비싼 기구들은 상관 마세요. 파이크러스트를 덧대는 데에는 손바닥의 볼록한 부분이 완벽한 도구 노릇을 할 수 있습니다.

과일 위에 크러스트를 덮을 때는 말이지요, 여기가 바로 전 과정 중에서 결과가 어찌되건 제빵사가 일단 과감하게 시도해야 하는 부분입니다. 이때 절대 해서는 안 되는 일이 하나 있다면 그건 바로 망설이는 겁니다. 파이크러스트를 뒤집을 땐 무조건 믿는 거예요. 내가 설명했다. 창문 밖으로 뛰어내리면서—어쩌면 응급 맹장수술을 받고 열두 시간 후에—두 발로 착지할 거라고 믿듯이.

그 기사가 나간 후 시러큐스 지역 방송국의 오전 텔레비전 프로그램에 이 주의 요리사로 초대되어 파이크러스트 만드는 기술을 시연하게 되었다. 잡지 독자들로부터 깜짝 놀랄 만큼 많은 편지를 받았다. 텔레비전 프로그램 시청자들은 파이크러스트 문제에 대해 조언을 구했다. 모두가 파이에 대해 한두 가지씩은 궁금한 점이 있는 듯했다. 디저트 중에서도 가장 소박한 음식인 파이보다 더 강한 감정—심지어 열정이라고 해도 좋을—을 불러일으키는 것이 또 있을지 모르겠다.

프랭크가 예전에 내게 경고했듯이, 쇼트닝 문제가 가장 큰 논쟁을 불러일으켰다. 잡지에서 내가 쇼트닝 대신 라드와 버터를 섞어 쓴다고 한 말을 읽은 어떤 여자는 나에게 라드의 나쁜 점을 잔뜩 써 보냈다. 또 어떤 여자는 내가 버터를 쓰는 데 대해 그 못지않게 강력히 이의를 제기했다.

그러는 동안 레스토랑 '몰리의 테이블'은 전에 없이 호황을 누렸다. 어밀리어와 나는 집값을 치렀고 나는 덧창을 달았다. 레스토랑 소유주인 몰리는 나에게 식당 옆에 연 파이 전문점을 맡겼다. 나는 거기에서 제빵사 다섯 명을 감독하여 프랭크에게서 전수받은 대로 파이를 만들었다.

잡지에 기사가 실리고 일 년이 거의 다 되었을 무렵, 아이다호 어딘가에서 온 낯선 소인이 찍힌 편지 한 통을 받았다. 봉투에는 연필로 주소가 적혀 있었고, 반송 주소에는 이름 없이 일련의 숫자들만 있었다.

안에는 유선 공책에서 뜯은 종이에 아주 단정하고 정확한 필체지만 매우 작은 글씨로 쓴 편지가 들어 있었다. 마치 편지를 쓴 사람이 부득이 종이를 아끼려고 했던 것처럼.

자리에 앉았다. 그전까진 깨닫지 못했지만 그제야 갑자기 눈보라 치는 날 문을 열어젖히면 찬바람이 휘몰아쳐 들어오듯이, 아니면 파이—아니면 뭐겠는가?—를 확인하려고 오븐 문을 열자 500도의 열기가 훅 끼쳐 오듯이 기억이 되살아났다. 모든 것이 되살아났다.

이십 년 가까이 지났지만 아직도 프라이스마트 잡지 코너에서 그를 만났던 날 그대로 그의 얼굴을 떠올릴 수 있었다. 턱뼈와 홀쭉한 뺨, 푸른 눈으로 나를 똑바로 쳐다보던 시선. 나는 어렸고 몸집이 작았기에—밀봉 포장된 〈플레이보이〉 1987년 9월 호 안에 무엇이 있는지 알고 싶어 몸달아하던, 그 대신 퍼즐북에 만족해야 했던 소년—그가 위협적인 사람으로 보일 수도 있었다. 그날 그가 그랬던 것처럼 나를 굽어보는 그의 모습을 그릴 수 있었다. 그는 손이 크고 믿을 수 없을 만큼 깊은 목소리를 지닌 키가 훌쩍 큰 남자였다. 하지만 그를 처음 만난 순간부터 이 사람은 믿어도 좋다고 느꼈고, 가장 화가 나고 두려웠던 순간—그가 엄마를 빼앗아가버리고 나는 홀로 남겨질 거라 생각했던—조차 그가 올바르고 점잖은 남자라는 인상은 절대 떠나지 않았다.

이십 년 가까이 그에 대해서는 아무 소식도 듣지 못했지만, 봉투에서 꺼낸 편지를 펼치면서—더도 말고 딱 한 장이었다—오래전 엄마 차 뒷좌석에 앉은 그와 함께 집으로 돌아가며 느꼈던 것과 똑같은 감정을 느꼈다. 삶이 이제 곧 바뀌리라는 느낌. 곧 세상이 달라지리라는. 처음에 그 느낌은 좋은 소식이었다. 지금 내가 기억하는 것은 두려움이었다.

레스토랑 주방의 조리대에 앉아, 내 그릇과 칼, 바이킹 레인지와 참나무 도마에 둘러싸여, 그의 낮은 목소리가 나에게 하는 말을 들었다.

헨리,

네가 나를 기억해주었으면 좋겠구나. 잊어버렸다면 우리 모두에게 더 좋을지도 모르겠지만. 우리는 아주 오래 전 레이버 데이 연휴를 함께 보냈지. 내 인생 최고의 엿새였단다.

그는 가끔가다 사람들이 그가 요즘 수감되어 있는 감옥의 도서관에 낡은 잡지를 상자째 기부한다고 썼다. 그렇게 해서 내 파이에 관한 기사를 잡지에서 보게 되었다는 것이다. 우선, 그는 내가 요리 학교를 졸업해 성공한 것을 축하하고 싶다고 했다. 그 역시는 요리하기를 좋아했다. 내가 분명히 기억하고 있듯이 빵 굽기 또한 그의 전문 분야였지만. 또 실은, 혹시 내가 비스킷 만들기에도 관심이 있다면 그에 관해서도 해줄 얘기가 있다고 했다.

하여간 그는 오래전 나에게 전수해주었던 기술을 내가 죽 잊지 않고 있었다는 것을 읽고 기쁘고 자랑스러웠다고 했다.

나이가 들어갈수록 어디선가 누군가에게 작으나마 지혜랄까 노하우를 전해주었을지도 모른다고 생각하면 기분이 좋아지는 법이지. 하지만 자식도 없고 성인이 되고 나서 대부분의 삶을 교정 시설에서 보낸 나 같은 경우에는 어떤 종류든 젊은이에게 지식을 전해줄 기회가 제한되어왔단다. 너와 함께 캐치볼을 하던 즐거운 시간을 회상하기도 하지만 말이다. 너는 네가 그전에 생각했던 것보다 그쪽에 재능이 있었어.

그는 한 가지 묻고 싶은 것이 있다고 했다. 내 삶이나 내 가족의 삶을—또다시—방해하고 싶지는 않다고 했다. 오래전 잠시 그와 알게 되었을 때 틀림없이 그랬을 것처럼 더이상 소란을 일으키기는 싫다고. 그가 이 편지를 그의 질문과 직접적으로 관련된 인물에게가 아니라 나에게 쓰게 된 이유는 사실 이 세상에서 다른 누구도 아닌 단 한 사람, 그가 가장 슬픔을 안겨주고 싶지 않은 그 사람에게 또다시 고통을 줄지도 모른다는 걱정 때문이라고 했다.

네가 이 편지에 답장을 하지 않기로 한다 해도 이해하마. 네가 침묵한다면 더는 연락할 생각을 하지 말라는 말로 충분히 잘 알아듣겠다.

그는 곧 가석방으로 출소하게 될 것이다. 물론 다음달에 교도소를 나서면 무엇을 할지에 대해 생각할 시간이 충분히 있었다.

이제 더는 젊지 않지만—그는 최근에 쉰여덟번째 생일을 맞았다—여전히 건강하고 힘든 일을 할 기운도 충분히 남아 있다. 어딘가에서 잡부 일이라도 구할 수 있기를 바라고 있다. 가옥 도장 일이나 뭐 그런 것. 또는—이게 제일 하고 싶은 일인데—어릴 때 했던 것처럼 다시 농장에서 일할 수도 있다. 우리와 함께 보낸 시간을 제외하면 그때가 제일 좋은 시절이었다.

그러나 한 가지 생각이 머리를 떠나지 않는다고 했다. 내가 그에게 바보 같고 정신 나간 소리라고 답장을 해준다면 위안이 될 것 같지만, 우리 엄마를 마음속에서 단 한 번도 잊은 적이 없다는 것이었다. 아마도 엄마는 재혼해서 어딘가 다른 곳, 우리가 만났던 마을과 멀리 떨어진 곳에서 남편과 살고 있을 수도 있겠지만. 만약 그렇다면—엄마가 행복하게 잘살고 있다면—그걸 알면 그도 행복할 것이다. 절대 엄마를 귀찮게 하거나 엄마가 혼자 힘으로 꾸린 삶에 어떤 식으로든 개입하지 않을 것이다. 엄마는 이미 오래전에 행복해졌어야 할 여자니까, 라고 썼다.

하지만 만에 하나라도 엄마가 아직 혼자시라면, 내가 편지를 보내도 괜찮을지 네게 물어보고 싶었단다. 약속하마, 아델을 슬프게 하느니 내 손을 자를 거다.

그는 석방될 날짜와 함께 자기 주소를 썼다. 편지 끝에는 이렇게 서명했다. 진실한 벗으로부터. 프랭크 체임버스.

여기 내가 열세 살 때 내가 자기를 배신하지 않을 거라 믿어주었던 남자가 있다. 그런데 나는 배신했다. 그 며칠 되지도 않는 짧은 날 동안 내가 한 행동이 그에게서 한 생을—십팔 년의 세월을—그를 사랑한 여자였던 우리 엄마와 함께 보냈을 수도 있었던 시간을 빼앗았다.

물론 나는 엄마도 배신했다. 엄마와 프랭크가 함께 보냈던 그 닷새 밤은 이십 년도 넘는 세월 중 유일하게 엄마가 남자와 잠자리를 같이한 시간이었다. 그때 나는 어둠 속에 누워 그 둘이 사랑을 나누는 소리를 듣는 것보다 끔찍한 일은 없으리라 생각했지만, 나중에야 알았다. 더 나쁜 것은 벽 건너편의 침묵이었다.

편지에서 프랭크는 경찰들이 그를 잡으러 온 날 벌어졌던 일에서 내가 했던 역할에 대해서는 한마디도 하지 않았다. 엄마가 관계 당국으로 하여금 그가 우리를 묶었고 우리의 의사에 반해 우리를 억류했다고 믿도록 놔둔 것에 대해서도. 단지 한 가지 얘기만 했다. 엄마에게 그럴 의향이 있다면 엄마를 다시 보고 싶다는 바람.

나는 그날 바로 그에게 엄마의 소재를 알려주기는 어렵지 않으며, 엄마의 마음속에서 그의 자리를 알려주기는 더 쉬운 일이라고 답장을 썼다. 엄마는 지금도 여전히 그 집에 살고 있었다.

23장

섹스는 마약이야, 엘리너가 나에게 했던 말이다. 섹스가 개입되면 사람들은 이성을 전부 잃어버린다. 다른 상황에서라면 결코 하지 않았을 짓을 한다. 그런 것들은 미친 짓일 수도 있다. 심지어 위험할 수도 있다. 자신의 마음을 아프게 하거나, 다른 누군가의 마음을 아프게 할 수도 있다.

엘리너에게, 그리고 열세 살의 나 자신—프랭크와 엄마가 사랑을 나누는 엄마 침대와 벽 하나를 두고 맞붙어 있는 좁은 내 싱글 침대에 누워 있던—에게 어쩌면 그 뜨겁고 긴 연휴에 우리 가족에게 일어났던 일에 관한 이야기는 오직 섹스에 대한 것뿐이었다. 열세 살의 나에게 그해 여름은 어떻게 보아도 온통 섹스에 관한 것이었다. 결국은 나에게 그것을 발견할—마약을 해볼—기회가 왔을 때 그만두기로 했지만.

나는 진짜 마약은 사랑이라고 믿게 되었다. 설명할 말을 찾을 수 없는, 드문 사랑. 한 남자가 2층 창문에서 뛰어내려 피를 흘리며 할인점으로 도망쳤다. 한 여자가 그를 차에 태워 집으로 데려갔다. 그 둘은 세상 속으로 나아갈 수 없는 사람들이었다. 그들은 함께 우리 노란 옛집의 너무나도 얇은 벽 안에 세상을 만들었다. 불과 엿새의 시간 동안 그들은 필사적으로 서로에게 매달렸다. 십구 년 동안, 그는 그녀에게 돌아갈 수 있게 될 순간만을 기다렸다. 드디어, 그날이 왔다.

흉악범 전과 탓에 캐나다 이민은 불가능했으므로, 그들은 갈 수 있는 한 국경에서 가장 가까운 곳인 메인 주로 이주했다. 북부 뉴욕에서 차를 타고 한참을 가야 한다. 아기를 데리고는 좀 힘들다. 하지만 우리는 남들 생각보다 더 자주 간다.

딸아이가 울면 길가에 차를 세우고 안전띠를 풀고 안아준다. 차를 세운 장소가 그렇게 하기에 불편한 곳일 수도 있다. 십중팔구는 주간州間 고속도로다. 두 사람의 집에서 불과 이십 분 떨어진 곳일 때도 있다—이렇게 말해도 좋을 만큼 가까운 거리다. 괜찮아, 계속 가자.

하지만 나는 항상 차를 멈추고 딸을 안아준다. 아니면 우리 중

한 사람이 그렇게 한다. 대형 트럭들이 쏜살같이 지나가면 소음이 좀 덜한 길가를 왔다갔다 걷는다. 아니면 손으로 딸의 귀를 막아준다. 잔디가 있으면 그 위에 누워 내 가슴의 맨살에 아기를 눕힌다—겨울이면 아기를 내 재킷 속에 넣거나 아기 혓바닥에 눈 한줌을 올려준다. 밤이면 잠시 별을 볼 수도 있다. 내가 알게 된 사실은, 아기는—아직 딸은 말이나 정보, 인생의 규칙 따위는 모르지만—감정을 판단하는 데 있어 가장 신뢰할 만한 존재라는 것이다. 아기는 오로지 오감만으로 세상을 받아들인다. 딸아이를 안아주고, 노래를 불러주고, 밤하늘이나 떨리는 나뭇잎이나 벌레를 보여주라. 그것이 딸이 세상—안전하고 사랑이 넘치는 곳이든 거친 곳이든—에 대해 배우는 유일한 길이다.

적어도 아기는 자기가 혼자가 아니라는 사실을 알게 될 것이다. 그리고 나는 그렇게 할 때—속도를 늦추고, 관심을 기울이고, 사랑의 단순한 본능을 따르는 것—상대도 호의적으로 반응한다는 것을 경험으로 알게 되었다. 이는 일반적으로 아기들에게 적용되며, 다른 대다수 사람들의 경우에도 그렇다. 개들도 마찬가지다. 햄스터조차도. 그리고 아무 희망도 없어 보이는 듯한, 이 세상에서 삶에게 상처받은 사람들도 그렇다.

그래서 나는 딸에게 말을 건다. 때로는 춤을 추기도 한다. 딸아이의 숨소리가 다시 편안해지면—잠이 들 때도 있고 그러지 않을 때도 있다—카시트에 앉히고 다시 북쪽으로 향한다. 우리가 두 사람의 집으로 이어지는 긴 흙길로 들어서는 시간이 언제가 되었건, 우리가 도착하기도 전에 불이 켜지고 문이 열리리라는 것을 언제나 알고 있다. 엄마가 거기 서 있고 프랭크가 엄마 옆에 있을 것이다.

아기를 데리고 왔구나, 엄마가 말한다.

감사의 말

예술가 집단이 바랄 수 있는 최적의 환경을 제공해주어 이 모든 일이 가능하도록 도와준 맥도월 콜로니와, 맥도월에서 나와 같이 생활하고 야도 조합에서 자신들의 작업에 대한 애정을 나눔으로써 내 작업에 대한 애정도 키워주었던 예술가들에게 깊은 감사를 표한다.

주디 파커스에게도 많은 신세를 졌다. 그녀는 처음으로 나를 격려해주었고, 열정과 믿음뿐 아니라 뛰어난 편집 능력을 지닌 내 출판 대리인 데이비드 쿤의 손에 내 원고를 건넸다. 윌리엄 모로의 제니퍼 브렐에게도 크나큰 존경과 감사를 보낸다—보기 드물게 열린 귀와 따듯한 가슴을 겸비한 인물이다. 그리고 이 책이 출간되기까지 도움을 준 모로의 많은 이들 중에서도—모두 감사해야 마땅할 사람들이다—비길 데가 없는 리사 갤러거를 특히 언급하고 싶다. 리사와 출간 작업을 함께하는 작가들은 운 좋은 이들이다.

가족이나 친구가 없는 작가로서의 삶은 상상도 할 수 없었을 것이다. 그 친구들 중 상당수는 편지 왕래만을 통해 알게 된 사이로 나의 오랜 독자들이다. 당신들에게 마음속으로 모든 이야기를 들려주곤 한다.

내 맏딸 오드리 베델은 나와 함께 레이버 데이에 우리가 가장 좋아하는 산인 머내드낙 산 정상까지 등반함으로써 이 책을 기념하도록 도와주었다. 화강암처럼 언제까지나 지속될 유대다. 그리고 결코 녹록지 않았던 열두 해를 거치면서 흔들림 없는 믿음과 지원을 보내준 남자인 데이비드 시프에게 늘 애정을 보낸다.

옮긴이의 말

『레이버 데이』는 어쩌면 수없이 들어온 유행가 가사처럼, 철마다 쏟아지는 로맨스 영화처럼 통속적으로 보일지도 모른다. 세상으로부터 상처받고 은둔한 여자와 그런 여자의 고독한 내면을 눈여겨봐주고 이해하고 진실한 사랑으로 감싸안아주는 남자의 완벽한 러브스토리. 누구나 현실에서 자신에게도 일어나기를 꿈꾸고, 이루어지지 않으면 소설과 영화를 통해서라도 대리 만족을 느끼고 싶어하는 그런 이야기다. 그렇게나 많은 사람들이 간절히 원하는 것이라면 현실에서 가능할 법도 한데, 의외로 정말 '사랑만으로' 맺어지는 경우는 흔치 않다. 간절히 바라지만 쉽지 않기에 그런 진실한 사랑 이야기에 더욱 집착하는 것인지도 모른다.

수많은 영화와 소설에 등장하는 러브스토리의 대부분은 신데렐라 스토리다. 보잘것없는 나를 특별하게 여겨주고 사랑과 관심을 보여줄 남자를 원하고, 그 남자는 다른 여자들도 모두 차지하고 싶어할 왕자님이어야 한다. 나와 마찬가지로 보잘것없는 남자의 시선은 고맙지 않다. 부와 명예, 사회적 지위, 외모까지 모든 것을 다 갖춘 남자의 사랑이 아니면 나를 이 비참하고 외로운 처지에서 구원할 수 없다. 누구나 원할 만한 남자가 나를 원할 때라야 나는 보잘것없고 초라한 미운 오리 신세에서 백조로 거듭날 수 있다. 남들이 몰라봤을 뿐 실은 내면의 가치를 지닌 백조로. 그렇다면 결국 내가 원하는 건 '진실한 사랑'인가 아니면 사람들의 인정인가?

『레이버 데이』가 전형적인 러브스토리와 갈라지는 지점이 바로 여기다. 『레이버 데이』의 남자 주인공 프랭크는 외적 조건으로 따진다면 행여나 다가올까 겁나는 사람이다. 왕자님은 고사하고 당장 경찰을 피해 도주해야 하는 신세의 탈옥수, 밑으로 더 떨어질 곳도 없이 그야말로 사회 맨 밑바닥에 있는 인물이다. 주요한 등장인물 셋 중에서 그나마 현실감각이 제일 뛰어난 헨리가 문득 정신을 차리고 그를 바라보며 하는 묘사는 '진실한 사랑'도 가릴 수 없는 그들의 초라한 현실을 적나라하게 보여준다.

상대의 외적인 조건을 모두 떠나 그 사람을 사랑할 수 있을까?

모두가 '진실한 사랑'을 그토록 간절히 원하는데도 현실에서 그 욕망이 충족되지 않는 건 그런 사랑을 위해 나 자신이 포기할 수 없는 것들이 너무 많아서인지도 모른다. 그런 점에서 여주인공 아델은 바보 같을 만큼 순수하고 순진하다. 나이도 적지 않고 사춘기 아들까지 딸린 싱글맘이라면 세상을 알 만큼 알고 겪을 만큼 겪었을 텐데도 앞뒤 재지 않고 위험천만한 사랑에 자신을 던진다. 그 사랑이 시간이 지나면 사그라질 순간적인 충동이나 욕망에서 비롯된 감정이 아니라는 게 증명되기까지는 십팔 년이라는 긴 세월이 걸린다. 아델은 프랭크가 경찰에 체포되어 다시 감옥에 들어간 후 한결같이 그를 기다린다. 육 일간의 짧은 사랑으로 감당하기 어려운 긴 기다림이지만, 그러한 기다림이 가능했던 것은 짧은 순간이나마 진정으로 서로의 마음이 통했고 서로의 외로움과 갈망을 알아보았기 때문일 것이다. 비록 프랭크는 젊은 날 잘못된 선택으로 가족을 얻는 데 실패했고 아델 또한 수 차례의 유산 끝에 남편에게 버림받는 아픔을 겪었지만, 두 사람은 각자의 감옥 속에 갇혀 고립된 처지에서도 자신을 이해하고 사랑해줄 누군가를 찾으려는 소망을 포기하지 않았다.

프랭크와 아델의 사랑 이야기에서 빼놓을 수 없는 또 한 명의 인물이 헨리다. 헨리가 있어서 『레이버 데이』는 남녀의 사랑 이야기를 뛰어넘어 고립된 삶을 사는 두 실패자가 이루는 가족에 관한 이야기가 된다. 사회 부적응자인 좀 이상한 엄마와 단둘이 사는 헨리는 질풍노도의 사춘기를 겪고 있어도 엄마에게 마음껏 투정 부릴 처지가 못 된다. 속 깊은 헨리는 아버지의 빈자리를 채워주는 든든한 아들이 되려고 노력하지만, 사실 그에게도 아버지의 빈자리는 크나큰 상실이다. 헨리도 아델 못지않게 사랑하고 기댈 수 있는 가족으로서 프랭크가 필요하다. 어쩌면 십팔 년간 프랭크를 한결같은 마음으로 기다려온 사람은 아델만이 아니었는지도 모른다. 헨리는 프랭크의 자리를 비워두고 그를 기다리는 것에만 그치지 않고 그가 가르쳐준 비법대로 파이를 구우며 자신의 삶을 만들어나간다. 헨리가 그를 다시 만날 수 있게 되는 건 단순한 우연이 아니라 그러한 노력의 결실인 것이다. 요리사가 된 헨리의 이야기를 잡지에서 읽은 프랭크는 자신과 함께 보낸 엿새라는 짧은 시간이 헨리의 인생에서 가장 빛나는 시간이었음을, 그리고 그 대가로 자신이 감당해야 했던 기나긴 감옥생활이 헛된 것은 아니었음을 새삼 깨달았을 것이다. 프랭크가 다시 잡혀간 후 온갖 루머에 시달리며 평범하지 않은 청소년기를 보내야 했을 헨리에게, 파이를 구워주던 프랭크의 모습은 삶의 버팀목이 되었을 것이다.

프랭크가 기나긴 수감생활을 마치고 감옥에서 나와 아델과 재회해 행복한 노년을 보내는 결말은 동화처럼 따듯하고 아름답다. 그 동화는 현실이 얼마나 팍팍하고 남루한지, 또 욕망은 얼마나 치졸하고 끈질긴지를 잘 알고 있는 어른들에게 더욱 꿈결같이 아름답고 절실하게 느껴질 것이다.

송은주

지은이 **조이스 메이너드**

1953년 미국 뉴햄프셔 주 더럼에서 태어났다. 1971년 예일 대학교에 입학한 뒤 습작들을 모아 〈뉴욕 타임스〉에 보냈고, 1972년 4월, 「열여덟 살의 자서전」이 〈뉴욕 타임스〉에 실린다. 당시 쉰세 살이던 『호밀밭의 파수꾼』의 작가 J. D. 샐린저가 그 글을 읽고 편지를 보낸 것을 계기로 둘은 연인 관계로 발전한다. 메이너드는 샐린저와의 이야기를 다룬 자서전 『호밀밭의 파수꾼을 떠나며』(1998)로 주목받기도 했다. 1981년에 첫 소설 『베이비 러브』로 데뷔한 후 『투 다이 포』 『레이버 데이』 등의 작품을 발표했다.

옮긴이 **송은주**

이화여대 영문학과를 졸업하고 동대학원에서 박사학위를 받았다. 현재 이화여대 인문과학원 HK연구교수로 재직중이다. 옮긴 책으로 『클라우드 아틀라스』 『블랙스완그린』 『광대 샬리마르』 『공포의 헬멧』 『겨울 일기』 『선셋 파크』 『위키드』 『동물을 먹는다는 것에 대하여』 『엄청나게 시끄럽고 믿을 수 없게 가까운』 『모든 것이 밝혀졌다』 『미들섹스』 『종이로 만든 사람들』 등이 있다. 『선셋 파크』로 제8회 유영번역상을 수상했다.

문학동네 세계문학

레이버 데이

초판인쇄 2017년 1월 5일 | 초판발행 2017년 1월 16일

지은이 조이스 메이너드 | 옮긴이 송은주 | 펴낸이 염현숙
책임편집 이현자 | 편집 홍유진 양재화 | 모니터링 이희연
디자인 김이정 이원경 | 저작권 한문숙 김지영
마케팅 정민호 이미진 정진아 김혜연 | 홍보 김희숙 김상만 이천희
제작 강신은 김동욱 임현식 | 제작처 상지사

펴낸곳 (주)문학동네
출판등록 1993년 10월 22일 제406-2003-000045호
주소 10881 경기도 파주시 회동길 210
전자우편 editor@munhak.com | 대표전화 031) 955-8888 | 팩스 031) 955-8855
문의전화 031) 955-1927(마케팅) 031) 955-8859(편집)
문학동네카페 http://cafe.naver.com/mhdn | 트위터 @munhakdongne

ISBN 978-89-546-4404-4 03840

www.munhak.com